LES ENFANTS DU CAPITAINE GRANT

凡尔纳科幻小说系列

格兰特船长的儿女

［法］儒勒·凡尔纳 著
陈筱卿 译

浙江文艺出版社
Zhejiang Literature & Art Publishing House

前　言

儒勒·凡尔纳（Jules Verne，1828—1905），法国著名科幻小说家，被誉为"科幻小说之父"。他出身于法国西南部城市南特的一个律师家庭，从小便表现出了强烈的探索欲望和丰富的想象力。20岁时，凡尔纳北上巴黎求学，博览群书，积累了大量的资料，这为他日后的科幻小说创作打下了坚实的科学知识基础。

19世纪，物理、化学、生物等领域取得了巨大的成就，科学技术迅猛发展，人们对科学幻想非常着迷。在这一时代背景之下，凡尔纳写了大量科幻题材的传世之作。这些作品既展现了科幻小说的无穷魅力，也为科幻小说作为一种文体的独立发展开拓了道路。

凡尔纳笔下的主人公常常是一些天才的发明家、能干的工程师或勇敢的航海家等，他们大多志趣高尚，献身于科学，不计较个人的物质利益。小说情节波澜起伏，在惊心动魄的故事中融合着广博的科学知识，同时热情地讴歌了人类征服自然、改造自然的意志和坚忍不拔、不畏强暴的品质，洋溢着强烈的乐观主义精神。

凡尔纳的科幻小说尤其让今天的人们惊叹的地方，是其超前的预见性。虽然小说都是虚构的，但他的科幻小说却是建立在科学知识和科学事实的基础之上，因此常常能够对未来的科技发展做出惊人的预测。许多被凡尔纳写入小说的事物，在当时还只是作家头脑中的虚无之物，但在今天却已成为或者正在成为现实。

"凡尔纳科幻小说系列"收录凡尔纳最负盛名的"海洋三部曲"——《海底两万里》《格兰特船长的儿女》和《神秘岛》，以及《八十天环游地球》《地心游记》《从地球到月球》，由知名翻译家潘丽珍、陈筱卿从法文原版直译，同时配有画家黄云松、潘孝忠等所绘的精美插图，高品质地呈现凡尔纳科幻小说的魅力，值得一读。希望这些小说能激励青少年读者不断探索，不断开拓，为人类的未来贡献自己的智慧。

目　录

第一章　双髻鲨 001
第二章　三封信件 005
第三章　玛考姆府 014
第四章　格里那凡夫人的建议 019
第五章　"邓肯"号起航 025
第六章　六号舱房的房客 030
第七章　巴加内尔的来龙去脉 037
第八章　"邓肯"号上又添了一个侠肝义胆的人 043
第九章　麦哲伦海峡 047
第十章　南纬37度线 049
第十一章　横穿智利 055
第十二章　凌空一万二千尺 058
第十三章　从高低岩下来 063

第十四章	天助的一枪	067
第十五章	巴加内尔的西班牙语	071
第十六章	科罗拉多河	076
第十七章	南美大草原	082
第十八章	寻找水源	085
第十九章	红狼	089
第二十章	阿根廷平原	094
第二十一章	独立堡	096
第二十二章	洪水	099
第二十三章	像鸟儿一样地栖息在大树上	103
第二十四章	依然栖息在树上	106
第二十五章	水火无情	109
第二十六章	大西洋	112
第二十七章	返回"邓肯"号	117
第二十八章	云中山峰	120
第二十九章	阿姆斯特丹岛	123
第三十章	巴加内尔与少校打赌	125
第三十一章	印度洋的怒涛	130
第三十二章	百努依角	135
第三十三章	一位神秘水手	139

第三十四章	到内陆去	144
第三十五章	维多利亚省	148
第三十六章	维迈拉河	151
第三十七章	柏克与斯图亚特	155
第三十八章	墨桑线	161
第三十九章	地理课的一等奖	166
第四十章	亚历山大山中的金矿	172
第四十一章	《澳大利亚暨新西兰报》消息	175
第四十二章	一群"怪猴"	182
第四十三章	百万富翁畜牧主	189
第四十四章	澳洲的阿尔卑斯山	196
第四十五章	急剧变化	201
第四十六章	ALAND-ZEALAND	205
第四十七章	心急如焚的四天	212
第四十八章	艾登城	216
第四十九章	"麦加利"号	221
第五十章	新西兰的历史	226
第五十一章	新西兰岛上的大屠杀	230
第五十二章	暗礁	235
第五十三章	临时水手	238

第五十四章	吃人的习俗	243
第五十五章	一行人到了本该避开的地方	247
第五十六章	所在之处的现状	251
第五十七章	往北三十英里	253
第五十八章	民族之江	256
第五十九章	道波湖	260
第六十章	酋长的葬礼	266
第六十一章	最后关头	271
第六十二章	禁山	278
第六十三章	锦囊妙计	285
第六十四章	腹背受敌	289
第六十五章	"邓肯"号缘何出现	294
第六十六章	审问	299
第六十七章	谈判	302
第六十八章	黑夜中的呼唤	307
第六十九章	塔波岛	311
第七十章	巴加内尔最后又闹了个笑话	319

第一章 双髻鲨

1864年7月16日,东北风呼啸,一艘豪华游轮开足马力,在北海峡全速航行着。该游轮名叫"邓肯"号,船主爱德华·格里那凡爵士不仅是英国贵族院苏格兰十二位元老中的一位,而且还是享誉英伦三岛的大英皇家泰晤士河游轮协会最有名的一名会员。

此刻,格里那凡爵士及其年轻的夫人海伦以及爵士的一位表兄麦克那布斯少校都在"邓肯"号上。

"邓肯"号刚刚造好下水,在做处女航。当船驶近阿兰岛附近海面时,瞭望台上的水手突然报告,说有一条大鱼正尾随于船后。船长约翰·孟格尔立刻派人把这一情况报告了格里那凡爵士。后者便带着麦克那布斯少校一起来到艉楼,询问船长那是一条什么鱼。

"阁下,"约翰·孟格尔回答道,"我想那是一条巨大的鲨鱼。"

"这片海域也有鲨鱼!"格里那凡爵士惊呼道。

"肯定有,"船长又说,"这是一种叫天秤鱼①的鲨鱼,它出没于任何温度的海域。如果我没看错的话,那就是一条天秤鱼!如果阁下恩准的话,如果尊夫人也想观赏一番奇特的捕鱼方法的话,我们立刻就能得知它是何物了。"

"您意下如何,麦克那布斯?"格里那凡爵士问少校,"不妨试一试?"

"您愿意的话,我也赞成。"少校平静地回答道。

"另外,"约翰·孟格尔又说道,"这种可怕的鲨鱼数量极多,捕杀不尽,我们正好遇上这个机会,既可除去一害,又可观赏到动人的一幕。何乐而不为呢?"

"那好吧,就捕捉它吧。"格里那凡爵士回答道。

爵士随即派人前去通知夫人。海伦夫人对此也颇感兴趣,便兴冲冲地来到艉楼上准备观赏这动人的一幕。

海上风平浪静,海水清澈;大家清楚地看到那条大鲨鱼在海里蹿上蹿下地迅速游动着。只见它忽而潜入水下,忽而又跃出水面,动作矫健,勇猛无比。水手们按照船长的命令,把一条粗粗的绳子从右舷抛入水中,绳头上有一只大钩子,钩子上串着一大块腊肉。那鲨鱼虽远在五十码以外,却立即闻到了腊肉那诱人的香味,只见它如离弦之箭一般地冲了过来。它那灰黑的双鳍在猛烈地击打着海水,直冲那块腊肉而去。它的脑袋又宽又大,如同一把安在长柄上的双头铁锤。约翰·孟格尔船长没有看错,它果然就是鲨鱼中最贪馋的那种,英国人称它为"天秤鱼",而法国普罗旺斯地区的人则称它为"犹太鱼"。

---

① 天秤鱼,英国水手对这种鲨鱼的称谓,因为它的头像天秤,确切地说,像是双头铁锤,在法国被称为"锤头鲨",学名为"双髻鲨"。——原注

大鲨鱼一下子便冲到钩子旁，突然一个打挺，身子一滚，吞下鱼钩，腊肉落入口中，粗绳被拉直，鲨鱼被钩住了。水手们赶忙转动帆架末端的辘轳，把那庞然大物吊了上来。鲨鱼发现自己已脱离水面，便更加奋力地蹦跳挣扎不止。水手们立刻又用另一根粗绳，打成一个活结儿，套住它的尾部，使之动弹不得。随即，鲨鱼很快地被吊上船来，抛在甲板上。一个水手小心翼翼地走上前去，猛地一斧头下去，砍断了鲨鱼的尾巴。

按照惯例，捕捉到鲨鱼之后，必须给它开膛剖肚，在它的肚子里寻觅一番，因为鲨鱼什么都吃，水手们希望能够从其肚腹之中寻找到一点意外之物。

格里那凡夫人不愿意观赏这种恶心的"搜索寻觅"，便独自回到自己的舱房中去了。鲨鱼仍躺在甲板上喘息着；它身长约有十英尺，体重大约有六百磅。

水手们立刻把这头鲨鱼给开了膛。鱼钩倒是被吞进了肚里，却不见它肚里有什么东西。水手们大失所望，正要将其残骸抛入海中时，水手长却突然发现它的肚腹中有一个粗粗糙糙的东西。

"嗨！那是什么？"水手长叫喊道。

"这家伙是个醉鬼，它喝光了酒不算，还把酒瓶子也给吞进肚里去了。"大副汤姆·奥斯丁回答道。

"什么！"爵士惊呼道，"鲨鱼肚子里有只瓶子？把瓶子取出来，小心点儿，海上找到的瓶子里往往都装有重要的信件。"

"喏，瞧！"大副捧着他没少费周折刚从鲨鱼肚子里取出来的那件没模没样的东西说。

"好，"爵士说道，"让人把它洗洗干净，送到艉楼来。"

奥斯丁遵命照办，把那东西洗干净，送到方形厅，放到桌子上。爵士、少校、船长围桌而坐。海伦夫人也围了上来。

爵士立刻动手检查瓶子。他就像是一位在寻找重要案件线索的英国检察官似的，认真仔细地检查着。他这么仔细小心是对的，因为表面看上去并不重要的东西，往往会藏有破案的重大线索。

这是一只细颈瓶，瓶口玻璃很厚，上面还缠着铁丝，只是铁丝已经生锈了。瓶壁也很厚，能承受好几个大气压力。

"它究竟是从哪儿漂来的呀？"海伦夫人急切地问道。

"您先别着急，研究这瓶子得有耐心。除非我判断错了，否则这个瓶子很快就会给我们解开谜团的。"

爵士一边这么说着，一边便开始刮擦封在瓶口的那层坚硬的物质。不一会儿，瓶塞便露了出来，不过，已经被海水侵蚀得不成模样了。

"真可惜，"爵士说，"即使瓶子里藏着信函，字迹也一定难辨了。"

"很有可能。"少校附和道。

"我们先看看再说吧。"爵士说道。

他小心地动手拔出瓶塞，一股海腥味立刻在艉楼里弥漫开来。

"是什么东西？"海伦夫人迫不及待地问道。

"没错！"爵士说道，"我没有猜错！是信件！"

"信件！信件！"海伦夫人惊呼道。

"可是，"爵士说，"纸受潮了，粘在瓶塞上了，没法取出来。"

"那就把瓶子砸碎。"少校提议说。

"我倒是希望让瓶子保持原样，完好无损。"爵士说。

"我赞成这个意见。"少校随即转变了态度。

"阁下只需将瓶颈敲掉，里面的东西就可以完完整整地取出来了。"孟格尔船长提议道。

"说得对！就这么办，我亲爱的爱德华。"海伦夫人大声说道。

第二章　三封信件

这几张纸经海水侵蚀,字迹模糊,只能辨清一些单个的字词,连不成句,拼不成行。爵士仔仔细细地看了好几分钟,颠过来倒过去地看,对着阳光看,每个字的一笔一画全都仔仔细细地研究一遍,然后,他才抬起头来对焦急地看着他的朋友们说道:

"这儿是三封不同的信件,很可能是一封信的三张信纸,是用三种不同的文字写的:一封是英文,一封是法文,一封是德文。从没被侵蚀掉的那些字迹来看,这一点是毫无疑问的。"

"这三封信上所留下的字也许可以互为补充吧?"少校说道。

"应该是的,"孟格尔船长说道,"海水不可能把三封信上同一行的同一个字给侵蚀掉的。我们可以把那些断句残词相互拼凑在一起,总可以看懂个大概的。"

"好的,就这么干,"爵士说,"我先来看看英文的。"

英文信件上的断句残词是这样的:

```
           62           Bri              gow
 sink                                    stra
        aland
   skipp     Gr
             that   monit          of   long
 and                                     ssistance
             lost
```

"这些字看不出是个什么意思。"少校颇为失望地说。

"不管怎么说,"船长回答道,"这总还是地地道道的英文字嘛。"

"这一点是肯定无疑的,"爵士说,"sink(沉没),aland(登陆),that(那),and(以及),lost(死亡),这些词还都是很完整的。而 skipp,显然是 skipper(船长);至于 Gr,大概是一位名叫 Gr……(格……)什么的人名,也许是遇难船只的船长的名字。"

"另外,"船长说,"monit 和 ssistance 的意思也很明显:monit 应该是 monition(文件),而 ssistance 应该是 assistance(救助)。"

"嗯,这么一看,就有点意思了。"海伦夫人说。

"可惜的是,"少校说道,"缺少整行的字。是什么船?在哪儿出的事?这我们就搞不清楚了。"

"我们会弄清楚的。"爵士颇为自信地说。

"这是当然的,"总是附和大家意见的少校应答道,"可是,怎么弄清楚呢?"

"把三封信相互补充着来看就行了。"爵士说。

第二封信比第一封信侵蚀得更加厉害,只剩下如下的几个孤立的字:

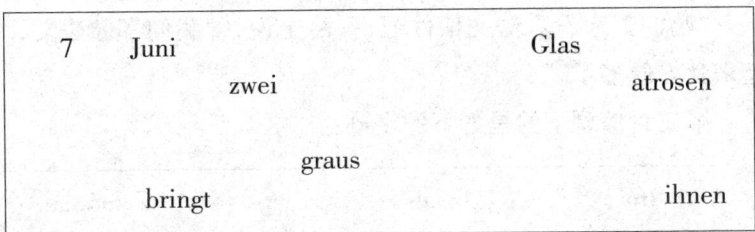

"这是德文。"船长一看便说。

"您懂德文吗,约翰?"爵士问道。

"懂点,爵士。"

孟格尔船长仔细地看了看那张信纸,说道:

"首先,出事的时间确定了,7 Juni,也就是6月7日,与英文信上的62合起来,就是1862年6月7日。在同一行上,还有一个Glas,与英文信上的gow拼接起来,也就是Glasgow,很显然,这是一条格拉斯哥港的船。信上的第二行全侵蚀掉了,但在第三行上,有两个重要的字,zwei意为'两个',而atrosen应该是matrosen,也就是'水手'的意思。"

"这么说,"海伦夫人说,"有一名船长和两名水手遇难了?"

"很有可能。"爵士回答说。

"阁下,我实话实说,下面的那个graus把我难住了。也许再看一下第三封信,比照一下,可以弄明白这个字是什么意思。至于最后的那两个字,不难理解,bringt ihnen意为'盼望给予',与英文信上第六行的那个'救助'拼凑起来,就是'盼望给予救助',这一点十分清楚。"孟格尔船长接着说道。

"是的!盼望给予救助!"爵士说,"但是,那几个遇难者究竟是在什么地方遇难的呢?到目前为止,确切地点仍是个谜,出事的地点仍旧一无所知。"

"但愿法文信件能说得明白一点。"海伦夫人说。

"咱们就来看看法文信件吧，"爵士说，"我们都懂法文，研究起来就方便多了。"

第三封信剩下的是如下的字迹：

troi		ats		tannia
		gonie		austral
				abor
contin		pr	cruel	indi
		jeté		ongit
et	37°11′	lat		

"我们还是逐一地加以研究吧，"爵士说，"头几个字我看就是'三桅船'的意思，再与英文信件拼凑起来，应该是'不列颠尼亚号三桅船'。下面的两个字，gonie 和 austral，只有后一个字有意义，是指'南半球'。"

"这已经很有意思了，"孟格尔说道，"这就是说，该船是在南半球遇难的。"

"听我继续说，"爵士接着说道，"你们看，abor 这个字写全了应该是 aborder，也就是'到达''登陆'的意思。遇难的那些人到达了某一处地方。到底到了哪儿了呢？contin！是不是 continent（大陆）呀？而 cruel……"

"cruel！"约翰·孟格尔叫嚷道，"这正好与德文信件上的那个graus…grausam 是同一个意思，是'野蛮的'这个形容词！"

"咱们继续往下看！"爵士说道，"indi 是不是 inde（印度）呀？那些水手是不是被抛到印度去了？那个 ongit 是不是 longitude（经度）呀？下面是纬度：37度11分。好极了！我们总算有了一个确切的方向了。"

"可是，经度仍旧不得而知呀！"少校说。

"我们不可能一下子全都知道的,我亲爱的少校,"爵士说道,"显然,这封法文信是三封信中最完整的了。不用说,这三封信彼此是互为译文的,而且是逐字逐句直译出来的,因为这三张纸上的行数都是一样的。我们现在要做的,是把这三封信合并为一封信,用一种文字表达出来,然后再研究它最有可能、最为合理、最清晰明确的意思。"

"您打算用法文、英文还是德文来把这封信统一起来呢?"少校问道。

"用法文,"爵士回答道,"因为法文信上的意思最为明确。"

"阁下说得对,"孟格尔说,"再说,我们大家又都更加熟悉法文。"

爵士立刻拿起一支鹅毛笔,不一会儿,便写好了,拿给朋友们看。他写出来的是下面的几行字:

7 Juni 1862　　trois-mats Britannia　　　　Glasgow
(1862年6月7日)　(三桅船"不列颠尼亚"号)　(格拉斯哥)

sombre　　　　　gonie　　　　　　　austral
(沉没)　　　　(哥尼亚)　　　　　(南半球)

à terre　　　　　　　　　　　deux matelots
(登陆)　　　　　　　　　　　(两名水手)

Capitaine Gr　　　　　abor
(船长格)　　　　　　(到达)

contin　　　pr　　　　cruel　　　　indi
(大陆)　　(被俘于)　(野蛮的)　　(印第)

jeté le document　　　　　de longitude
(抛此信件)　　　　　　　(经度)

et 37°11′ de latitude　　portez-leur secours
（纬度37度11分）　　　　（企盼救助）
perdu
（死去）

这时候，一名水手前来向船长报告说，"邓肯"号已经驶入克莱德湾，听候船长命令。

"阁下意欲何为？"孟格尔向爵士问道。

"先尽快赶往丹巴顿，约翰。然后，等海伦夫人回玛考姆府去时，我便前往海军部，把这些信件呈送上去。"

约翰·孟格尔立刻对水手下达了指令，后者飞快地跑去向大副传达。

"现在，朋友们，"爵士说道，"让我们来继续分析研究吧。我们已经获得了一件大海难的线索了。有几条人命在依靠着我们的判断能力，因此，我们必须开动脑筋，破解这个谜团。首先，我们得把这封信分成三个不同的部分加以处理：一，已知的部分；二，可猜测的部分；三，未知的部分。我们现在已经知道的是什么呢？我们知道的是：1862年6月7日，格拉斯哥港的一条三桅船'不列颠尼亚'号沉没了；两名水手及船长把这三封信放在漂流瓶里，在纬度37度11分处抛入海中，请求援救。"

"完全正确。"少校应答道。

"我们能够猜测到的又是什么呢？"爵士又自问道，"我们所能猜测得出的首先是：出事地点在南半球海面上。然后，我提请大家注意'gonie'这个字。它是不是指某个地名呀？它是某个地名的组成部分吗？"

"是不是Patagonie（巴塔哥尼亚）呀？"海伦夫人大声说道。

"想必是的。"

"但是，巴塔哥尼亚是位于南纬37度上吗？"少校问道。

"这不难查证，"约翰·孟格尔说着便摊开一幅南美洲地图，"一点没错。巴塔哥尼亚正是位于南纬37度线上。南纬37度线先横穿阿罗加尼亚。然后，沿着巴塔哥尼亚北部穿过南美大草原，进入大西洋。"

"好。咱们继续进行推测。两名水手及其船长 abor，也就是 aborder（到达）什么地方了呢？contin...就是 continent（大陆），请注意，是'大陆'，而不是海岛。然后，他们又怎么样了呢？有两个字母——pr——具有揭示作用，可解开谜团。这两个字母是 pris（被俘）还是 prisonniers（当了囚徒）了呢？这几个人是被何人掳走的呢？被 cruel indiens（野蛮的印第安人）劫掳走了。这种解读，你们以为如何？空缺处的词是不是跃然纸上了？"

爵士说得十分肯定，目光中充满着自信。众人也都被他的热情所感染，异口同声地大声说道："显然如此！显然如此！"

停了片刻之后，爵士继续说道：

"朋友们，我觉得我们的这些推测是完全可信的。出事地点就是在巴塔哥尼亚海岸附近。我要让人去格拉斯哥港打听一下，当初'不列颠尼亚'号驶出港口之后，将开往何处。这样，我们就可以得知它是否有被迫驶向巴塔哥尼亚海域的可能。"

"噢！我们不必跑那么老远去打听，"孟格尔说道，"我这儿就有《商船日报》的汇编本，查一下就知道了。"

孟格尔取来了一大摞1862年的报纸，飞快地翻查着。他没有翻查太长的时间，一会儿之后便兴奋不已地说道：

"1862年，5月，30日。秘鲁！卡亚俄港！满载货物，驶往格拉斯哥港。船名'不列颠尼亚'号，船长格兰特。"

"格兰特！"爵士惊呼道，"就是那位雄心勃勃的苏格兰人，他曾想在太平洋上创建一个新苏格兰！"

"是的，就是他，"孟格尔说道，"1862年驾驶着'不列颠尼亚'号驶离格拉斯哥港，随后就音信全无了。"

"没什么好怀疑的了！"爵士说道，"确实就是他。'不列颠尼亚'号于5月30日驶离卡亚俄，八天之后，于6月7日在巴塔哥尼亚海面遇难。这几封残缺不全的信里记述的就是该船的全部历史。现在尚未知晓的只有一点：它的经度。"

"出事地点已经知道，知不知道经度无关紧要，"孟格尔说，"只要知道了纬度，我就能保证找到出事地点。"

"这么说，我们全都弄清楚了？"海伦夫人问道。

"全都弄清楚了，我亲爱的海伦，信件上被海水侵蚀了字迹后所留下的空白，我可以轻而易举地给填补上，如同格兰特船长亲自口述，我在做记录一般。"

爵士说着便拿起笔来，毫不犹豫地做了如下的记录：

1862年6月7日，隶属于格拉斯哥港的三桅船"不列颠尼亚"号在靠近巴塔哥尼亚一带海岸的南半球海域沉没。两名水手及船长急忙登上大陆，被野蛮的印第安人俘获。特抛下这三封信件于经……纬度37度11分处。企盼救援，否则将必死于此处！

"这几个落难之人想必也有自己的家庭，他们的家人一定在为他们的失踪而痛哭，"海伦夫人悲戚地说，"也许那位可怜的格兰特船长就有妻子儿女……"

"您说得没错，我亲爱的夫人，我会设法告诉他们，他们的亲人还活着，还没有完全失去希望。"

"邓肯"号加大马力，于傍晚六点，停泊在丹巴顿的雪花岩脚下，岩顶上矗立着苏格兰英雄华莱士的那座有名的宅邸。

在那儿，已经有一辆马车准备好了，在恭候着海伦夫人，准备把她和少校送回玛考姆府。爵士拥抱了自己年轻的妻子之后，便跳上了开往格拉斯哥的快车。

不过，在他动身之前，他给《泰晤士报》和《纪事晨报》分别拍发了内容相同的一份启事：

> 欲知格拉斯哥港三桅船"不列颠尼亚"号及其船长格兰特之消息者，可询格里那凡爵士。地址：苏格兰，丹巴顿郡，吕斯村，玛考姆府。

第三章　玛考姆府

玛考姆府系高地的最富有诗情画意的城堡之一，坐落在吕斯村附近，俯瞰着吕斯村的那个美丽的小山谷，依傍着乐蒙湖清澈的湖水，其花岗岩基即浸在湖水之中。很久很久之前，这座城堡便属于格里那凡家族所有。在所有的贵族中，唯有格里那凡家族一如既往地善待农民，所以他家的佃户没有一个背井离乡，没有一个挨冻挨饿，依然忠心耿耿地在为格里那凡家族耕地种田。因此，即使在那动荡的年代，在那风雨飘摇的乱世之中，格里那凡家族的玛考姆城堡仍旧像是在"邓肯"号上一样，始终只有清一色的苏格兰人居住着。

爵士一向敞开大门，迎接一切进步的东西，但是，在他的内心深处，总不免把自己的苏格兰放在前位，他的苏格兰情结可以说是根深蒂固的。

爵士现年三十有二，他身材魁梧，表情较为严肃，但目光却极其温和。他为人豪爽，行侠仗义，颇具古代骑士遗风，但是，其尤为突出的特点则是慈悲为怀、仁爱至极。

爵士与海伦小姐喜结连理刚刚三个月，海伦小姐是著名的旅行家威廉·塔夫内尔的女儿，其父威廉是为研究地理并热衷于勘察而牺牲的众多学者中的一位。

第三章　玛考姆府

　　海伦小姐并非出身贵族家庭，但她却是地地道道的苏格兰人，光凭这一点，在爱德华·格里那凡看来，就足以与任何一个贵族家庭的小姐相媲美了。

　　海伦小姐人很秀气，为人勇敢而热情，爱德华一眼便相中了她，与她结成了终身伴侣。他第一次见到她时，她是个无父无母的孤女，几乎一无所有，孤独地住在基巴特里克的一座房子里。爵士明白，这个可怜的少女会成为一个贤妻良母，所以便娶了她。海伦小姐年方二十二岁，金发碧眼，柔情似水。她对丈夫的爱超过她对他的感激之情。她的佃户和仆人们都称她为"我们仁爱的吕斯夫人"，心甘情愿地为她服务，为她献身。

　　爵士和海伦夫人在那四周环绕着高地的原始而美丽的大自然中幸福地生活着。但是，爵士并没有忘记自己的妻子是一位大旅行家的女儿！他心想，海伦夫人心中肯定仍怀有其父的种种愿望；不用说，他的猜想完全正确。"邓肯"号造好了，它将载着爵士夫妇前往世界上最美丽的那些地方，经由地中海，直到希腊群岛一带。当丈夫把"邓肯"号交由她支配时，可想而知，海伦夫人心里是多么的高兴啊！啊，前往人间仙境般的希腊去继续度蜜月，世界上还有什么能比这更加幸福的啊！

　　可是现在，爵士已经前往伦敦了。他是为了援救那几个不幸之人而去的，因此，海伦夫人心中多的是焦急不安，而不是忧愁烦闷。第二天，丈夫拍来一封电报，她盼着丈夫很快就能归来；但是，晚上却收到了丈夫的一封来信，言明归期推迟，因为他的建议遇到一些阻碍。第三天，海伦夫人又接到丈夫的一封信，丈夫在信中流露出对海军部的不满。

　　这一天，海伦夫人心中开始忐忑不安了。晚间，她独自一人待在房间里，突然，城堡总管哈伯尔先生前来禀报，说有一个女孩和

一个男孩求见爵士。"

"是本地人吗?"海伦夫人问。

"不是,夫人,"管家回答道,"因为我从未见过他们,他们是刚乘火车到巴乐支,再从巴乐支徒步走到吕斯村的。"

"快请他们上来,哈伯尔。"海伦夫人说。

不一会儿,那个姑娘和小男孩便被领到海伦夫人的房间里来。从二人的面容来看,便知是姐弟俩。姐姐年方二八,漂亮的面庞上显露着些许疲惫,一双大眼睛肿肿的,似乎哭过,但面部表情却沉着坚定,穿着打扮整洁素雅,让人看着心生怜爱。她拉着自己的弟弟。弟弟虽小,却一脸坚定勇敢,仿佛是姐姐的保镖。姐姐来到海伦夫人面前时,略显迟疑。海伦夫人见状,立刻先开口道:

"你们有事找我?"她边说边以目光鼓励女孩照实说来。

"不是的,"男孩以坚定的口吻代姐姐回答,"我们不是来找您的,我们是要找格里那凡爵士。"

"请您原谅他说话不知深浅,夫人。"姐姐瞪了弟弟一眼,连忙说道。

"格里那凡爵士现在不在,"海伦夫人回答道,"我是他的妻子。如果你们愿意跟我说的话……"

"您就是格里那凡夫人?"女孩问道。

"是的,小姐。"

"您就是就'不列颠尼亚'号遇难一事在《泰晤士报》上登了

一则启事的那位玛考姆府的格里那凡爵士的夫人？"

"是的，我就是，"海伦夫人连声答道，"您二位是……"

"我是格兰特小姐，夫人，他是我的弟弟。"

"啊！是格兰特小姐！是格兰特小姐！"海伦夫人惊呼道，一边把少女拉到自己身旁，攥住她的双手，一边吻着那小小男子汉的小脸蛋。

"夫人，"格兰特小姐问道，"关于家父沉船的事，您都知道些什么情况？他还活着吗？我们还能见到他吗？我求求您了，跟我说说吧。"

"我亲爱的姑娘，"海伦夫人说道，"就目前的情况来看，我不想让你们空欢喜……"

"请您直说吧，夫人，有什么说什么！我很坚强，我能忍受得了痛苦，我不怕听到坏消息。"

"我亲爱的孩子，"海伦夫人回答她说，"希望不是很大，不过，也有可能你们有一天会与令尊重逢的。"

"我的上帝！"格兰特小姐痛苦地呼唤着，泪水忍不住哗哗地流了出来。与此同时，小男孩罗伯特抓起格里那凡夫人的双手吻个不停。

于是，海伦夫人便把捞到漂流瓶，从中发现三封信件的情况告诉了他们……

"啊！爸爸！我可怜的爸爸！"小罗伯特一边这么痛苦地呼唤着，一边紧紧地依偎着姐姐。

而格兰特小姐则是双手合十，一声不响，静静地听着，直到海伦夫人讲完，她才问道：

"啊，夫人！那些信件呢？那些信件呢？"

"信件不在我这儿，我亲爱的孩子。"海伦夫人回答道。

"不在您这儿?"

"是的,不在我这儿。格里那凡爵士为救你们的父亲,把那些信件带到伦敦去了。不过,信的内容我已经一字不落地告诉你们了,我把我们根据信件上的断句残词拼凑起来的意思也都告诉你们了。可惜只知道纬度,而不知道经度……"

"用不着知道经度的!"那男孩大声说道。

"是的,罗伯特先生,是用不着经度了,"海伦夫人边回答边看着那男孩满脸坚定的神情说着,禁不住微笑起来,"格兰特小姐,信的内容您连细枝末节都知道了,您已经同我所知道的一样多了。"

"是的,夫人,"少女答道,"可我想看看家父的笔迹。"

"那您就等一等,说不定格里那凡爵士明天就能回来了。我丈夫是想带着这几封确凿无疑的信件,让海军部的官员们看看,好让他们下决心派人乘船前去寻找格兰特船长。"

"真的吗,夫人?你们真的去为家父奔走呼号?"格兰特小姐不禁惊叹起来,心存十二万分的感激。

"是的,我亲爱的孩子,"海伦夫人回答道,"我们这么做并不值得感谢,任何人处于我们的位置,都会在所不辞的。但愿我的一番话让你们心中升起的希望得以实现!你们可以住在我们的城堡里,等着格里那凡爵士归来……"

"夫人,"格兰特小姐答道,"您的心肠真好,但我们不能过分叨扰了。"

"这话太见外了,亲爱的孩子,您和您弟弟在这个家里已不算是外人了。你们既然已经来了,那就在此等候格里那凡爵士归来,听听他告诉你们,人们将怎样设法去援救你们的父亲。"

姐弟二人不再拒绝,同意留下来,等着爵士带来好消息。

第四章 格里那凡夫人的建议

格里那凡夫人在同两个孩子交谈时,并未提及其丈夫在来信中对海军部长官们的那份焦虑的心情,也闭口未谈格兰特船长有可能在南美洲已被野蛮的印第安人掳走了的事。她在回答了格兰特小姐所提的一大堆问题之后,便主动地询问起格兰特小姐的生活状况来。言谈中,她感觉到格兰特小姐仿佛是她弟弟罗伯特在这个世界上唯一的保护人。

格兰特小姐向海伦夫人讲述了他们姐弟俩简单动人的故事和处境,这更增加了海伦夫人对他们的同情和怜爱。

玛丽·格兰特和罗伯特·格兰特是格兰特船长仅有的一双儿女。格兰特船长全名为哈利·格兰特,他的妻子在生下小罗伯特后便去世了。格兰特船长是个勇敢坚强的水手,既善于航海,指挥若定,又很懂得经商,真是个难得的人才。他住在苏格兰珀思郡的敦提城,系本地土生土长的人。他的父亲是圣卡特琳教堂的牧师,从小就让自己的儿子哈利接受全面的教育。

哈利·格兰特开始时是个大副,后来升任船长。在开始的几次远洋航行中,业绩突出,生意很好,等到罗伯特出生之后的几年,他已经是家底很厚实了。

正是在这个时候,他的脑海中浮现出一个伟大的计划,致使他

在苏格兰闻名遐迩。他与格里那凡家族中的人一样,并且也与低地的一些望族世家一样,对于侵入北方的英格兰人始终心怀强烈的愤懑。他认为,他的家乡苏格兰的利益就是苏格兰人的利益,而不是盎格鲁-撒克逊人的利益,因此,他想要凭借自己个人的实力去促使苏格兰利益发展扩大,想要在澳大利亚一带找到一片陆地使苏格兰人可以移民。政府当局对他的这种移民设想不仅不会给予支持,而且还要给他制造种种麻烦。他带头将自己的家产全部拿出来,建造了一艘船,组成了一支精干的水手队伍,并把一双儿女托付给了自己慈祥的老堂姐,毅然决然地前往太平洋诸岛去探险了。那是1861年的事。在这一年中,直到1862年5月,他都有消息传回国内,但是,到了6月,他离开卡亚俄之后,关于"不列颠尼亚"号的消息就不再为人所知了,连《航海日报》也都未再提及格兰特船长的下落。

就在这个时候,哈利慈祥的老堂姐也仙逝了。自此之后,两个孩子就孤零零地活在了世上。

当时,玛丽·格兰特只有十四岁,但小小年纪,却心高气傲,十分坚强,不畏艰难,把全部精力都用在了小弟弟的身上,不但要养活弟弟,还得教育培养弟弟。她克勤克俭,聪明能干,日夜操劳,愿为弟弟牺牲一切,这个年幼的姐姐竟然把养活培育小弟弟的重任扛了下来,尽到了母亲的职责。她一直认为"不列颠尼亚"号已经出事了,没有希望了,父亲永远也回不来了,可是,突然间,她却偶然地看到《泰晤士报》所刊登的那则启事,她的心又从绝望之中复活了,她的那份激动兴奋之情,非笔墨所能描述。

一看到这则启事,她便立刻把情况与想法全都跟弟弟说了。姐弟二人当天便搭上开往巴乐支的列车,当晚便来到了玛考姆府。得知情况之后,玛丽在长期的忧伤之后,心儿又活泛了,又开始心存希望了。

以上就是玛丽·格兰特小姐对格里那凡夫人讲述的那个痛苦的经历。她在讲述时，平平淡淡，简简单单，但从这段经历中，在这漫长的艰难岁月里，我们不难看出这女孩的坚毅勇敢，令人感佩；海伦夫人在听她讲述时，不止一次地忍不住眼泪直流，禁不住紧紧地把格兰特船长的这双儿女搂在自己的怀里。

而小罗伯特，他也是头一次听到姐姐说这段经历，只见他瞪着一双大眼，专心致志地听姐姐讲述。他现在才明白姐姐为自己所做的一切，才知道姐姐所经受的一切痛苦，禁不住一把抱住姐姐，呼喊道：

"啊！妈妈！我亲爱的妈妈！"这声真情的呼唤是发自内心深处的，他是真心实意地把姐姐当作母亲了。

他们这么谈着谈着，不觉夜已深了。海伦夫人怕两个孩子过于疲乏，便把他们领到已经准备好了的客房里去。姐弟俩头一挨着枕头便睡着了，做起了好梦。然后，海伦夫人便让人把少校请来，把她与格兰特船长的两个孩子交谈的情况一五一十地告诉了他。

"真是个了不起的小女孩！"少校听了海伦夫人的讲述之后惊叹道。

"愿上苍保佑我丈夫能成功地办成与海军部的交涉！"海伦夫人说，"不然的话，这姐弟俩就真的完全绝望了。"

第二天，一大清早，玛丽和她弟弟便起来了。他们正在城堡院子里散步，突然听见一阵马车的隆隆声响。爵士快马加鞭地赶回了玛考姆府。几乎与此同时，海伦夫人在少校的陪伴下也来到了院子里。爵士脸色阴沉，一脸的愤懑。他拥抱了一下夫人，但没有说一句话。

"怎么样，爱德华？怎么回事？"海伦夫人连声问道。

"哼,那帮人简直没有心肝,"爵士回答说,"他们不肯给我派一条船!他们竟然说,为了寻找富兰克林,已经白白地浪费了几百万了!他们硬说那几封信语义含混,不明不白!还说什么那几个不幸的人都已经有两年杳无音信了,没有可能找到他们的。还说什么他们既然已经落入了印第安人手里,肯定被带到内陆深处了,怎么能为了三个人——三个苏格兰人——搜寻整个巴塔哥尼亚呀!这么做说不定牺牲的人比获救的人还要多!可怜的格兰特看来是没有希望了!"

"我的父亲!我可怜的父亲!"玛丽扑倒在爵士的面前,大声地呼唤道。

"您的父亲!怎么回事呀,小姐?……"爵士看见女孩跪倒在自己的面前,不禁惊讶地问道。

"哦,爱德华,这是玛丽小姐和她的弟弟,"海伦夫人回答道,"是格兰特船长的一双儿女。海军部这么干,是真的要让他们成为孤儿了!"

"啊!小姐,"爵士连忙扶起玛丽说,"如果我早知道你们在这儿的话……"

院子里一片难耐的沉寂,不时地为断断续续的哽咽啜泣声所打破。爵士、夫人、少校以及静悄悄地围在那儿的仆人们,全都紧咬着嘴唇,全都对英国政府的这种态度感到无比愤慨。

一会儿后,少校打破了沉寂,开口问爵士道:

"这么说，一点希望都没有了？"

"是的，没有了。"

"那好呀！"小罗伯特大声嚷道，"我要去找那帮人，我倒要看看他们……"

没等小罗伯特把话说完，他姐姐便制止了他。只见他气鼓鼓的，小拳头握得紧紧的，一脸的愤怒。

"不许这样，罗伯特，"玛丽说道，"千万别这样！这些仁慈热心的大人已经为我们尽力了，我们应该好好谢谢他们，要永远记住他们的恩德。咱们走吧。"

"玛丽！"海伦夫人叫住了她。

"小姐，您这是想要到哪儿去呀？"爵士问道。

"我要去跪求女王，"玛丽回答道，"我想看看女王陛下是否也对我们这两个为父求救的孩子一样地无动于衷。"

爵士摇了摇头，他并不是怀疑女王陛下的仁慈，而是认为玛丽根本就见不到女王。因为请求女王恩典的人很难走近御座前的石阶的。

海伦夫人明白丈夫的意思。当她发现这两个孤苦伶仃的孩子又要过上绝望的生活时候，她的脑海里突然闪现出一个伟大而慷慨的念头来。

"玛丽·格兰特，"她大声说道，"你们先等一等，我的孩子，听我说。"

少女本打算拉起她弟弟走的，听到这话便立刻停了下来。

这时，海伦夫人眼含热泪，声音坚定，神情激动地走到她丈夫的身旁。

"爱德华，"她冲着丈夫说道，"格兰特船长把信写好，放进漂流瓶里，扔进海里，他是把自己交付给上帝了。是上帝把他的信转交给我们的。很显然，上帝这是要我们负责去搭救那几个落难的人呀！"

"您到底想说什么呀，海伦？"爵士问她道。

"我的意思是，"海伦夫人继续说道，"新婚夫妇如果做了善行义举，肯定会非常幸福的。您为了让我幸福快乐，曾制订了一个远游的计划，可是，天底下的事，有哪一件事能够比去援救一些被其国家遗弃的不幸之人更加让人幸福快乐、更加有价值呢？"

"我的海伦！"爵士欢呼道。

"啊！您总算明白我的意思了，爱德华！'邓肯'号是一条坚固结实而又轻快的好船，它能扛得住南半球大洋上的狂风巨浪！我们就乘船出发吧！我们去寻找格兰特船长！"

爵士听了年轻夫人的这番话，不禁激动得张开双臂，把她紧紧地搂抱在自己的怀里。玛丽和罗伯特见状，也抓住了海伦夫人的双手，狂吻不止。仆人们见到这动人的一幕，无不激动万分，兴奋不已，不由自主地从心底里发出了欢呼：

"万岁！吕斯夫人万岁！格里那凡爵士和吕斯夫人万岁！"

第五章　"邓肯"号起航

　　爵士看到自己有这么一位贤惠善良的妻子了解他、追随他，心里有说不出的高兴。当他在伦敦向海军部提出自己的请求，遭到无情的拒绝时，心中便萌发了要亲自去援救格兰特船长的念头，只不过他没有在海伦夫人面前透露而已，因为他舍不得离开自己新婚的娇妻。现在，海伦夫人倒先提出来了，一切疑虑全都化为乌有了。家里的仆人们也都欢呼雀跃，完全拥护夫人的这个提议，因为主人要去援救的是苏格兰人，是他们的同胞兄弟。

　　当天，格里那凡爵士便派人去吩咐约翰·孟格尔，让他把"邓肯"号开到格拉斯哥港，并做好有可能要环绕地球一周的航行准备。

　　"邓肯"号是一艘式样新颖别致、配有蒸汽发动机的游艇，载重量为二百一十吨，还有三角帆、大触帆、小触帆以及许多的辅帆。但它主要还是靠其本身的机器动力。它的机器是最新式的产品，有一百六十匹马力，并且还配备了增大气压的加气机，那是一台具有高压性能的机器，可以增大气压，加快双螺旋桨的速度。"邓肯"号如果开足马力的话，可以达到甚至超过当时所有轮船的最高时速。在克莱德湾试航时，根据航速仪的测试，它的最高时速达到了十七海里。

孟格尔船长首先把煤舱进行扩大，尽量地多装一些煤。同时，他也把粮仓扩大了，装上足够两年的储备粮。他甚至还购置了一门有转轴的炮，安装在船头甲板上，以防意外。炮能够发射一颗八磅重的炮弹到四海里远的地方，具有很大的威慑力。

约翰·孟格尔是个航海高手，虽说他只是指挥一条游船，却是格拉斯哥港少有的优秀船长。他刚满三十岁，表情严肃，既勇敢又善良。他是在格里那凡家里长大的。格里那凡家把他扶养成人，并把他培养成了一名优秀的水手。当爵士请他担任"邓肯"号船长时，他真的是打心眼里感到高兴，因为他爱戴这位玛考姆府的主人，如同弟弟崇敬兄长一样，他早就想着要为哥哥效劳、出力。

大副汤姆·奥斯丁是一名老水手。"邓肯"号上的全体人员，包括船长、大副在内，一共二十五人；他们都是丹巴顿郡人氏，都是饱经风浪的水手，都是世世代代为格里那凡家族服务的佃户的子弟。这么一来，"邓肯"号上就形成了一种诚实可信的人的组合，个个身怀绝技，连传统的风笛手都不缺乏。他们人人热爱自己的工作，个个热诚勇敢，善于使用武器，精于驾驶船只，而且追随主人做冒险远航，人人奋勇，个个当先。听到将要出海远航，欢呼声不断，响彻丹巴顿的山谷。

约翰在忙着改造舱房、储粮备煤的同时，并未忘记为格里那凡爵士夫妇装饰供远航用的卧房。同时，他还要考虑安排格兰特船长的两个孩子的舱室，因为海伦夫人已经答应玛丽姐弟俩跟随"邓肯"号一同远航。

至于小罗伯特，大家都非常清楚他的决心，所以没人会阻拦他的。而且，还得同意他不以乘客的身份登船，而是要在船上服务，做见习水手、小水手或大水手。于是，约翰便承担起教给他航海知识的重任。

少校也在乘客名单上。少校年约五旬，稳重老成，仪表堂堂，为人谦和，让干什么就干什么，无论对什么事或对什么人，总是以别人的意见为重，从不与人争辩，从不对人发火，凡事都镇定自若，泰然处之。此外，他还是个胆大勇敢的人，即使炮弹落在身旁，连眉头都不会皱一皱，绝不会擅离岗位。他是个彻头彻尾、地地道道的苏格兰人，是个纯血统的喀里多尼亚人，他固执地抱着故乡的旧习俗不放。因此，他不愿意为大英帝国服役，他的少校军衔还是在高地黑卫队第四十二团获得的。黑卫队是一支纯粹由苏格兰贵族组成的队伍。少校以表兄的身份长住在玛考姆府，现在，他觉得以少校的身份登上"邓肯"号是顺理成章的事。

当船驶入格拉斯哥港后，便引起了社会各阶层人士和民众们的好奇。前来参观的人，每天络绎不绝。人人都在关心它、谈论它，致使停泊在该港口的其他船只的船长们心里又嫉妒又羡慕，尤其是"苏格提亚"号的勃尔通船长，更是眼红。"苏格提亚"号也是一条极其漂亮的船，就停泊在"邓肯"号的旁边，正准备驶往加尔各答。

起程的日子一天天地迫近。"邓肯"号在克莱德湾试航后仅仅一个月，就全部改装完毕，燃料和粮食也都已储备充足，一切都安排妥当，只等出海远航了。出航日期定在8月25日，在开春之前，它就可以驶入南纬海域了。

8月24日，格里那凡夫妇、麦克那布斯少校、格兰特姐弟俩、船上司务长奥比内先生，以及侍奉格里那凡夫人的奥比内太太，在城堡众仆人的热烈欢送下，离开了玛考姆府。几小时后，他们便在船上安顿下来。格拉斯哥的群众怀着崇敬的心情欢送海伦夫人，因为大家都为她抛弃奢华安逸的生活前去救援自己受难的同胞所感动，把这位年轻女子视为勇敢的女性，视为他们的骄傲！

爵士夫妇被安顿在"邓肯"号船尾的楼舱里,拥有两间卧室、一个客厅和两间洗漱间。紧挨着他们的是一个公共的方形大厅,两侧是六个舱房,分别由格兰特姐弟、奥比内夫妇和麦克那布斯少校住着。而约翰和奥斯丁的舱房则在方形大厅的另一头,背朝方形大厅,朝着中甲板。船员们则住在统舱里,地方也很宽敞舒适,因为船上除了燃料、粮食、武器外,并没装运其他东西。船上很空,空地儿不少,孟格尔船长需巧妙地利用这些空地儿加以布置。

"邓肯"号决定在8月25日凌晨3点趁着落潮起航。在起航前,格拉斯哥市民们还看到了一场十分动人的仪式。晚上八点钟,格里那凡爵士及其伙伴们,包括从厨师到船长的全体船员,凡是参加这次救援行动的人,全都下了船,前往格拉斯哥古老的圣蒙哥教堂。在这座古老的教堂里,摩尔顿牧师在为他们祈福,求神明保佑他们远航顺利,一路平安。夜晚11时许,众人回到了船上。孟格尔船长和船员忙着做起航的最后准备。

午夜时分,锅炉生火,船长命令加足燃料,烧旺炉火。不一会儿,只见大股浓烟滚滚冒出,与黑夜中的海上迷雾混杂在一起。

凌晨2点光景,"邓肯"号在轮机的震撼下开始颤动起来;气压计标示出压力为四级;蒸汽在汽缸中哧哧作响,与大海的潮汐相互呼应;微弱的夜光中,可以辨别出那条夹在浮标和石标之间的克莱德航道来。浮标和石标上的信号灯已经渐渐地在晨曦中暗淡下去,可以起航了。

孟格尔船长派人去请格里那凡爵士,后者立刻跑到甲板上来。

不一会儿,潮水往后退去;"邓肯"号拉响了汽笛,呜呜地叫起来;缆绳松开,螺旋桨转动,"邓肯"号缓缓开动,驶离周围的船只,进入克莱德湾的航道。船长一手操纵机器,一手掌着舵把儿,技术娴熟,沉着镇定。一会儿后,最后的几座工厂已脱离了视线，河岸边丘陵地上，一座座别墅疏疏落落，城市的喧嚣越离越远，最后终于听不见了。

一小时过后，"邓肯"号已经贴靠着丹巴顿的巉岩在行驶了；又过了两小时，它便驶入了克莱德湾。清晨6点，"邓肯"号绕过康太尔岬，出了北海峡，航行在大西洋上。

第六章 六号舱房的房客

进入大西洋的第一天,风大浪急。将近傍晚时分,风越来越猛,浪也越发地大了。"邓肯"号颠簸剧烈,妇女们全都在舱房里躺着。

第二天,风向转了;孟格尔船长让人把主帆、纵帆和小前帆扯起,船颠簸得没有头一天厉害了。海上,一轮红日喷薄而出,蔚为壮观。海伦夫人和玛丽一大早就跑到了甲板上来,与爵士、少校、船长聚在一起,欣赏日出。"邓肯"号沐浴着清晨那灿烂的阳光,在海面上漂行。

众人全都为这壮丽的景色所陶醉,看得如痴如醉。

"好美啊!"海伦夫人呼喊起来,"今天一定是个大晴天,但愿风向始终保持不变,一直吹送着我们的'邓肯'号。"

"这风向再合适不过了,"爵士应声道,"我们真走运,远行开端如此地好。"

"这次远航需要很长时间吗,我亲爱的爱德华?"

"这得问我们的船长了,"爵士回答道,"船运行得如何?您对这条船感到满意吗,约翰?"

"非常满意,阁下,"约翰回答道,"这条船真是棒极了,机器运转良好,船体结构巧妙。现在的时速是十七海里。如果保持这一速度的话,十天后就可以穿越赤道,用不了五个星期就可以绕过合恩角了。"

"您都听见了吗,玛丽?"海伦夫人说,"用不了五个星期!"

"夫人,我听见了,"玛丽回答道,"船长的话真让我高兴。"

"这么长的海上航行,您能适应吗,玛丽小姐?"爵士问道。

"能适应,爵士,没觉得有什么不适,而且,待长了也就习惯了。"

"那您弟弟小罗伯特呢?"

"啊!您别担心他了,"孟格尔回答道,"我敢说,那孩子根本不知道什么叫晕船。喏,他在那儿,您看见了吗?"

船长手一指,大家都朝前桅杆看去,只见小罗伯特正吊在小顶帆的帆索上,悬于一百英尺高的空中。玛丽见状,不由得大惊失色。

"啊!放心吧,小姐,"孟格尔船长说,"我敢保证,过不了多久,我就可以向格兰特船长推荐一个了不起的小水手了。可敬可佩的格兰特船长,我们很快就能寻找到他的。"

"愿上帝听到了您的这句话,船长先生。"少女回答道。

"我亲爱的孩子,"格里那凡爵士说,"这就是天意,会有希望的。您看看我们的这些精兵良将,都是为着这一壮举善行聚合在一起的。我以前答应过海伦夫人要做一次海上游览,我相信我的这句话应验了。"

"爱德华,"海伦夫人说道,"您真好。"

"不是我真好,而是我有一支最好的船员队伍,有一条最棒的船。您不赞赏我们的'邓肯'号吗,玛丽小姐?"

"怎么能不赞赏呀,爵士!我自小便在父亲的船上玩耍,也许父亲本想把我培养成一名水手哩。有必要的话,我可以帮着调整帆面,编编帆索什么的,我想这些活儿我还是应付得了的。"

"啊！小姐，您此话当真?"约翰·孟格尔惊呼道。

"如此看来，您马上就要成为孟格尔船长的好朋友了，"爵士接口说道，"因为他认为世界上没有哪种职业能够与当水手相提并论的。即使是女子，也只有当水手才是最好最美的。我没说错吧，约翰?"

"当然没错，阁下，"年轻的船长回答道，"不过，我倒是觉得格兰特小姐在楼舱内做贵宾比在甲板上拉帆索更合乎她的身份。话虽这么说，我听了她的那番话，仍旧是觉得非常地开心的。"

"尤其是您听到她赞美'邓肯'号，您就更加地开心。"爵士接了一句。

"'邓肯'号本来就值得赞美的嘛。"约翰·孟格尔回答道。

"说实在的，我看你们这么赞赏、这么赞美、这么喜爱'邓肯'号，"海伦夫人说，"我倒真想下到舱底去参观一下，看看我们的水手们在中甲板下面住得如何。"

"好啊，夫人，"爵士说，"不过，先让我通知一声奥比内。"

"邓肯"号上的这位司务长是府上的好厨师，他虽然是个苏格兰人，却能像法国厨师那样做出一手好菜来。听到主人传唤，奥比内立刻跑上前来。

"奥比内，早饭前，我们要先去溜达一会儿，"爵士说，"我希望在我们回来时，早餐已经摆好了。"

奥比内严肃地鞠了个躬。

"您也陪我们去看看吗，少校?"海伦夫人问。

"如果您要我去的话，我就去。"少校回答道。

"啊!"爵士说，"少校抽着雪茄，吞云吐雾，飘然若仙，别让他扫兴了。玛丽小姐，少校可是一管烟枪，连睡觉都不忘抽烟。"

少校点头称是。众人撇下少校，走到中甲板下面去了。

第六章 六号舱房的房客

少校独自留了下来,与平时一样地在沉思默想。他一个劲儿地在吞云吐雾。他待在那儿一动不动,望着船后留下的浪迹。他默默地看了一会儿之后,猛一回头,突然发现面前站着一个陌生人。

此人身材高挑,清癯干瘦,年约四十岁光景,像根竹竿。他的脑袋又大又宽,额头高高的,鼻子长长的,嘴巴大大的,戴着一副又大又圆的眼镜,目光闪烁不定。看上

去这是个聪明而快乐的人,洒脱可爱,像个好好先生。看着他那副视而不见、听而不闻的架势,就知道他是个很粗心的人。他头上戴着一顶旅行便帽,脚蹬一双厚厚的黄皮靴,靴子上还有皮罩子。他身上穿的是栗色呢绒裤、栗色呢绒夹克。夹克上有好多的口袋,好像装着记事本、皮夹子等一类物件,身上还斜背着一个很大的望远镜。

这个陌生人活泼开朗,与沉默悠闲的少校形成鲜明的反差。他围着少校走来走去,看着他,打量他,而少校却不予理会,也没想去问问此人来自哪里,去往何方,为何登上"邓肯"号。

这位不知什么来头的陌生人见他的举动并没引起少校的关注,只好举起望远镜,对着远方水天相连处望去。他的望远镜可以拉长到四英尺,只见他叉开双腿,站稳脚跟,举起望远镜望了一会儿之后,放下,手按上端,拄着它,把望远镜当成了手杖。但是,望远镜的活动节立刻动了起来,一节一节往里套去,缩了起来,陌生乘客突然失去重心,差点儿直愣愣地摔倒在大桅杆脚下。

少校却连眉头都未动一下,仍然无动于衷。陌生人无奈,只好先开了腔。

"司务长!"他喊了一声,口音里带着外国腔。

他等了片刻,不见司务长前来。

"司务长!"他又叫喊了一声,声音比头一声更响。

奥比内先生刚好从那儿经过,准备去前甲板的厨房,突然听见这个陌生的大个子在喊他,不禁感到惊异万分。

"这人哪儿来的?"他心里感到纳闷,"是爵士的朋友?不可能啊。"

他虽这么琢磨,但仍旧爬上甲板,走向那陌生人。

"您就是船上的司务长?"陌生人见他走过来,便问他道。

"是的,先生,"奥比内回答道,"不过,请问先生,您是……"

"我是六号舱房的乘客。"

"六号舱房?"

"是呀,您贵姓?"

"奥比内。"

"很好,奥比内,我的朋友,"陌生乘客说道,"您得开早饭了,而且越快越好,我都三十六个小时没吃东西了,或者说,我已经睡了整整三十六个小时了。我从巴黎一口气跑到格拉斯哥,没吃没喝,想吃点东西,该不为过吧?请问,您几点钟开早饭呀?"

"9点。"奥比内机械地回答道。

陌生乘客想看看几点钟了,但他摸来摸去,直摸到第九只口袋才摸着自己的表。

"好,"陌生乘客说道,"现在刚8点。您先给我来点饼干、白葡萄酒好吗,奥比内?我实在是饿得浑身乏力了。"

奥比内听着简直是一头的雾水。可这个陌生乘客仍在东一句西一句地乱扯，说个不停。

"我还想问一句，船长在哪儿？他还没有起来呀！那么，大副呢？他也还在睡大觉？幸好今天天气很好，顺风顺水，没人管，船照样可以行驶。"

陌生人正这么说着，约翰出现在楼舱的梯子上。

"这就是我们的船长。"奥比内说。

"啊！很高兴，勃尔通船长，"陌生乘客说道，"认识您真高兴。"

约翰非常惊讶。他不仅因为看到这个陌生人感到惊奇，更因为对方把他称为"勃尔通船长"。

陌生乘客拉开了话匣子，继续说道：

"请允许我向您致意。前天晚上，我未能向您表示敬意，是因为船正要起航，不便打扰您，但现在，我可以向您致意了。认识您，非常之荣幸。"

约翰眼睛睁得老大，看看奥比内，又看看陌生乘客。

"现在，"陌生乘客又说道，"亲爱的船长，我们已经认识了，就算是老朋友了。咱们随便聊聊吧。请您告诉我，您对'苏格提亚'号感到满意吗？"

"什么'苏格提亚'号呀？"约翰也忍不住开口了。

"就是这条载着我们的船呀！有人对我夸赞道，这条船坚固而轻快，勃尔通船长待人宽厚而热情。有一位在非洲旅行的大旅行家也姓勃尔通，他是不是您的本家呀？那可是个勇敢的人，祝贺您有这么一位本家。"

"先生，"约翰回答道，"我非但不是什么旅行家勃尔通的本家，而且我也根本不是什么勃尔通船长。"

"是吗？"陌生乘客回答道，"那么我现在是同'苏格提亚'号上的勃内斯大副交谈啰？"

"勃内斯?"孟格尔船长开始猜到是怎么一回事了。但是,这个陌生人到底是个疯子还是个冒失鬼,他尚不清楚。他正要跟他说个明白时,爵士及夫人以及玛丽小姐,却从底舱回到了楼舱甲板上来了。那陌生人一见他们,便立即叫喊起来:

"啊!有男乘客!有女乘客!真是太好了。勃内斯先生,请您给我介绍一下……"

他边说边文质彬彬地走上前去,没等约翰开口,便对格兰特小姐称呼"夫人",对海伦夫人称呼"小姐",又转向爵士叫了一声"先生"。

"这位是格里那凡爵士。"孟格尔船长介绍说。

"爵士,"陌生人随即改口称呼道,"请允许我做个自我介绍。我希望我们大家能很快地熟识,与夫人们同乘'苏格提亚'号远航,是十分惬意的,不会觉得单调乏味、时间漫长。"

海伦夫人和格兰特小姐不知如何作答好。她们很纳闷,在"邓肯"号的楼舱里怎么会冒出这么个宝货来。

"先生,"爵士开口说道,"敢问……"

"我叫雅克·艾利亚桑-弗郎索瓦-玛丽·巴加内尔,巴黎地理学会秘书,柏林、孟买、达姆施塔特、莱比锡、伦敦、彼得堡、维也纳、纽约等地地理学会的通讯会员,东印度皇家地理和人种学会的名誉会员。我在书房里研究了二十年的地理,现在想搞点实地考察,想到印度去把此前许多地理学家的事业向前推进一步。"

第七章　巴加内尔的来龙去脉

爵士知道他面前的这个雅克·巴加内尔是何许人，他对他的大名与声誉并不陌生。他著述的地理方面的作品，他在地理学会会刊上所发表的有关当代地理的多次新发现的报告，他和全世界地理学界的通讯，已经让他成为最卓越的学者之一，名闻全法国。所以，爵士十分诚恳地向这位不速之客伸出手去，并且说道：

"现在，我们彼此已经相识，我可否请教您一个问题？"

"问二十个问题都行，爵士，"巴加内尔回答道，"我觉得与您交谈永远是一件十分愉快的事。"

"您是前天晚上登上这条船的吗？"

"是呀，是前天晚上8点钟上的船。我从喀里多尼亚来的火车上跳下来之后，就跳上了一辆马车，又从马车上跳下来，登上了'苏格提亚'号。我是在巴黎预订好'苏格提亚'号上的六号舱房的。当晚天很黑，我上船时未见到一个人。我赶了三十个小时的路，疲惫不堪，所以我上了船之后，马上就躺下睡了，足足睡了有三十六个钟头。我说的全都是老实话，请您相信我。"

大家听了他的这番话之后，终于明白他是怎么跑到这条船上来的。大家都明白是怎么回事了，可这位博学的地理学家仍蒙在鼓里。

"这么说，巴加内尔先生，"爵士说道，"您是选定加尔各答作为您将来在印度的考察旅行的起始点了？"

"正是，爵士。我一生的愿望就是游历印度。这是我的美好梦想，是我的夙愿，我马上就可以在那个神秘的大象国实现自己的梦想了。"

"那要是换个地方游历一番又如何呢，巴加内尔先生？"

"换个地方绝对不行，而且我还带有给驻印度总督索莫塞爵士的介绍信哩。我还带有地理学会的一项任务需要完成哩。"

"噢！您还带有使命？"

"是呀，我还想尝试做一次既有价值又十分有趣的探险旅行。我要踏勘雅鲁藏布江的沿岸；这条江沿着喜马拉雅山北麓，在西藏境内绵延流淌一千五百公里，我想弄清楚，它是不是在阿萨姆东北部与布拉马普特拉河相汇合。这是地理学上的一大悬疑问题，谁要是弄清楚了这个问题，就会获得一枚金质奖章。"

"巴加内尔先生，"爵士沉默片刻后说道，"您的探险计划真的非常了不起，科学界会感激您的。不过，我不想再让您继续蒙在鼓里了。至少，从目前来说，您只能放弃您游历印度的计划了。"

"放弃！为什么？"

"因为您正背向印度在航行。"

"什么？勃尔通船长……"

"我不是勃尔通船长。"约翰·孟格尔回答道。

"可是，'苏格提亚'号……"

"这不是'苏格提亚'号！"

巴加内尔闻听，一下子便惊呆了。他看看爵士，爵士始终严肃正经；他又看看海伦夫人和格兰特小姐，她们一脸的同情与无奈；他又朝孟格尔船长看去，孟格尔脸上挂着微笑；他转向少校，后者

仍然一副无动于衷的表情。他实在是不知如何是好,把眼镜往额头上推去,呼喊道:

"这开的是什么玩笑嘛!"

这时候,他的目光落在了舵盘上,看见上面写有两行大字:

"'邓肯'号!'邓肯'号!"巴加内尔大声地号叫着。

然后,他飞快地冲下楼梯,回到自己的舱房去了。

这位不走运的学者跑开之后,除了少校外,船上的人实在是憋不住了,包括水手们在内,全都笑得前仰后合。如果是上错了火车,这还说得过去!怎么会上错了船呢?要去印度,却上了去智利的船,这不是糊涂到家了嘛!

"不过,巴加内尔这样的人干出这种傻事来,我并不觉得奇怪,"爵士说,"关于他的这类粗心大意的错,被人传作笑话的,多得是。不过,这并不妨碍他成为一位优秀卓越的学者,一位法兰西的著名地理学家。"

"可是,现在却让这位可怜的学者怎么办是好呀?"海伦夫人焦急地说,"我们总不能把他带到巴塔哥尼亚去吧?"

"为什么不能?"少校严肃认真地说,"是他自个儿粗心,又不是我们的责任。如果他上错了火车,也让火车给他停下来不成?"

"让船停下来是不可能的,只能到了下一个码头,让他下船去。"海伦夫人说。

"嗯,如果他愿意的话,这倒是可以的。"爵士说。

这时候,巴加内尔已经查明自己的行李都在这条船上,既羞惭又可怜地回到楼舱甲板上来,嘴里不停地在唠叨那倒霉的船名:"'邓肯'号!'邓肯'号!"他踱来踱去,仔细观看船上的帆樯设备,观望着远方的那条默然无声的海平线。最后,他又走回到爵士的面前,询问道:

"这'邓肯'号是驶往……"

"驶往美洲,巴加内尔先生。"

"确切的地点是……"

"康塞普西翁。"

"啊!是到智利去!"地理学家嚷叫道,"那我去印度的使命怎么办呀?我还有什么脸去参加学会的会议呀!"

"您先别着急,"爵士对他说道,"还是有办法可以解决的,只是您得耽搁点时间了。不过,也没多大关系,我们很快就会驶往马德拉,在那儿靠岸,您可以从那儿乘船返回欧洲。"

"也只好如此了,不过,我还是得谢谢您,爵士。说实在的,我也真够倒霉的,这种怪事总是发生在我的身上。哎!"巴加内尔又仔细地看了看"邓肯"号之后说道,"这可是一条游船呀!"

"是的,先生,"孟格尔船长回答道,"它属于格里那凡爵士所有。"

"您就在船上安心地待着吧,不用客气。"爵士说。

"非常感谢,爵士,"巴加内尔回答道,"谢谢您的盛情。不过,请允许我说点自己的小小想法:印度可是个好去处,去那儿旅行游览的人会发现许多奇妙惊人的事物的,反正女士们也没去过印度……倒不如把舵盘转一转,向加尔各答驶去与向康塞普西翁航行一样地容易。既然都是观光旅行……"

巴加内尔见大家直摇头,也就不好再往下说了。

"巴加内尔先生,"海伦夫人向他解释道,"'邓肯'号有使命要去完成,它得前去援救几个遇上海难之后被遗弃在巴塔哥尼亚海岸的海员,这样的一个伟大的义举是绝对不可以更改的……"

没几分钟工夫,法国旅行家便了解了全部情况:漂流瓶中的几封信,格兰特船长的情况,海伦夫人的慷慨计划,等等。巴加内尔听了之后,为之动容。

"夫人,"旅行家说道,"我要对您的善行义举表示最大的赞颂。让'邓肯'号继续它的航程吧,我不愿意让它有片刻的耽搁。"

"那您愿不愿意同我们一道去寻访落难的人呢?"海伦夫人问他道。

"那不太可能,夫人,我也有自己的使命要去完成。到前面的第一个停泊点,我就下船好了。"

"那就在马德拉岛下吧。"约翰·孟格尔说道。

"在马德拉岛下可以。马德拉岛离里斯本只有一百八十法里,我就在那儿等船,前往里斯本。"

"那好,悉听尊便,巴加内尔先生,"爵士说,"就我而言,得以在我的船上留您小住数日,我感到不胜荣幸。希望您在船上不必客气。"

"啊!爵士,"学者回答道,"我糊里糊涂地乘错了船,却得到了这么惬意的结果,真是太幸运了!不过,说实在的,这也是个天大的笑话:想去印度,却上了去美洲的船!"

他说到这里,心里免不了总有些许的遗憾,迫于无奈,他也只好忍耐几日了。这之后,他表现得十分可爱,活泼开朗,有时仍不免表现出点粗心大意来。他的兴致特别好,女士们感到很高兴。不到一天的工夫，他与每个人都成为了朋友。他要求看看那几封信，爵士也满足了他。他拿到信件后，仔细地研究了很久，一点点地加以分析研究，认为不可能有其他的解释。他对玛丽和她弟弟十分关心，给了他们极大的希望。他对前景的预测，以及他肯定地说"邓肯"号一定能顺利地抵达目的地，让玛丽听后露出了笑容。说实在的，要不是他任务在身，他是会同大家一起前去寻找格兰特船长的。

当他得知海伦夫人是威廉·塔夫内尔的女儿时，忍不住一迭声地叫嚷起来，又惊叹又赞美。他认识她的父亲。她父亲是个具有远见卓识的学者，是巴黎地理学会的通讯会员，他们相互间没少信件交往。还是他巴加内尔和另一个会员马特伯朗先生介绍威廉·塔夫内尔加入巴黎地理学会的。真是太巧了！与威廉·塔夫内尔的女儿同船旅行真是太让他高兴了！

第八章　"邓肯"号上又添了一个侠肝义胆的人

此刻,"邓肯"号飞快地驶往赤道。8月30日,马德拉群岛已经遥遥在望。爵士信守诺言,让船靠岸,让他的那位客人下船。

"亲爱的爵士,"巴加内尔说道,"我想问一句,在我错搭上此船之前,您是否就已经有意要在马德拉群岛停泊呢?"

"不是的。"爵士回答道。

"那么,就请您允许我将错就错吧,反正马德拉群岛已经被人们研究透了,对于地理学家来说,已经没有做进一步研究的必要了。如果您不觉得有所不便的话,可否到加那利群岛停泊呢?"

"没有问题,"爵士答道,"这并未偏离我们原先的航线。"

"这我知道,亲爱的爵士。加那利群岛中有三组岛屿值得研究,而且我一直都想观赏一下那儿的特纳里夫山峰。"

"悉听尊便,亲爱的巴加内尔。"爵士微微一笑回答道。

8月31日午后两点,孟格尔船长和巴加内尔在甲板上散步。法国人一个劲儿地向孟格尔船长询问有关智利的情况。突然间,孟格尔打断了对方的絮叨,指着南面海平面上的一个点说:

"巴加内尔先生……"

"什么,亲爱的船长?"

"请您往那边看。您看到什么了吗?"

"什么也没看到呀。"

"您没看对地方。不要看海平面,往上看,往云彩里看。"

"往云彩里看?可是我……"

"喏,您朝着触桅的辅帆架看过去。"

"什么也没看见呀。"

"您没认真看。总之,尽管相距四十海里,仍可以清晰地看到特纳里夫山峰就在海平面上方。"

说完之后,孟格尔船长便把船朝着加那利群岛西边驶去,把那座赫赫有名的山峰抛在了左舷一边。"邓肯"号在继续向前疾驶着,于9月2日清晨5时驶过了夏至线。

9月3日,巴加内尔在整理自己的行李,准备下船。此时,"邓肯"号正在佛得角群岛诸岛之间穿来绕去。越过圣雅克岛后,孟格尔船长让船驶入维拉普伊亚湾,很快便停在了维拉普伊亚城前八英寻深的海面上。这时候,大雨倾泻,城市隐没在雨帘之中。隔着密实的雨幕看去,该岛显得一片凄凉。

船在加煤,进展很不顺利。"邓肯"号上的乘客们因为天上的大雨与海上的波涛汇合成一片洪流,只好躲在甲板下面。大家自然而然地把话题集中到天气上来。每个人都怨声载道,只有少校例外,因为他对这大雨这海浪毫不在意。巴加内尔踱来踱去,一个劲儿地摇头。

"这不是在故意跟我过不去嘛。"他说。

"大概是风雨波涛在向您宣战呢。"爵士说道。

"我一定得战胜它们。"

"麻烦的也就是下船的那一会儿,"爵士又说道,"进了维拉普伊亚城之后,您住得就不会太差。希望您七八个月之后能够搭上船回到欧洲。"

"七八个月!"巴加内尔叫嚷道。

"至少得七八个月。佛得角群岛一到雨季很少有船只往来。不过,您倒是可以充分利用您等船的这段时间。"

"换了我,我就在船上等候机会再说。"少校说道,看他的那个表情,意思是说:换了我,我就不下船了。

"亲爱的爵士,"巴加内尔终于开口了,"您下一站还打算在哪儿停泊呀?"

"啊!这之后嘛,到康塞普西翁之前就不准备停泊了。"

"哎呀!那可是让我离印度太远了!"

"这倒不一定,绕过合恩角,您不就一天天地接近印度了吗?再说,想要荣获金质奖章,在随便什么地方不是都可以获得吗?世界上值得人们去研究的事物多得是,到处都有新事物可以去探究、可以去发现,在西藏的深山密林中与在高低岩的崇山峻岭中不是一样吗?"

"那雅鲁藏布江呢?"

"您拿科罗拉多河代替它就行了嘛!大家对科罗拉多河知道得也不多,地理学家们爱怎么画就怎么画的。"

"这一点我也知道,亲爱的爵士。在地图上,这条河往往会偏离好几度。唉!我相信,我当初要是提出要求的话,地理学会也会像同意我去印度一样,同意我去巴塔哥尼亚的。唉,我怎么早没想到呢?"

"您一向粗心大意,所以想不到。"

"还是别扯远了,巴加内尔先生。您就说说,愿不愿意跟我们一道去呀?"海伦夫人用极其诚恳的态度问他道。

"夫人,那我的使命又如何完成呢?"

"我还要先告诉您一声,我们还要穿越麦哲伦海峡呢。"爵士补充说道。

"爵士,您总是在诱惑我呀!"

"您再想想,巴加内尔先生,"海伦夫人补充说道,"您若是参与到我们的这个事业中来的话,您就把法兰西的名字和苏格兰的名字结合在一起了啊。"

"您说得太对了,夫人!"

"您就相信我好了,将错就错吧。请您像我们一样地去做。是天意让我们得到了那些信件,我们也就按照天意起航出发了;天意又把您给送到了'邓肯'号上,所以您也就不必离开了。"爵士劝说道。

"诸位,我的好朋友们,你们这是真心实意地在挽留我呀!"巴加内尔终于松口了。

"您自己的意思呢,巴加内尔?我看您自己也很想留下来的。"爵士说。

"是呀,没错,"博学的地理学家叫嚷道,"我没敢早点说出来,是担心自己太过冒昧了!"

第九章　麦哲伦海峡

"邓肯"号很快便加满燃料，离开了这片凄风苦雨的海域，向西驶去，沿着巴西海岸航行着。9月7日，突然刮起一阵顺风，把它吹送过赤道线，驶入了南半球。

9月10日，"邓肯"号正驶经南纬5度73分、西经31度15分的海面。这一天，爵士听到了也许连知识渊博的人都不一定知道的历史事实。巴加内尔在给大家讲解美洲发现史。他在讲述"邓肯"号所追寻其足迹的那些大航海家时，首先提及了哥伦布。讲到最后，他说这位著名的热那亚人一直到死都不知道自己发现了一片新大陆。大家都感到不可思议，惊讶不已。

9月15日，"邓肯"号越过了冬至线，正对着那著名的麦哲伦海峡的入口。巴塔哥尼亚的南部海岸曾不止一次地遥遥相望，但只是呈现出一条细线，影影绰绰地浮现在水天相连处。"邓肯"号在十海里之外沿着这一带的海岸往南驶去，即使举起巴加内尔的那架大望远镜，也只能看见美洲海岸的一个模模糊糊的轮廓。

9月25日，"邓肯"号已经驶抵与麦哲伦海峡同一纬度的地方。它毫不犹豫地驶进了海峡。

驶入海峡的最初几个小时，海岸都既低矮又平坦，而且多沙。巴加内尔贪婪地观察着这个海峡。在海峡中行驶三十六个小时，两岸的风光旖旎，这位学者是不会在南半球那灿烂阳光下对观赏感到厌烦的。北岸没有人烟。巴加内尔没有看到巴塔哥尼亚人，不免感到有点失望，但他的同伴们却并不以为意。

此刻，"邓肯"号正绕着布伦瑞克半岛行驶，两边的风景美不胜收。"邓肯"号绕过了格利高里角后又行驶了七十海里，把奔德·亚利纳大监牢给抛在了右舷外边。在其中一段航行的过程中，可以看到智利国旗和教堂的钟楼在森林中隐现。"邓肯"号并未在沿途许多的方便港湾停泊，而是大胆地继续向前驶去。

日出时分，"邓肯"号在重重的山峡中行驶着，两岸是茂密的森林。远处可见布兰克纪念塔高高地矗立着。"邓肯"号经过了圣尼古拉湾口。最后，"邓肯"号绕过了佛罗瓦德角，角上还密密麻麻地满布着尖利的残冰。海峡对岸，火地岛上，高达六千英尺的萨明多峰突兀而立。到了佛罗瓦德角，美洲大陆就真的走到了尽头，因为合恩角只不过是位于南纬56度的荒凉海域中的一块大岩石罢了。

绕过尖端，海峡变得狭窄了。它的一边为布伦瑞克半岛，另一边是德索拉西翁岛。后者系一长形岛，两边被成百上千的小岛所环绕，如同一头大鲸鱼搁浅在卵石滩上一样。如此支离破碎的南美洲的顶端，与非洲、澳洲和印度的整齐而清晰的尖端相比，真有天壤之别！

离开这片肥地沃土之后，眼前所见的是连绵不断的光秃秃的海岸，满目荒凉，被一片迷宫般的成千上万的汊港啃啮成了月牙形。"邓肯"号在这迷宫般的航道中转来绕去。绕过塔马尔角之后，峡道变宽，"邓肯"号有了旋转的余地了。它绕过了纳波罗群岛的陡峭岸壁，靠近南岸行驶。最后，在进入海湾航行了三十六个小时之后，"邓肯"号面前呈现出一片大海洋，波光闪烁。巴加内尔激动不已，挥动着手臂，尽情地欢呼着。

第十章　南纬37度线

绕过皮拉尔角之后八天,"邓肯"号进入塔尔卡瓦诺湾。这是一个绝妙的海湾,长十二海里,宽九海里。天气晴和。此地从11月至第二年的3月,天空无云,万里晴空,整个海岸因有安第斯山脉作为屏障,经常刮的是南风。孟格尔遵照爵士的指示,让"邓肯"号紧贴着济罗岛和美洲西海岸的众多零零星星的陆地行驶着。但凡一块破船板、一根断桅杆、一块经人加工过的小木料,都会给"邓肯"号提供"不列颠尼亚"号沉没的线索。可是,大家什么都没有发现,"邓肯"号只好继续向前驶去,最后停泊在塔尔卡瓦诺港内。此时,"邓肯"号离开克莱德湾已经有四十二天了。

"邓肯"号一停,爵士便命人放下小艇,带上巴加内尔,划到水栅跟前上了岸。我们的这位地理学家很想利用这个机会试试自己多日来勤学苦练的西班牙语,可是,他说的话,当地土著人根本就听不明白,弄得他十分尴尬,惊讶不已。

"难道我的语音语调不对?"他怀疑道。

"走吧,咱们去海关。"爵士对他说。

到了海关,人家连说几个英文单词连带着用手比画着,告诉他们英国领事住在康塞普西翁。骑马前往,一小时可到。爵士立刻找到两匹快马,两人很快便来到了康塞普西翁城,随即便赶往英国领

事彭托克的府邸。彭托克礼貌地接待了他们,听说他们是为格兰特船长遇难之事前来的,便答应负责在沿海一带展开调查。

可是,三桅船"不列颠尼亚"号是不是在智利或阿罗加尼亚海岸的37度线附近出的事,他却从未听说过,他同其他国家的领事都未曾接到过有关该船出事或类似的报告。

爵士把自己没有结果的调查情况告诉了船上的同伴们。玛丽姐弟二人闻听此言,不禁痛苦万分。到目前为止,"邓肯"号驶抵塔尔卡瓦诺港已经有六天了。此刻,大家都聚集在楼舱里。海伦夫人在竭力安慰格兰特船长的一双儿女。这时候,巴加内尔又把那几封信拿了出来,专心致志地进行研究,想从中探出什么新的秘密来似的。他如此这般地研究了足足有一个小时,突然听见爵士在叫他:

"巴加内尔先生!请您判断一下,是不是我们对这几封信的解释有误呀?我们按照那些残缺的字句所做的解释是不是不太合乎逻辑呀?"

巴加内尔没有回答,他仍旧在继续思考着。

"难道我们把出事地点给判断错了?"爵士又问道,"'巴塔哥尼亚'这几个字不是明摆着的吗?再笨的人也能猜测出来的呀!"

"对不起,爵士,我想打断您一下,"巴加内尔终于开腔了,"您的判断,其他的我觉得都很正确,唯独这最后一点恐怕不太合理。"

"那您的意思呢?"海伦夫人连忙问道,其他人也都把目光集中到地理学家身上。

"我的意思是，格兰特船长在写这几封信的时候，已经沦为印第安人的俘虏了，"巴加内尔回答道，"而且，我还得补充一句，关于这一点，这些信说得一清二楚，不容置疑。信上的空白，我们不应该理解为'将被俘于'，而应该理解为'已被俘于'，这样一来，不就全都明白了吗？"

"那不可能！"爵士大声反对道。

"不可能！怎么不可能，我尊贵的朋友？"巴加内尔笑问道。

"因为漂流瓶只能在船触礁时才会扔进海里呀，因此，信上的经纬度必然是指船只出事的地点。"

"您这么判断是毫无根据的，"巴加内尔立即反驳道，"我不明白，那些遇难的船员难道就不能在被印第安人掳到内陆去之后，想法丢下一只瓶子，让人知晓他们被囚禁的地点吗？"

"这很容易解释，我亲爱的巴加内尔。要把瓶子扔到海里，就必须有海才成呀！"

"没有海，难道就不能扔到入海的河流里吗？"巴加内尔反诘道。

众人闻言，全都沉默不语了，觉得巴加内尔的这个道理实出意料，却又完全合情合理。巴加内尔见众人眼中闪着激动的光芒，便知道人人又都燃起了一个新的希望。

"那么，您的意思是……"爵士问道。

"我的意思是先要把南纬37度线与美洲海岸的切入点测定出来，然后，沿着这37度线向内陆纵深处去寻找，不能偏离半度，一直寻找到大西洋。也许，我们因此就可以在37度线上找到'不列颠尼亚'号的船员。"

巴加内尔说着，便把一张智利和阿根廷的地图摊开在桌子上。

"你们看,"他说道,"咱们一起来一次横穿美洲大陆的旅行。我们将越过这狭长的智利,越过安第斯山脉那一带的高低岩,下到南美大草原去。这一带,大江大河很多。这是内格罗河,这是科罗拉多河,这是两条河的众多支流,它们都被南纬37度线穿过,都可以把漂流瓶送到海洋中去。在这些地方,我们称之为'我们的朋友'的那些人很可能正在等待着凭着上帝的意愿前来搭救他们的人!即使我判断错了,我觉得我们也不能放弃,必须沿着37度线彻查,绝不放过任何一个点。"

巴加内尔的话说得铿锵有力,掷地有声,众人为之动容,纷纷起身与他握手。

"没错,我父亲就在那一带!"罗伯特大声说道。

"您父亲在哪里,我们就会寻到哪里,我的孩子,"爵士对他说,"我们的朋友巴加内尔的阐释完全正确,我们应该毫不迟疑地沿着他所划定的路线去寻找。格兰特船长如果落入小部落手中,我们直接就可以把他救出来;如果落入大部落手中,我们就得先摸清情况,再走到东海岸,回到船上,到布宜诺斯艾利斯去招点人马,由少校组织起来,加以训练,就足以对付阿根廷境内所有的印第安人了。"

"太好了!"孟格尔说,"我还可以补充一句,横穿美洲的旅行会安全地走完的。"

"既然如此,我们就不必再犹豫了,"爵士说道,"我们应该去,而且应该立即动身。我们该怎么走呢?"

"走一条既便捷又好走的路,"巴加内尔说道,"先经过山势不高的山路,然后经由安第斯山脉东麓的小山坡,最后到达大草原,整条道上没有崎岖山路,如同逛大花园一般。"

"还是看看地图吧。"麦克那布斯说。

"地图在这儿,亲爱的麦克那布斯。我们将从智利海岸的鲁美那角与卡内罗湾之间的37度线的一端出发,经过盐湖、瓜米尼河、塔巴尔康,到达布宜诺斯艾利斯的省界。然后,穿越布宜诺斯艾利斯,爬上坦迪尔山,沿途仔细寻找,一直找到大西洋岸边的马达那斯角。"

巴加内尔边说边用手比画着,一眼也不看放在面前的地图。他根本用不着查地图,因为一切全都熟记于心中。

"那让谁参加这次长途跋涉呢?"爵士问。

"人越少越好,因为我们并不是去找印第安人开仗,而是去打探一番格兰特船长的情况。我想,爵士是必须去的,少校也肯定要算上一个的。当然,少不了你们忠实的朋友兼仆人,巴加内尔……"

"还有我一个!"小罗伯特大声喊道。

"不许乱喊,罗伯特!"玛丽制止道。

"为什么不让他去呀?"巴加内尔帮腔道,"旅行是对青年人最好的锻炼。所以,就我们四个人,外加'邓肯'号上的三名水手……"

"怎么,就没有我的份儿呀!"约翰·孟格尔说。

"我亲爱的约翰,"爵士说,"我们的女乘客们都撇在船上了,不由您这位热情的船长来照料,又能托付给谁呢?"

"我们陪你们一起去不行吗?"海伦夫人说道,一边眼望着爵士,一副担心的神情。

"我亲爱的海伦,"爵士回答道,"这次远行时间不会太长的,我们只是暂时分别几日而已,而且……"

"那好吧,我知道的,你们去吧,"海伦夫人说,"我预祝你们马到成功!"

出发的日子定在10月14日。在准备挑选随行水手时，水手们一个个都争着要去。迫于无奈，决定以抽签的方式来决断，结果，有三个人有幸被选中：大副汤姆·奥斯丁、水手威尔逊和穆拉迪。威尔逊膀粗腰圆，力气过人，而穆拉迪则比拳王汤姆·塞约斯都要厉害。

10月14日，预定的时间到了，大家也都分头准备完毕。出发时，全体乘客齐集方形厅。"邓肯"号已经扬起帆来，螺旋桨在拍击着塔尔卡瓦诺湾的清波。格里那凡、巴加内尔、麦克那布斯、小罗伯特、奥斯丁、威尔逊、穆拉迪都携带上马枪和高特牌手枪，准备离开"邓肯"号。向导拉着骡子在水栅那边等候着。

"到时间了。"爵士终于宣布道。

"您放心地去吧，我的朋友。"海伦夫人控制着激动的心情，镇静地说。

爵士搂住自己的夫人；小罗伯特也蹦了过去，搂住了姐姐的脖颈。

大家全都拥上了甲板，目送七位远行者离船。不一会儿，他们便来到了码头；"邓肯"号也紧贴着岸边行驶着，离岸顶多只有半链远。

陆地上的一行人马，快马加鞭地沿着海岸前进；"邓肯"号开足马力，向远洋驶去。

第十一章　横穿智利

爵士的旅行队由三个大人和一个孩子引领着。带队的骡夫头头是一个在当地生活了二十年的英国人。他干的行当就是租骡子给旅行者，并带着他们翻过前方高低岩的各处隘口，过了山隘之后，他便把旅行者们交给一个熟悉阿根廷大草原的向导。

骡夫头头在智利语中称之为"卡塔巴"。这个"卡塔巴"雇用着两名当地的骡夫，土语称之为"培翁"，还雇着一个帮手，是个十二岁的小男孩。"培翁"负责照管驮行李的骡子，小男孩则骑着当地称之为"马德琳娜"的挂着铃铛的小母马，走在骡队的前头，身后跟着十匹骡子。十匹骡子中，七匹由旅行者们骑着，"卡塔巴"自己骑了一匹，还有两匹驮着行李和几匹布。这几匹布是为了与平原地区的商号套近乎准备的。"培翁"们照例是徒步行走的。

全队开始出发了。天气晴好，万里无云。这一小队人马沿着塔尔卡瓦诺湾的曲折海岸迅速前行，再往南去三十英里，就到37度线的末端了。第一天，大家急速行进在干涸了的滩涂地的芦苇丛中，彼此间并不搭话。

不仅旅行者们不吭声，那位"卡塔巴"也少言寡语。两个"培翁"堪称行家里手，知道自己应该做些什么。

骡夫们的习惯是：早晨8点吃早饭，出发，一直走到下午4

点，停下，过夜。爵士尊重他们的这一习惯。这一天，当"卡塔巴"发出歇息的信号时，这一小队人正走到海湾南端的阿罗哥城，直到目前为止，他们还没有离开过海水拍击着海岸的海洋边缘。他们还得往西走上二十英里，一直走到卡内罗湾，才到37度线的端点。他们已经走遍了滨海地区，但是并未寻找到一点沉船的痕迹。再走下去，也同样会是一无所获，因此，他们便决定以阿罗哥城为出发点，向东寻去，沿着一条笔直的路线向前。

他们进入阿罗哥城，找了一家十分简陋的小客栈过夜。

趁别人在准备晚饭的时候，格里那凡爵士、巴加内尔和那个"卡塔巴"在茅草顶的房屋之间散着步。爵士尝试着打听一点有关沉船的事，却一无所获。巴加内尔说的西班牙语当地居民听不懂，因为阿罗哥城的居民说的是阿罗加尼亚语，不会说西班牙语，巴加内尔西班牙语再流利也不管用。爵士挺失望的，既然无法交流，就只好自己用眼睛多看多观察了。他还是感到挺高兴的，因为他可以随意观察，看到了毛鲁什族各种类型的人。他们身材高大，脸扁平扁平的，皮肤呈古铜色，下巴无毛，目光充满疑惑，脑袋宽大，又黑又长的头发披散着。

翌日，早晨8点，"马德琳娜"打头，"培翁"押后，这一小队人马又向东踏上了37度线的路径。他们穿越了阿罗加尼亚的那片满地葡萄树和肥羊成群的丰饶地区，然后，人烟逐渐稀少。他们有时会看到一个废弃了的驿站，那是在平原上游荡的土人们用作避风躲雨的地方。这一天,他们遇上了两条河——杜克拉河和巴尔河——挡住了去路。但"卡塔巴"发现了一处浅滩,领着大伙儿顺利地蹚过河去。前方天际,安第斯山脉隐约可见;向此延伸的尖峰以及一座座圆圆的山峦影影绰绰的。

到了下午4点,他们已经一口气走了三十五英里,便在旷野中的一丛巨大的野石榴树下停了下来。骡子卸去了鞍辔,松了缰绳,自由自在地跑到草地上去吃草了;大家解开褡裢吃起了肉干和辣椒饭,然后,把被褥解开,铺在地上,安然入睡。"培翁"和"卡塔巴"轮流担任守夜者。

第三天,大家行进的速度更加快了。渡过了伯尔激流之后,爵士一行便在西班牙属的智利和土人所属的独立智利之间的标河边过夜。这一天他们又走了三十五英里地。

17日,依然按头几日的时间和习惯顺序上路出发了。道路开始变得崎岖了一些。巴加内尔不时地翻看地图,有些溪流地图上没有标明,他一看便气不打一处来,火气很大,令人觉得又可爱又可笑。

这一天,将近10点钟光景,他们遇上了一条横切着他们所走的那条直线的路。爵士自然而然地便问起了这条路来。而巴加内尔也自然而然地抢先答道:

"这条路是从荣伯尔通向洛杉矶的。"

格里那凡爵士看着"卡塔巴"。

"没错,完全正确。""卡塔巴"回答道。

下午5点光景,这支队伍在一山坳里歇下来了。山坳位于小罗哈城北面几英里路的地方。这儿已是安第斯山脉最低的阶梯了。

第十二章 凌空一万二千尺

一座高山横亘在面前,从哪条路走才能翻过安第斯山脉而又不偏离原定的路线?

"我只知道在这一带高低岩间有两条路可以走。""卡塔巴"回答说。

"可是,朋友,这两条路,一条偏北,一条偏南,都不在37度线上呀。"巴加内尔说。

"那您知道还有第三条路吗?"少校问巴加内尔。

"有的,"巴加内尔回答道,"有一条路,叫作安杜谷小道,位于火山的斜坡上,南纬37度30分处,高度仅为两千米。"

"很好,"爵士说,"您认识这条小道吗,'卡塔巴'?"

"认倒是认得,我之所以没有提起,是因为它太狭窄,顶多可供羊群通过,是这座山东边的印第安牧人所走的小径。"

"那么,朋友,"爵士回答他说,"羊群可以通过的地方,我们就能通过。既然它仍旧位于直线上,那我们就走这条小道。"

于是,这队人马便钻进了拉斯勒哈斯山谷,山谷两侧都是大丛大丛的结晶石灰岩。路随着一个几乎觉察不出的斜坡在渐渐地往上去。将近11点光景,来到了一个小湖泊前,必须绕过去。下午1点光景,在一座石峰上建起的巴勒那堡呈现在众人面前,骡子队伍从这座堡垒旁边绕过去。山势逐渐地陡峭，乱石嶙峋，骡子踩踏的石子滚动着，形成了一个碎石瀑布，哗哗地流淌。将近3点钟时，又见到许多的残壕废垒，都是在1770年土著人起义中毁掉的。

从这儿开始，路不仅难走，而且险象环生。坡度加大了，小道变得越来越窄，道旁深渊深不可测。骡子鼻子贴着地，嗅着山路，谨慎地爬着。众人依次而行。

爵士紧随向导身后；他感到了"卡塔巴"因路难寻而产生的烦恼，而且觉得他的烦恼在不断地增加。他不敢问他，但心里觉得，骡夫应该像骡子一样地识途，所以还是干脆别问，相信骡夫为好。他这么想也并非没有道理。

"卡塔巴"就这么走走停停，寻来觅去地走了有整整一个小时，尽管路确实是在向上延伸，但他却始终没有找准，最后，他干脆就停下来不走了。此刻，他们刚进入一个不太宽阔的山谷，路口拦着一堵云斑石的峭壁，陡峭尖削。"卡塔巴"寻找了半天，也没找到路径，只好爬下骡子，抱住双臂，一语不发。爵士冲着他走上前去，问他道：

"您找不到那条应走的路了？"

"不是的，我们仍旧是在那条路上。您瞧，这是印第安人烤火时留下的灰烬，这是畜群走过时留下的印迹。最近的一次地震把这条路给堵死了……"

"堵得住骡子的路却不一定能堵住人呀。"少校说道。

"那就得看诸位怎么决定了，""卡塔巴"回答道，"我已经尽力而为了。如果大家愿意折回去，再在这带高低岩处找一条别的路的话，我和我的骡子听候诸位的吩咐。"

"那不就得耽搁……"

"起码三天。"

爵士听了"卡塔巴"的一番话,沉默了。"卡塔巴"是遵照契约行事。他的骡子不能再继续向前了。对于"卡塔巴"提议的折返回去的建议,他是心存异议的,因此,他扭过头去看着大伙儿问道:

"你们愿意豁出去继续前进不?"

"我们跟着您走。"奥斯丁回答道。

"只要翻过去,山那边就是下坡路,好走多了。而且,到了山那边,就可以寻得到习惯于在大草原上奔驰的骏马了。所以,不必犹豫,继续向前。"巴加内尔说道。

"好,继续向前!"爵士的旅伴们异口同声地说。

于是,爵士跟"卡塔巴"结清了账,把他及他的"培翁"和骡子全都退掉了。一行七人分摊着背起武器、工具和干粮。大家立即开始往上爬去,甚至都不怕走一段夜路。困难重重,但爵士一行七人,经过两小时的艰苦努力,终于又踏上安杜谷那条小路了。

此刻,他们已经走到真正的安第斯山脉里,离那巨大的高低岩最高的山脊不远了。可是,无论大路还是小路,都看不出路径来。最近的一次地震把整个这一带搅得一塌糊涂,只有从山腰上隆起的石壳一点点地往山脊上攀登。巴加内尔也找不到可走的路径,一时也没了主意,只好一个劲儿地往安第斯山脉的顶端爬去。山顶平均海拔高度在一万一千英尺到一万二千六百英尺之间。爵士一行人爬了整整一宿,遇到几乎无法攀登的重重岩石,大家便用手扒紧往上爬,遇到又宽又深的缝穴,便纵身跃过,胳膊挽住胳膊充当绳子,肩上人摞人,作为梯子。这群英雄好汉如同马戏团的杂技演员,在表演空中飞人。

清晨5点时分,这伙人已经爬到七千五百英尺的高处了。此刻他们已上到二级平台,到了乔木带的尽头。有几种动物在那儿跳来蹦去的。尤为突出的是山区所特有的骆马,能够充当羊、牛、马之用途,生活在骡子也上不去的地方。

天刚破晓,山里呈现出的是一片幻化景象,天空中反射着冰雪那淡青色的光芒。峭壁上的冰凌耸立着,显得又冷又滑。此刻爬山,相当地危险,不仔细探测,摸不准裂隙所在,寸步难行。威尔逊已经跑到队伍前面去探路了,他不停地以足试路,后面的人便小心翼翼地跟着他的脚印前行。

一行人已经走到灌木地带了,再往上走,灌木就不见了,为禾本草类和仙人掌类所替代。到达一万一千英尺高处时,连禾本草类和仙人掌类也都见不着了。这伙人只是在8点钟时休息了一次,简单地填了填肚子,恢复一下体力,然后,又鼓起勇气,冒着更大的危险,继续往上爬去,终于在午后2点左右走到了一片光秃荒凉的位于险峰间的开阔地。

此刻,这一小队人尽管勇气十足,但体力毕竟不支。爵士看到自己的伙伴们一个个都已筋疲力尽,深悔在深山之中走了这么久这么远。3点钟时,爵士停下了脚步。

"还是歇歇脚吧。"他见大家都不好意思先提这种建议,便开口说道。

"歇歇脚!"巴加内尔说,"可哪儿有可供歇息的地儿呀!"

"不管怎样,非歇不可,尤其是小罗伯特,更需要歇息。"

"我不用歇,爵士,"勇敢的孩子回答道,"我还可以走……大家别停下来……"

"让我们来背你吧,我的孩子,"巴加内尔说道,"反正得再往东边走点,到那边可能会碰到一个茅棚什么的,可以歇息一下。我想大家还得坚持两个钟头。"

"同意。"众人异口同声地回答。

"我负责背这孩子。"穆拉迪补充道。

众人继续向东行走。他们又艰难乏力地攀爬了两个小时。他们一直这么往上爬呀爬的,一直爬到最高峰。

这一番攀登,真是把这一行人折腾苦了,疲乏得快要支持不住了。突然听见少校以镇静的语气大声喊道:

"看,那儿有个小屋!"

第十三章 从高低岩下来

大伙儿便赶忙挤了进去，缩成了一团。小屋可容纳十来个人，在雨季里，四壁虽无法遮挡雨水，但此时此刻，却可暂避一会儿零下十多度的严寒。另外，小屋内还垒有一个炉灶，装有土坯烟囱，砖缝用石灰糊上，很不严实，但生火取暖，抵御寒气，还是凑合的。

"真得好好感谢上苍，给我们提供了一个栖身之地。"爵士说。

"我们就找点什么来生把火吧。"巴加内尔说。

"你们收拾一下，准备做饭，我去找柴去。"爵士说。

"我陪您去。"巴加内尔说。

此处并无树木可当柴烧，却有一种干枯的苔藓趴结于岩石上。另外，还有一种名为"拉勒苔"的植物，其根可以生火。他们把这些宝贵的燃料带回小屋后，立即放入炉灶，堆在一块。但是，这火却老也生不着，生着了也烧不了一会儿。原因在于空气稀薄，氧气不足，至少少校是这么个看法。

"不过，烧水倒是容易，"少校补充说道，"水的沸点到不了一百度。"

少校说得完全正确。大家喝了几口热咖啡，感觉爽极了。至于干肉，似乎少了点，不够分配。

"对了,"巴加内尔说道,"骆马肉烤着吃味道蛮不错的!"

这时,只听见远处传来一片吼声。是一群野兽在吼叫,在向他们奔来。

众人钻出小屋。夜幕已经降临,屋外阴森瘆人。吼叫声看来像是受到惊吓的野兽的嚎叫声,而且声音越来越大,是从高低岩的那片黑暗中传过来的。突然间,一团大东西排山倒海似的崩塌下来,但那并不是雪崩,而是一群受惊的野兽。那拥出来的野兽似有数十万只,奔突之声、咆哮之声震破耳鼓。这阵野兽卷起的狂风正好从他们头顶上方几英尺高的地方一卷而过。爵士、少校、小罗伯特、奥斯丁和两个水手连忙趴倒在地。巴加内尔是夜视眼,他立在那儿,想看个究竟,却被那"狂风"吹得趴在了地上。

这时候,少校在黑暗之中突然开了一枪。他觉得有一只野兽在离他没几步远的地方掉了下来,而整个兽群则以锐不可当的势头奔腾而去,响声更大,最后消失在火山映照的那一带山坡上。

众人连忙回到小屋里,借着炉火的光亮仔细地观察少校那一枪所得到的收获物。

"是原驼!"巴加内尔惊呼。

五分钟后,巴加内尔已经把大块的原驼肉放在"拉勒苔"根烧成的炭火上烤起来。不一会儿,小屋里肉香四溢。过了十分钟,巴加内尔便把他的"原驼肋条肉"烤得又香又嫩,分给大家吃。大家刚刚吃了一口,便都哇的一声,苦着脸吐了出来,弄得巴加内尔好生惊讶。

"我想起来了!我想起来了!我知道是什么缘故了!"他突然像是顿有所悟似的大声嚷道,"原驼在歇息的时候打死才好吃。那群原驼肯定是从很远的地方跑经这儿的。"

大家裹上"篷罩",加了把火,躺下睡去。不一会儿,大大小小的鼾声相互呼应起来。

可是，爵士却睡不着。他心中忐忑不安，脑子里总在想着那群动物为什么总朝着一个方向逃跑，为什么它们是那样的惊恐害怕。

突然间，猛烈的哗啦啦的巨响把他从迷糊状态中惊醒过来。那声响震耳欲聋，如同千万辆炮车在坚实的地面上隆隆驶过一般。他忽然觉得脚下的地面在陷落，小屋在摇晃、断裂。

"快跑啊！"他大声呼喊道。

他的同伴们也被震醒了，东倒西歪，左滚右跌地摔成了一团，滚到一个陡坡上。

"地震了！"巴加内尔嚷叫道。

七位远行者拼命地用手紧抓苔藓，攀住平顶山头的边沿。他们头晕目眩，茫然不知所措。只见那座大山头像是快速滑车似的在下滑。他们叫不出声来，也无法止住身子随着山体滑落。那山在没有阻遏地向下滑去，忽而颠簸起来，前后左右地颤动着，犹如汪洋中的一条船。

突然间，猛烈的一撞，把他们甩出了这列快速滑车。他们被扔向前方，在山脚下的最后几层山坡上一个劲儿地滚动着。平顶大山停止了滑行。

都好几分钟了，没一个人能动弹一下。最后，终于有一个人尽管头昏眼花，但毕竟是爬了起来，那就是麦克那布斯少校。他四下里望了望，见自己的伙伴们全都躺在一个小山窝里，堆在了一起，仿佛落入碗底里的一个个弹子似的。

少校数了一下人数：除了一个人外，全都躺在了那儿。少的那个人是罗伯特·格兰特。

第十四章　天助的一枪

安第斯山脉东麓全都是一些长长的山坡，全都延伸到平原上，旅行者们突然之间由荒凉地带进入了绿野，由雪峰落到了草地，由寒冬进入了炎夏。

这时候，大地停止了震颤，复归宁静。

晴朗的一天开始了。太阳从大西洋冉冉升起。现在是早晨8点。

在少校的逐一救护下，爵士及其伙伴们渐渐地恢复了知觉。他们也只是因震动而昏厥，并无大的损伤，所以很快就苏醒过来。他们总算是从那硕大的高低岩"爬"过来了。如果不是少了罗伯特，大家一定会非常兴奋。

"朋友们，"爵士泪如泉涌，声音哽咽地说，"咱们快去找他！不能撇下他！"

一片沉默。最后，还是少校先开了口，问道：

"朋友们，你们有谁知道小罗伯特是在什么时候不见的吗？"

对此，无一人作答。

"至少，"少校又说道，"你们总能告诉我那高低岩往下崩塌时，那孩子在谁的身边吧？"

"在我身边。"威尔逊回答说。

"那么,直到什么时候为止您还一直觉得他还在您的身边呢?"

"我只记得,我们随着山体崩塌一起下滑,最后才猛地一撞,在这么一撞之前不到两分钟时,罗伯特当时还在我身边的。"

"很好,"少校说,"他当时是在您的左边还是右边呀?"

"在我左边。我记得他的'篷罩'还拍击着我的脸来着。"

"那您呢?您是在我们的……"

"也是左边。"

"这么说,小罗伯特应该是在这一边失踪的,"麦克那布斯一边说,一边脸冲着山,指着右边,"就那孩子失踪的时间来看,他应该是掉落在离地面两英里以内的这一部分山地里。分片分头去找,在那一带准能找到他。"

众人立刻便往高低岩山坡上爬去,分别在不同高度的地方开始寻找。他们慢慢地往下寻去,顾不得自身安危。但是,寻来觅去,总不见孩子的踪影。

到了午后1点钟光景,爵士及其五个同伴已经累得实在迈不动步了,只好回到原来的山谷里。

山谷里树木很多。少校选中了一丛高大的树木,在树丛下搭起了临时帐篷。

这一天就这么过去了。与昨天夜晚一样,今夜仍然平静而安宁。同伴们都躺下歇息了,爵士却又爬上了高低岩的山坡。他独自往前摸索,爬了很高走了很远,不时地用耳朵贴着地面认真地听着。

可怜的爵士在山里这么盼望了一夜,同伴们因为不放心,有时巴加内尔跟着他,有时,少校尾随着他,生怕他这么乱走,一不小心摔下深谷中去。

天亮了,众人都跑到山岭上去找寻爵士,生拉硬拽地把他弄了回来。看他的那副神情,没人敢提一个"走"字。但是,干粮告罄。在前方不远处应该可以遇到"卡塔巴"提及的阿根廷向导以及过草原所必需的快马。为了整体的利益,绝不可以再这么拖延下去了。

过了一小时了,爵士又说再等一小时。就这样,等呀等的,一直拖延到了晌午时分。这时候,少校按照众人一致的意见告诉爵士说,不能再延宕了。

"好!好!"爵士回答道,"那就走吧,那就走吧。"

可是,他嘴里虽这么说,腿却没有挪步,眼睛从少校身上转到天空中的一个黑点上。突然,他猛地一举手,指着天空:

"那儿!那儿!快看!你们看!"

大家顺着他手指的方向朝天上望去。这时候,那黑点在逐渐变大,原来是一只鸟在天空中翱翔。

"是只兀鹰。"巴加内尔说道。

"对,是只兀鹰,"爵士应声道,"看呀,它飞过来了!它飞下来了!等一等!"

这只兀鹰是不是看见了什么?看见了一具尸体?是看见小罗伯特的尸体了?那大鸟越来越近,有时盘旋,有时骤落。不一会儿,它便在离地面二百米高处绕着圈子盘旋,这时,大家看得更加清楚了。

少校与威尔逊已经抄起各自的马枪。但爵士举手制止住了他们。兀鹰在离他们不到四分之一英里处绕着山腰上一个无法攀缘的平台盘

旋着，突然张开利爪……

这时，兀鹰已经飞到一排高耸的山峰背后去了。过了一秒钟，它又飞了回来，带着重物，慢慢往上飞去。众人不禁惊呼起来，因为它的爪子里抓着一具"尸体"。那"尸体"悬吊着，晃动着，那正是罗伯特呀！那只兀鹰抓着小罗伯特的衣服摆来晃去地飞到离帐篷不足一百五十英尺的上空。它也看见了下面的旅行者们，便振着双翼，搏击着狂风，想带着猎获物遁去。

少校神清气定，身子纹丝不动地举枪瞄准那只兀鹰，此时，兀鹰已飞到离他有三百英尺远了。少校尚未扣动扳机，山谷里却突然传出了一声枪响，兀鹰耷拉着脑袋，打着转地坠落，双翼张开似降落伞一般。其猎获物仍被它紧紧地抓着，轻飘飘地落到离河岸边只有十来步远的地方。

"快过去！快过去！"爵士叫嚷道。

大家也不问这一枪来自何处何人，只顾急匆匆地向着河边跑去。

待他们跑到河边时，兀鹰已经死了。小罗伯特的"尸体"被它的大翼遮护着。爵士扑到孩子的身上，把他从鹰爪下拉出来，放在草地上，耳朵贴到他的胸口上去听：

"还活着！还活着！"

小罗伯特的衣服很快便被扒掉了，大家往他脸上泼水。他动弹了一下，睁开了眼睛，看了看，开口说道：

"啊！是您呀，爵士……我的父亲！"

爵士一阵心酸、激动，连话都说不出来了。

第十五章　巴加内尔的西班牙语

孩子终于得救,此时此刻,大家才想到救命恩人究竟是谁。少校一个劲儿地东张西望,以目搜寻,终于在离河边五十步远处,看见一个高大的身躯立在高冈上。此人脚边放着一支长枪,肩膀宽厚,长发用皮绳扎着,身高在六英尺以上。脸庞呈古铜色,眼睛和嘴之间抹着红颜色,下眼皮处涂了黑色,额头上则涂抹上白色。他是当地的土著人,模仿边境地区巴塔哥尼亚人的装束,身披一件漂亮的大氅,上面绣有阿拉伯式红色花纹,系原驼颈皮和腿皮缝制而成,细茸毛外翻。大氅里边穿着一件紧身狐皮袄,前襟往下呈尖形。腰带上悬着一只小袋子,装着涂抹面庞的颜料。足蹬牛皮制皮靴,用皮带交叉系在小腿上。

少校赶忙让爵士看,爵士连忙向那人跑了过去,那人也向前走了两步,迎上前来。爵士双手紧紧地攥住对方的一只手,目光中、笑容里以及整个面部表情都满含着感激之情,那土著人一看也心里明白。他微微地点了点头,说了几句,但少校和爵士都没听懂。

那土著人仔细地打量过两个外国人之后,便改用另一种语言说,但是,与刚才一样,对方依然听不懂。不过,他话中的几个词却引起了爵士的注意。爵士能听懂点西班牙语的单词,所以猜想到这土著人是在说西班牙语。

"您说的是西班牙语吗?"爵士问道。

那土著人点了点头。

"好极了,"少校说,"该我们的朋友巴加内尔施展其本领了。幸亏他想到要学西班牙语!"

他亮起嗓门儿在喊巴加内尔。巴加内尔赶紧跑了过来,听说要让自己与对方用西班牙语对话,劲头儿便上来了,说道:

"没有问题。"

于是,为了咬字清楚,他便一个字一个字地大声喊了出来:

"您——真是——好人——哪!"

对方只是在听,没有回答。

"他听不懂。"巴加内尔说。

"是不是您的语音语调不对呀?"少校提醒他。

"可能是,这该死的语音语调可把我给害苦了!"

于是,他又重说了一遍那句恭维话,但仍然没有奏效。

"我再换一句话吧,"巴加内尔咬住每个音节,一字一顿地说了下面这句话,"毫无——疑问——您是——巴塔哥尼亚人!"

那人仍旧没有反应。

"您——听得懂——我说的话吗?"巴加内尔真的是着急了。

那印第安人明显是听不懂,他用西班牙语说了一个字:

"不!"

这下子，巴加内尔就很不耐烦了，把眼镜往额头上一推，说道：

"他说的那种语言我一个字也不懂，一定是阿罗加尼亚语。"

"不会吧，"爵士说，"他刚才可是用西班牙语回答的呀。"

说着，他便面对着那个巴塔哥尼亚人用西班牙语问道：

"西班牙语？"

"是！是！"土著人回答道。

巴加内尔被惊呆了。少校和爵士互相对视了一下。

"哎呀！我博学的朋友，"少校嘴上泛着微笑说，"您真是粗心到家了，这次又犯粗心的毛病了吧？"

"可能是因为我成天照着西班牙语的书本学的缘故！"巴加内尔回答道。

他边说边在口袋里摸来摸去，摸了有好几分钟，终于摸出一本很破旧的书，信心十足地递给少校，说道：

"《卢夏歌》！一部壮丽的史诗，是……"

"《卢夏歌》！"爵士大声说道。

"是的，朋友，是大诗人喀孟斯的《卢夏歌》。绝对没错！"

"喀孟斯，"爵士重复了一遍这个名字，"啊！我倒霉的朋友，喀孟斯可是葡萄牙诗人呀！您是苦学了六个星期的葡萄牙文了！"

"喀孟斯！《卢夏歌》！葡萄牙文……"巴加内尔惊愕得说不下去了，耳朵里传来一阵哄笑声，因为同伴们全都在那儿，围在他的身边。

那个巴塔哥尼亚人看着这一切，觉得莫名其妙，不能理解发生了什么事，只好耐着性子等待着。

"笑吧，朋友们，"巴加内尔说，"尽情地笑！我自己都觉得自己很可笑。不过，先别着急，西班牙语与葡萄牙语非常相似，我稍微改正一下，保证过一会儿我就可以用西班牙语向他致谢。"

巴加内尔没有吹牛，不一会儿，他就能与那土著人交流几句了，他得知那人名叫塔卡夫，这个名字在阿罗加尼亚语中意为"神枪手"。

令爵士尤为高兴的是，他获知对方专门替在草原上旅行的旅行者充当向导。这时，众人与那巴塔哥尼亚人一起回到小罗伯特的身边。小罗伯特向那土著人伸出双臂，后者没有说话，只是用手抚额。他检查了一下小罗伯特的身子，然后，跑到河边，揪了几把野芹菜，替他全身擦了一遍。小罗伯特经他这么一按摩，便觉得渐渐地有了气力。

大家决定当夜仍待在临时帐篷里。只是食物与交通工具的问题却亟待解决。幸亏有塔卡夫这位草原好向导在，可以为一行人提供所需的一切。他主动表示，要带爵士前去离此不足四英里的一处印第安人集市去，那儿可以弄到旅行所需要的一切。他的提议是用西班牙语加手势连说带比画地表达出来的，巴加内尔终于听明白了。爵士和博学的朋友立刻接受了塔卡夫的建议，告别了其他同伴，与那位巴塔哥尼亚人沿着河边向上游走去。

集市设在两山包围着的一个葫芦谷的深处。在树枝搭成的棚子下面住着三十多个印第安人，他们以游牧为生，放养着一大群奶牛、羊和马。

经塔卡夫交涉，爵士买了七匹阿根廷矮马，鞍辔齐备，还买了一百来斤的干肉和一些大米，以及几只盛水用的皮桶。爵士本想再买一匹马供那巴塔哥尼亚人骑，但后者表示不必多此一举。

他们回来后，每个人都先饱饱地吃了一顿。小罗伯特也多少吃了点，他的体力基本上已经恢复了。

这一天剩下的时间，大家都在休息，东拉西扯，什么事什么人都谈到了,而巴加内尔则没有参与大家的谈话,只是与那巴塔哥尼亚人寸步不离,他高兴极了,竟然碰上了一个真正的巴塔哥尼亚人!他不停地用西班牙语同塔卡夫交谈,抓住一切机会学习西班牙语。

第十六章　科罗拉多河

第二天，10月22日上午8时，塔卡夫领着大家上路了。

临出发时，塔卡夫忽然一个长长的呼哨，一匹高大的骏马立刻从树林子里奔驰而来。少校是相马的行家，对眼前的这匹马连声赞叹。这马名叫"桃迦"，在巴塔哥尼亚语中就是"飞鸟"的意思，真是名副其实。

塔卡夫纵身上马，马立刻腾跃起来。这个巴塔哥尼亚人是个好骑手，一身的巴塔哥尼亚骑手的装备。首先是阿根廷草原上打猎时常用的猎具："跑拉"和"拉索"。"跑拉"是用皮条连起来的三个球，挂在鞍前。"拉索"是一条绳，是用两根皮条编起来的，末端是个活结，串在铁环上。需用时，右手扔出活结，左手攥住绳子，绳子的这一端是牢系在马鞍上的。除了这两种可怕的武器外，他还斜背着一支马枪。

塔卡夫只顾奔到一行人的头里去。他或奔驰或徐步，仿佛根本不懂得中速行进似的。

刚一出了高低岩山区，爵士一行便碰上了许多的沙丘。每遇一点点风，沙子便如轻烟一般飞起，或随风飞舞，或形成烟柱盘旋于空中。

这一天，北风骤紧，扬了大半天的沙。尽管沙尘满天，一行人仍然马不停蹄，急速而行，将近傍晚6时，高低岩已被甩下四十英里远了。

此刻，大家感到有点鞍马劳顿，很高兴看到歇下过夜的时间的到来。他们在内乌康河边安营扎寨，内乌康河水流湍急，河水混浊不清，在赤色的悬崖中流淌着。

一宿无话，翌日继续进发。将近晌午时分，原来舒适的气候开始热起来。时近傍晚，西南方天空中出现一抹彤云，预示着要变天了。塔卡夫懂天文识地理，他指着西边一带天空让地理学家巴加内尔看。

"嗯，我明白了，"巴加内尔回答了塔卡夫之后，又转而告诉自己的同伴们说，"天气要变，我们要遭遇'奔北落'了。"

"奔北落"是阿根廷这一带平原上常见的西南风，特别地干燥。当晚，"奔北落"便呼啸而起。马全都在地上躺下了，人便卧倒在马的身旁，紧紧地贴着马。

午夜1点，风骤然止息，众人安然入睡。翌日，人人容光焕发，精神抖擞。

这是10月24日的早晨，是从塔尔卡瓦诺出发后的第十日。此处距离科罗拉多河和37度线交叉点尚有九十三英里，还得走上三天。可是，他们行经的路线并非印第安人通常所走的路线，因此很难碰上游牧的印第安人和在酋长治下定居的印第安人。

直到此时为止，塔卡夫看他们总在沿着直线走，并未提出任何异议。他很清楚，老这么走下去，是见不到什么城镇、村落的，因为这条直线与草原上的任何一条路都互不衔接。这一天，来到这条路与直线的交叉点时，塔卡夫终于憋不住，勒住马缰，停了下来，对巴加内尔说道：

"这是通往卡门的路。"

"不。"巴加内尔回答他道。

"我们是往……"

"一直往东。"

"往东可没什么地方去呀!"

"那谁知道?"

于是,塔卡夫便不再吭声了,他望着巴加内尔,一脸惊讶。但他又觉得巴加内尔不像是在开玩笑。

"你们不是要去卡门吗?"塔卡夫沉默了一会儿后又问道。

"不是的。"巴加内尔回答道。

"也不是去门多萨?"

"对。"

这时,爵士走上前来,问巴加内尔为什么停下不走了。

"他问我,我们是去卡门还是去门多萨,我说都不是,他非常惊讶。"

"确实,我们走这条路是让他很惊讶。"爵士说。

"我也这么认为,这么走下去,的确是走不到任何地方的。"

"那么,您能否跟他说说我们一直往东的目的?"

巴加内尔回到塔卡夫身旁,尽力地把这段奇事的来龙去脉讲给他听。

实在说不出来时,只好连说带比画的,最后,竟然在地上画出一张大地图来,说哪儿是纬度,哪儿是经度,怎么经纬度交叉。又指出哪儿是太平洋,哪儿是大西洋,哪儿是卡门那条路,他们此刻还在哪里等等。巴加内尔讲了有半个多钟头,然后,停了下来,用手擦拭着满头的大汗,眼睛看着那位巴塔哥尼亚人。

塔卡夫一动不动,一声不吭,眼睛始终没有离开那张逐渐被风吹平的沙土地图。

第十六章 科罗拉多河

"怎么样?"巴加内尔问塔卡夫。

"你们是在找一个俘虏?"塔卡夫问道。

"是啊。"巴加内尔连忙回答道。

"就是在太阳落山到太阳出山的这条路上吗?"塔卡夫以印第安人惯常的说法指明这条由西往东的路线又问道。

"是啊。是啊。没错!"

"是上帝把那个俘虏的秘密交给了大海的波涛了?"

"是的,是上帝亲自交付的。"

"让上帝的旨意得以实现吧,"塔卡夫严肃地说道,"我们一直往东走,必要的话,一直走到太阳脚下。"

巴加内尔见自己的学生终于听明白了,非常得意,喜不自胜,立即把巴塔哥尼亚人所说的翻译给同伴们听。

爵士随即让巴加内尔问问巴塔哥尼亚人,他可曾听说有外国人落入草原地区的印第安人手中。

"好像听说过。"巴塔哥尼亚人回答道。

他的这句话一经翻译,众人立即围住了巴塔哥尼亚人,以目询问,等他回答。

"这俘虏是个什么样的人呀?"巴加内尔问道。

"是个外国人,"塔卡夫回答,"是个欧洲人。"

"您见过他吗?"

"没见过,在与印第安人闲聊时听到过他。他是条硬汉子!"

"那就是我的父亲呀!"罗伯特叫嚷道。

然后,小罗伯特转向巴加内尔问道:

"'那就是我的父亲呀'西班牙语怎么说?"

"艾斯——米奥——巴特勒。"

小罗伯特立即抓住塔卡夫的手说:

"艾斯——米奥——巴特勒。"

塔卡夫双目闪闪发光,一把搂住小罗伯特,把他从马上抱了下来,既好奇又同情地看着他。塔卡夫那聪明的面庞上流露出一种平静的激动。

巴加内尔继续问塔卡夫:那俘虏当时在什么地方?塔卡夫是什么时候听人提起他的……

他的问题全都迅速地得到了回答:他得知那个欧洲人当时是在某个印第安人部落里做奴隶,而这个部落是科罗拉多河和内格罗河之间的一个游牧部落。

"那么,现在那欧洲人在什么地方呀?"巴加内尔又问。

"在卡夫古拉酋长家里。"塔卡夫回答。

"就在这条直线上吗?"

"是的。"

"您何时听说的?"

"那是很久以前的事了。在我听说这事之后,太阳已经又给这个草原带来了两个夏天了!"

爵士心里很高兴。这个回答与信件上的日期相吻合。但是,还有一个问题得弄清楚,于是,巴加内尔又用西班牙语问道:

"您提到一个俘虏,是不是同时有三个人呀?"

"这我就不怎么清楚了。"塔卡夫回答。

"那俘虏现在的情况您一点也不清楚?"

"不清楚。"

这个巴塔哥尼亚人所提供的情况足以证实一点：印第安人过去曾经常谈起一个落入他们手中的欧洲人。他被俘的日期及地点，甚至表明他勇敢的那句巴塔哥尼亚语，都显示那个欧洲人就是哈利·格兰特船长。

第二天，10月25日，一行人怀着新的希望踏上了往东的征程。

26日，为了赶到科罗拉多河畔宿夜，一行人快马加鞭，奔驰不停，劳顿至极。但是，他们终于在当天晚上便抵达西经69度45分的地方，抵达了草原上的那条美丽的大河了。此河流程很长，最终流入大西洋。

一到河边，巴加内尔便急不可耐地跳进被红壤染红的河里去，洗了个澡。让他惊讶的是，河水非常地深。幸好，在上游几百米处，有一座木栅桥，桥板用皮条捆扎住悬吊于河上。爵士一行人牵着马由桥上过去，抵达左岸，宿营过夜。

巴加内尔临睡之前，把科罗拉多河仔细地测量一番，再认真细致地记在他的那张地图上。

27日和28日两天，一路上没有什么事情可以讲述。眼见的尽是贫瘠与单调。28日晚，他们到达一个大湖，在湖畔歇息。此湖名为"兰昆湖"，湖水含有浓烈的矿物质味，很难闻。爵士一行人躺下睡去，只是有许多猴子和野狗捣乱，否则大家会睡上个好觉的。

第十七章　南美大草原

南美洲的潘帕斯大草原与北美的大湖区近似，其严寒与酷热均超过布宜诺斯艾利斯，因为此处地处内陆。

爵士一行晓行夜宿。每天早晨，划定好路线之后，便立即上路。灌木丛生，野草漫漫，地上没有沙丘，马儿可以大踏步前进。沙丘没了，风刮不起沙来，行人不会被迷了眼睛，骑马远行，轻松多了。

塔卡夫走在队伍前头，边走边以木棍打击草丛，为的是驱赶毒蛇。他的"桃迦"在丛莽中腾跃着，以助主人一臂之力，为后面的马儿开辟路径。

10月29日，午后2点，单调的旅途上遇到了一点情况。他们发现了一大片白骨。那是无数头牛的骸骨，它们是堆积在一起的，连巴加内尔也搞不清楚，为什么这么多的骸骨会堆积在这么狭小的一个空间里。于是，他们便向塔卡夫讨教，后者轻快地给予了解答。

"是天火烧死的。"巴加内尔转告大家道。

"什么？雷击能造成这么大的灾难？"奥斯丁不解地惊呼道，"能把五百来头牛一下子击毙在一起？"

"塔卡夫就是这么说的。我相信他所说的，因为潘帕斯草原的雷电威力巨大。但愿我们别遇上！"

"这儿真热呀。"威尔逊说。

"是呀,"巴加内尔回答道,"温度表放在阴凉处也有三十度。"

夜晚,一行人在一个废弃了的"栏舍"中歇息。这"栏舍"是用树枝柳条编好,四壁抹上泥,顶上铺着茅草,实为一个草棚,与一个用破木棍围起来的院子连在一起。

在"栏舍"不远处有一土坑,坑里尚留有灰烬,显然以前有人在此埋锅做饭。"栏舍"中有凳子一张、破牛皮床一张、铁锅一口、铁通条一根、煮"麻茶"的壶一把。"麻茶"乃南美人喜爱饮用的饮料,是印第安人的茶。

第二天,10月30日,热雾融融,太阳缓缓地升了起来,烤灼得大家十分难受。但大家依然鼓足勇气,向东而去。他们多次遇到大群大群的牧群,放牧者连人影儿也不见,只有狗儿在守护着它们。

晌午时分,草原上的景物发生了点变化,禾本草类开始变得越来越少了,而牛蒡子则越来越多,而且还有驴子特别喜食的九英尺高的大白术。有许多沙纳尔树和其他一些墨绿色多刺的小树稀稀拉拉地生长着。

大家一口气又走了三十英里地。入夜时分,便歇了下来。大家都想好好地睡上一觉,恢复体力,可是蚊子成群结队,乌压压地飞了过来。蚊虫成群飞来,表示风向有所改变。果然,风向转了九十度,由西风变成了北风。

天一亮,大家上路了,当天必须赶到盐湖。马也累得不行,渴得要命,尽管骑马的人在尽量省点水给它们喝,但也只是杯水车薪。这一天,天气干燥得更加厉害,潘帕斯草原的北风与非洲大沙漠的那种令人生畏的热风一样,风起沙扬,如沙尘暴一般。

这一天,旅途上有一个小插曲,打破了沉闷的气氛。走在前面的穆拉迪忽然勒住马，报告说有一些印第安人走了过来。对迎面而来的印第安人，爵士与塔卡夫的看法不同，意见相左。爵士想到这些土著人的到来，可以让他从中打听到点相关情况；可塔卡夫却极不愿意在草原上遇上游牧的印第安人，他认为他们多为盗贼，避之为好。在塔卡夫的命令之下，一行人集中在一起，准备好武器，有备无患。

不一会儿，他们便看见一些印第安人迎面而来。人数在十个左右，塔卡夫一看，心里踏实了。印第安人已经到了离他们一百来步的地方，面庞看得清清楚楚。只见他们停了下来，大呼小叫，指手画脚，像是在商讨点什么。爵士迎上前去，但还没走上四米远，那帮土著人便勒转马头，一溜烟消失得无影无踪。

晚上8点，塔卡夫指着那些通往盐湖的干沟让大家看，告诉大家盐湖就要到了。又奔驰了一刻钟，众人便翻过盐湖堤岸，下到湖边，但不禁大失所望，只见湖底一片干涸。

第十八章 寻找水源

盐湖乃一连串湖泊溪流的汇聚点。塔卡夫先前所说的到了盐湖就有水喝了,他是指那许许多多注入盐湖的湖泊溪流,可是,他未曾想到,此刻那些小溪小湖也同盐湖一样,因干燥而蒸发,湖水干涸了。一行人来到这里一看,全都傻了眼。饥饿和困乏倒在其次,主要是渴得难以忍受。他们找到了一个被土著人遗弃了的一种名为"鲁卡"的皮帐篷,支在了土坎里,在里面歇下来;他们的坐骑便在湖岸边无可奈何地嚼着带有咸味的枯草和芦苇。

在"鲁卡"里安顿下来之后,巴加内尔便立即询问塔卡夫该怎么做。塔卡夫一直镇定自若地说着,而巴加内尔则指手画脚非常激动地说着。

"他说了些什么?"爵士瞅着空当问巴加内尔,"我好像从只言片语中听出他要我们分开来?"

"是的,他要我们一分为二,"巴加内尔回答道,"马已又累又渴,熬不过的人,就沿着37度线的这条路一点一点地往前挪,而马尚能走的人,则往前头去,去探查那条瓜米尼河。这条河是流入圣路加湖的,离此三十一英里。如果河水充足,就在河岸上等着后面的人;如果河水已干涸,就立即返回迎后面的人,别让大家跑冤枉路了。"

"这建议很正确,"爵士说,"就这么办吧。我的马还能忍耐,我陪塔卡夫往前赶。"

"啊!爵士,也带上我吧。"小罗伯特嚷着要跟着去,好像这是去玩似的。

"那就去吧,孩子。"爵士答应了,其实他也离不开这孩子了。

"那我呢?"巴加内尔忙问。

"噢,您嘛,我亲爱的巴加内尔,"少校抢着回答道,"您就跟大伙儿一起,留在后备队里吧。穆拉迪、威尔逊和我追不上塔卡夫,无法与他一起赶到约定的那个地点,我们只好在您的领导之下,满怀信心地、慢慢地往前挪了。"

"那我只好勉为其难了。"巴加内尔很不高兴当这个头儿。

第二天,清晨6点,塔卡夫、格里那凡、小罗伯特三人的坐骑已经备好。给马喂了最后的那点水,然后,三人便纵身上马,扬鞭而去。

跑了一程,三人回头望去,已经看不见同伴们了,心中不免升起一丝惆怅。

三匹马跑得十分地欢实。这些聪明的马儿想必知道自己的主人要把它们带往什么地方。尤其是骏马"桃迦",更是不知疲倦,奋勇向前,如飞鸟一般,越过干涸的沼泽,跳过"勾拉马迈尔"树丛,高兴地嘶鸣着。爵士和小罗伯特的坐骑步伐要沉稳得多,但是,在"桃迦"的带动之下,跟随其后,也在猛跑。

巴塔哥尼亚人常要回过头来看看罗伯特·格兰特。

这孩子年纪虽小,但在马上却沉着不乱,腰肢灵活,肩膀微侧,两腿安然下垂,双膝紧贴马鞍,塔卡夫见了,心里十分高兴,不住地夸奖他。

三人又挥鞭策马奔跑着,但不一会儿,便发现除了"桃迦"

外,另两匹马已经气喘吁吁的了。中午,得让马匹歇上一个小时,它们确实是快累趴下了。

爵士感到焦虑起来:如果再找不到水的话,那后果就不堪设想了。塔卡夫也愁眉不展,一言不发。

他们又出发了。他们心一横,又举鞭又用马刺,无奈地逼迫马匹上路,不过,只是让马儿徐缓行进,没让它们快跑。

将近午后3时光景,只见一条白茫茫的水线在烈日下闪亮着。

他们没有扬鞭催马,可三匹马如同离弦之箭,冲了过去,几分钟工夫,便跑到瓜米尼河岸边,连鞍带人,一下子冲入河中,直没到胸脯上面。主人们也当然被水浸着,衣物全都湿了,但却高兴异常。

"啊!真美啊!"小罗伯特一边欢叫一边猛喝河水。

"喝慢点呀。"爵士告诫孩子,但自己也一样猛喝个不停。

塔卡夫也在喝水,但并不像他俩那么急不可耐的样子。他慢条斯理地一小口一小口地喝着,但并不间断。

"这下可好了,"爵士说道,"我们的朋友们不会失望了。他们一到瓜米尼河就有水喝了。"

"我们是不是去迎迎他们呀?"小罗伯特问道,"这样,他们就可以少焦急几个小时了。"

"你说得对,我的孩子。可是,这水没法带呀!皮桶都在威尔逊的手里呀。还是别迎过去,就在这儿等吧。按路途来算,根据他们的马徐缓前进的速度,他们今夜里就可以赶到了。我们先替他们准备好歇脚处,替他们先准备好晚饭。"

塔卡夫没等爵士吩咐,便去寻找宿营地点去了。他在河岸边很幸运地找到了一个"拉马塔"。这是一种三面有围墙围着的小院子,是为关住牛马牲畜用的。

"住处有了,现在该解决晚饭的问题了,"爵士说道,"不能让我们后面的同伴们到了之后,没有饭吃。我想咱们先去打打猎看。"

"我跟您去。"孩子回答道,立刻去抄家伙。

他们收获不小,带回到"拉马塔"的有:一串鹧鸪和秧鸡、塔卡夫打到的鸵鸟、爵士打到的野猪和小罗伯特打到的犰狳。三人只是把鹧鸪和秧鸡当作了晚餐,把大个儿的动物留着给后面的同伴们享用。

他们也没忘了喂马,"拉马塔"里有大量的藁草,足够它们吃饱肚子的了。吃饱喝足,收拾停当,这三人便裹上"篷罩",在一大堆松松软软的紫花苜蓿上躺倒了,舒服极了。

第十九章　红狼

将近夜晚10点，刚睡了一小觉的塔卡夫突然醒了。他竖起耳朵，似乎有微弱的声响从草原上传来。不一会儿，他那张通常没有任何表情的面庞上便隐隐约约地泛起了某种不安的神情来。他瞥了院中的燃料堆一眼，干苜蓿堆不高，很快就会烧完，无法长时间地抵挡胆大的野兽来袭。

此时此刻，塔卡夫一筹莫展，他在静候着。

一个小时过去了，"桃迦"发出了隐隐的嘶声。它的鼻孔伸向院子的出口处。塔卡夫立即腾地一下站起身来，走出院子，仔细地望着大草原，影影绰绰地看到许多的黑影在苜蓿丛中不声不响地动着。只见疏落稀拉的流光在闪烁，从四面八方聚拢过来，越聚越多，忽明忽暗，宛如无数的磷火在镜子般的湖面上舞动。塔卡夫知道是什么样的敌人偷袭过来。他立即子弹上膛，躲在柱子后面注视着。

不一会儿，草原上便响起了一片凄厉的嚎叫声。砰的一声枪响，给那片叫声一个回答，但嚎叫一变而成骇人的吼叫了。

枪声惊醒了爵士和小罗伯特，他们骨碌一下便站起身来。

"怎么了？"小罗伯特问道。

"是印第安人来了？"爵士也问道。

"不是,"塔卡夫回答说,"是'阿瓜拉'。"

小罗伯特满腹狐疑地看着爵士。

"'阿瓜拉'?"他问道。

"是的,"爵士回答他道,"也就是潘帕斯草原上的红狼。"

与此同时,二人立即抄起枪来,跑到塔卡夫身边来。塔卡夫向院外指了指,让他们注意那片黑漆漆的草原,叫声就是从那边传过来的。

塔卡夫一说"阿瓜拉",爵士就知道是印第安人口中所说的红狼。这种动物系肉食动物,学名为"鬣狗"。红狼行动敏捷,习惯待在沼泽地带,白天在洞中睡觉,夜晚出洞猎食。它们经常袭击牲畜,牛马见了它们也十分恐惧,是当地的一大祸害。个别的红狼不足为惧,但一群饿狼却非同小可。

狼群的包围圈在逐渐缩小。几匹马惊吓不已,又刨地又挣缰绳。

爵士和小罗伯特把守着"拉马塔"的入口处。他们已把自己的枪上了膛,准备向冲在头里的红狼开火。

这时候,只听砰的一声枪响,一只胆子很大的红狼冲上前来,被塔卡夫一枪毙命。其他的狼原本是排着密集的队形冲上来的,这时也吓得向后退去,挤在离"拉马塔"一百来步远的地方。

塔卡夫立刻向爵士招招手,后者便跑过去接替了他的位置。塔卡夫则跑到院子里去,把干草、干苜蓿以及一切可以引燃的东西全都堆积在"拉马塔"的入口处,然后,把一个仍红彤彤的火炭向那儿扔过去。霎时间,大火便燃烧起来,映红了一片;透过这个火焰帘幕,可以看见大群的红狼聚集在那边。塔卡夫点燃的火墙挡住了狼群的攻击,但同时也激起了它们更大的愤怒。有几只红狼竟然冲到火墙边来,被烧坏了爪子。

一小时左右，已经有十多只红狼被击倒在草地上了。

此刻，被狼群包围着的这三个人的处境稍稍得以缓解。只要子弹没有告罄，只要火墙仍在燃烧，狼群的攻势尚不足为惧。但是，万一子弹打完了，火墙也熄灭了，那可怎么办呀？

子弹将要告罄，火墙即将熄灭。将近凌晨2点光景，塔卡夫向火堆上扔去最后一抱柴草。子弹只剩下五发了。

人狼大战已接近最后关头，火苗越来越低；红狼那闪动着的如磷光般的眼睛又在黑暗之中闪现。用不了几分钟工夫，狼群会全部压到院子中来的。

塔卡夫射出了最后一粒子弹，一只红狼应声倒地。这时候，他的子弹已经打光，他双臂搂抱着，像是在冥思苦想。

这时，狼群像是逃走了似的，原先的一片嚎叫声戛然而止，死亡般的沉寂笼罩在大草原上。

"它们走了！"小罗伯特说。

"很有可能。"爵士竖起耳朵听着外边的动静说。

可塔卡夫却在摇头。他知道红狼是绝对不会放过到嘴的肥肉的，除非太阳出来，它们不得不回到窝里去！

就在他们疑惑不解、猜来度去的时候，红狼改变了攻击策略。它们抄到后面和侧翼，从另外三个方向发起进攻。这样一来，里面的人危险就更大了，甚至是致命的危险。

突然间，只听见狼爪子抓挠半朽枯的木柱的声音响成一片。许多红狼健壮的狼爪和血盆大口已经从摇晃的柱子缝隙间伸了进来。马惊了，挣断了缰绳，在院子里疯跑。爵士一把搂住了小罗伯特，想要拼命保护他，直到生命的最后一刻。

塔卡夫像一头困兽，在"拉马塔"里转着圈子，然后，突然冲到他的"桃迦"跟前；"桃迦"已经是急不可耐了。他给它套上鞍辔，仔细认真地系好皮带和每一粒扣子。

"桃迦"咬着嚼铁，踢腿蹬地，眼冒怒火。它已经明白自己主人是什么意思了。

巴塔哥尼亚人正待揪住马鬃，冲将出去时，爵士一把抓住了他的胳膊。

"您要走？"他指着正面无狼的原野问巴塔哥尼亚人。

"是的。"巴塔哥尼亚人明白爵士的意思，回答道。

接着，他又说了几句西班牙语，大意是：

"'桃迦'！我的好马呀，快，把狼群引开。"

"啊！塔卡夫！"爵士呼喊道。

"既然这样，那好吧，"爵士坚决地说，"罗伯特，你别离开塔卡夫，我来骑马引走狼群，你紧紧地跟在他身边！"

"不行！"巴塔哥尼亚人坚决地拒绝道。

爵士坚决要去，塔卡夫就是不肯。二人争执不下，可危险却分分秒秒地在增加。院子后面的树桩，经红狼的又抓又咬，快要断了。突然间，爵士被一把推开。只见"桃迦"前蹄竖起，急不可耐地跳过大墙和一堆狼尸，又听见一个孩子的声音在喊：

"原谅我吧，爵士！"

爵士和塔卡夫还没反应过来，小罗伯特已经跃上马背，抓住马鬃，飞也似的冲了出去，消失在茫茫夜色之中。

"罗伯特！别胡来！"爵士不知如何是好地乱叫一气。

但是，他的喊叫声被一片突然爆发出来的嚎叫声淹没了。原来那群红狼见有马蹄出，便一窝蜂似的嚎叫着追上前去，向西奔跑，快若闪电。

塔卡夫和爵士急忙冲出院子。此刻，草原已经复归宁静，他们只影影绰绰地看到有一条波动着的红线在远方夜影中飞逝着。

爵士急火攻心，倒在了地上，绝望地揉搓着双手。他朝塔卡夫看了一眼；后者却含着笑容，毫不着急的样子。

"'桃迦'是匹宝马！孩子又聪明伶俐！一定不会有危险的！"他边点头边称赞道。

凌晨4点，东边已隐约泛白。不一会儿，天边浓雾升起，渐渐地染上了淡白色的银光。现在可以出发去寻找小罗伯特了。

他们纵马飞驰了一个小时，一边四下里张望着，想要发现小罗伯特，但又怕看到他鲜血淋淋的尸体。爵士不停地策马飞奔。最后，他们听见了枪声，一声连着一声，很有规律，显然是信号枪。

"是他们！"爵士大声喊道。

二人立刻又加鞭催马，不一会儿，就同巴加内尔带领的那一小队人马会合了。爵士突然发现小罗伯特也在他们中间，骑在"桃迦"背上。"桃迦"一见到自己的主人也兴奋得嘶鸣不已。

"啊！我的孩子！我的孩子！"爵士慈爱地连声喊叫道。

他与小罗伯特同时纵身下马，相互奔过去，紧紧地搂抱在一起。然后，巴塔哥尼亚人又走上前去把格兰特船长的儿子拥抱在自己的怀中。

第二十章 阿根廷平原

早晨7点,众人来到了"拉马塔"前,只见院子前后左右躺着不少死狼,可见昨夜战斗之激烈。

众人喝足了清凉的河水,在"拉马塔"里又饱餐了一顿。

第二天早晨,他们跨越了阿根廷的草原区和平原区的分界线。塔卡夫希望在这一带能够碰上抓住哈利·格兰特船长及其两个同伴的那些印第安人的酋长。

一行人自离开瓜米尼河之后,一直对这一带的气候深感满意。

由于巴塔哥尼亚的凛冽寒风在天空高处搅动着气浪,使这儿的气温经常保持在十七摄氏度左右。

南纬37度线在这一地区穿过许多的沼泽和湖泊,湖水有咸有淡;湖岸树丛中可见鹬鹆、百灵鸟、红腹棕鸟飞来飞去……

将近下午4点,远处可以望见一个丘陵隐现在地平线上。那丘陵挺高。那就是塔巴尔康山,一行人在山脚下歇息,过夜。第二天再翻过这座山，非常地容易。沙土似波浪般起伏，山坡并不太陡。中午时分，他们过了塔巴尔康废堡，这儿是山南地区构筑的防御土著人来袭的那条碉堡链的第一环。但是，在这儿，仍旧没有见到印第安人的踪影，塔卡夫更加地惊讶不已。正晌午时，有三个人骑着马，带着枪，观察了一番爵士的这支人马，保持着高度的警惕，不一会儿，一溜烟地便不见了。

翌日，一行人重新上路，与坦狄尔山毗邻的头几处"厄斯丹夏"（大牧场）已可看见，但塔卡夫决定不在此处停留，直奔独立堡而去，因为他特别想要搞清楚，为什么这一带竟然会没有人烟。

11月6日，一行人数次遇到"厄斯丹夏"和一两个"杀腊德罗"——宰杀肥壮牲畜的地方。

塔卡夫一个劲儿地催促大家快马加鞭，他想在当晚赶到独立堡。众马在主人鞭子的抽打之下，学着"桃迦"的样儿，在高深的禾本科草类中奔驰着。一路上，也曾遇上几户农家，屋子周围都挖有深沟，筑起高垒；正屋上方有一阳台；农夫们全都携有武器，可以从阳台上射击平原上的盗匪。一行人沿途没有停息，涉过了洛惠索河，又越过了沙巴雷夫河。然后，马蹄便踏上了坦狄尔山的最初几重草坡。一小时之后，他们已经看见了坦狄尔村；它深藏在一个狭窄的山坳里，独立堡那重重城垛显现在上面。

第二十一章　独立堡

坦狄尔山海拔一千英尺，由一连串的片麻岩丘陵组成，上面长满碧绿的青草，呈半环形状。与此同名的坦狄尔县几乎包括布宜诺斯艾利斯省的整个南部地区。该县有居民四千人，县城就设在坦狄尔村，位于北部冈峦脚下，有独立堡掩护着。该村居民主要是法国人和意大利人的后裔。该村不仅有一些十分漂亮的房屋，还有一些学校和教堂。

爵士选中一家当地人称为"逢达"的挺漂亮的客栈住了下来，把马匹牵到马厩里去。然后，爵士、巴加内尔、少校、小罗伯特等，在塔卡夫的带领下，向独立堡走去。往上爬了几分钟，便来到独立堡入口处。那儿有一名阿根廷士兵把守着，一副漫不经心的样子。

堡内操场上有几名士兵正在操练，年龄不一，最大的二十来岁，最小的也就六七岁。他们的面庞晒得黑黑的，模样长得很像。指挥他们操练的也同他们长得一模一样，一问才知，他们是兄弟十二人，在大哥的带领下，进行操练。

让巴加内尔感到诧异的是，他们做的都是法国士兵的操，而且指挥者的口令也是用巴加内尔的母语发出的。

"这就怪了！"巴加内尔说道。

不一会儿，司令走了出来。他约莫五十来岁，身子结实，一副军人风度，抽着短把儿烟斗。他的这副派头令巴加内尔回想起法国年纪较大的下级军官的那种自成一派的军人风度。

塔卡夫忙走上前去，向司令介绍格里那凡爵士一行。那位军人却一个劲儿地讲述自己的经历，容不得别人插话。从他的话里，大家得知这位性格爽朗的军人已经离开法国很久了，对自己的母语都有点生疏了。这位独立堡的指挥官是一个军曹。

自1828年独立堡建成之后，这位军曹就没有离开过这里。他已年届五十，名叫玛努埃尔·伊法拉盖尔。他虽不是西班牙人，但来到当地之后，便讨了一个印第安人做老婆，并且入了阿根廷国籍，在阿根廷军中服役。这时候，他那位印第安人妻子已为他生了一对双胞胎，都已经六个月了，而且，还是两个儿子。玛努埃尔就只知道世上只有当兵一种行当，他希望上帝能赐予他一个连的儿子，将来好为共和国服役。

玛努埃尔一口气讲述了自己的历史，竟然不间断地讲了有一刻钟。最后，他总算打住了，然后，邀请大家进屋里去。众人不好推却，只好去拜见一下那位伊法拉盖尔军曹夫人。这位夫人倒也颇具大家风范。

等一切繁文缛节完毕之后，军曹这才想起来问大家，他们是怎么会跑到他这儿来的。这正是谈论正事的大好时机。于是，巴加内尔便用法语把如何横穿潘帕斯大草原的情况说给他听。最后，他便问起为何印第安人全都离开了这一地区。

"打仗了，"军曹说道，"是巴拉圭人与布宜诺斯艾利斯人打起来了。然后，印第安人就全都跑到北边去了。"

巴加内尔把这番话译给塔卡夫听；后者点了点头，认为军曹所说属实。原来，塔卡夫并不知道，或者是忘记了此时此刻的一场内战。

塔卡夫便向军曹打听道：

"您从未听说过有三个英国人被俘虏的事吗？"

"从没听说过，"军曹回答道，"如果确有此事，在坦狄尔这个地方，应该听到传闻的……我一定会知道的……不，没有这回事……"

爵士听了军曹这么干脆的回答后，觉得没有必要再在独立堡多耽搁了。于是，他们便同玛努埃尔握手，致谢，告辞了。

这时，巴加内尔又向爵士要那几封不幸造成这次错误的信件。他心里非常不悦地重又研究起它们来："既然哈利·格兰特不在潘帕斯地区，那就说明他并不在美洲。那他到底是在哪里呢？这些信件一定会告诉我们的。"

第二十二章　洪水

独立堡距大西洋岸边有一百五十英里。如果没有什么意外造成延误，四天后就可以与"邓肯"号上的同伴们会合了。但是，就这么无功而返又有什么意义呢？爵士很不甘心。

晌午时分，一行人走完了倾斜的山坡，进入了一直延伸至海岸的那片起伏不定的大平原。只见溪流纵横，滋润着肥沃的土地。马儿在绿草如茵的草原上，步伐轻快了许多。

前几天的高温造成了大片水汽的凝聚，变成了乌云，预示着大雨将至。傍晚时分，马儿已轻快地跑了四十里地，在一些较深的"喀那大"旁歇了下来。"喀那大"为当地土语，意思是"天然的大水坑"，没有任何遮风避雨的地方。

第二天，地势在走低，湿气越来越重。无数大大小小的沼泽不断地出现在一行人的面前。小罗伯特正在前头走，突然勒马返转，冲巴加内尔大声喊道：

"巴加内尔先生！前面有一片长满牛角的林子！"

"什么？"巴加内尔应答道，"长满牛角的林子！"

大家往前走了不远，便看到一片牛角林，牛角长得还很整齐，而且还是一大片，一眼望不到边。

"这真是奇怪了。"巴加内尔说着，便扭过头去望着塔卡夫，希望他能给解释一下。

"牛角在外,牛在地下。"塔卡夫解释道。

"这么说,一大群牛全都陷进泥潭中去了!"巴加内尔惊呼道。

"没错。"巴塔哥尼亚人回答道。

确实如此,一大群牛踩到这片松软泥泞的土地,一下子全都陷了下去,好几百头牛就这么挤成一堆地憋死在这烂泥窝中。一行人绕过那片死牛滩,足足走了一个小时,才把那片牛角林甩在身后两英里外。

塔卡夫边走边环顾四周,显得十分焦虑,总觉得会有大事发生。他走走停停,立于马镫上,向远处瞭望,但是却没看出个究竟来,只好又坐回马鞍上,继续前行。爵士心里忐忑不安,便让巴加内尔问问塔卡夫,到底是怎么一回事。

巴加内尔问了之后,转告爵士,塔卡夫说他发现平原上渍透了水,颇为惊异。自打他当向导以来,他还从未走过这样的湿地,即使是在雨季里,阿根廷平原上也有旱路可走。

一行人加快步伐。大雨倾泻,毫无遮拦,只好任由水洗雨浇了。一个个好似落汤鸡,又冷又饿又累,直到傍晚时分,才跑到一座破败不堪的"栏舍"里来。

仿佛上帝在庇佑着他们,夜里竟然平安无事。早晨,"桃迦"的嘶鸣声把大家从睡梦中叫醒。然后,一行人便上了路。雨倒是小了,但土地已吸足了水,积水下不去,一路上,尽是烂泥,泥泞不堪。

众人快马加鞭,一个劲儿地拼命奔驰。"桃迦"奔在头里,简直就是一匹海马,在水中奔腾着。然而,将近10点钟光景,"桃迦"表现异常,显得很狂躁焦急。它不停地把头向着南边那平坦地带,发出长长的嘶鸣声,鼻孔在拼命地吸着。它猛烈地腾跃着。

第二十二章 洪水

"桃迦"感觉到了危险。大家也听见有一种澎湃声隐隐约约地在响，如涨潮一般，从远方传来。

"洪水！洪水！"塔卡夫边催马向北边回答道。

"洪水来了！"巴加内尔连忙大叫起来，领着众人追着"桃迦"向北奔去。

他们逃得还算及时。在南面五英里远处，只见一片高大宽厚的巨浪以排山倒海之势向平原涌来。平原立刻成了一片汪洋。

白浪滔天，马在飞奔，放眼四周，无处可避，远远望去，水天一片。马受到惊吓，没命地狂奔。水在不停地往上涨，浪花白如雪，在浪头上腾跃，看来，大水离一行人顶多也就两里地了。人与这紧追不放的大水顽强地拼搏着，坚持了有一刻钟。大家只顾奔命，也不知逃了有多远的路，按这种速度算下来，奔逃得也够远的了。此刻，水已漫到马的胸脯了，马跑动起来十分地艰难。

又过了五分钟，马已经浮了起来，不是在跑，而是在游了。水流以巨大的冲力，急速地挟带着马儿，一小时行二十多英里。

在众人陷于绝望之时，突然，少校大喊一声：

"树！"

他边喊边用手指着北边八百码处孤立于水中的一棵高高大大的胡桃树。众人喜出望外。急流冲着人和马，不停地快速往前。这时，奥斯丁的马突然一声长鸣，不见了踪影。奥斯丁急忙蹬掉马镫，奋力游了起来。

这时，洪水的巨浪已经涌了过来。那是一个四十英尺高的冲天巨浪，隆隆之声胜过雷鸣，向这八个落难之人扑了上来。他们立刻就全都连人带马被卷进了泡沫飞溅的大旋涡中，不见了踪影。成百万吨的洪水波涛汹涌地裹卷着这些人和马旋来转去，翻上倒下的。等这巨大的浪头过去之后，落水之人又都浮了上来，彼此赶忙点了点人数。人倒是一个没少，可马匹除了"桃迦"驮着自己的主人外，其他的都不知去向了。

离树只有二十码远了。不一会儿，众人便抓到了树枝。水已经把大树的主干给淹没了，树枝正好贴着水面向四下里伸展着，众人毫不费力地便爬到树上来了。

塔卡夫松开"桃迦"，先把小罗伯特托到树上，然后逐一把其他落水的人都拉上树。可是，"桃迦"却被水冲走了，很快便漂到很远的地方去了。只见"桃迦"拼命地扭过头来，嘶鸣着，声嘶力竭地呼唤自己的主人。

突然，扑通一声，塔卡夫跃入洪流之中，在离救命大树十码远处又冒出脑袋来。一会儿过后，只见他手臂挽住"桃迦"的脖颈，人和马一起向着北面那茫茫一片的天际漂过去。

第二十三章　像鸟儿一样地栖息在大树上

　　爵士等几人栖身的这棵大树，是一棵"翁比"树，高达上百英尺，树冠有一百二十平方米的面积，主干、支干，层层叠叠，盘旋而上，是一把实实在在的巨型遮阳伞。小罗伯特和威尔逊一上了树，便爬到最高的树枝上去了。他们把头钻出那绿色的穹隆，一眼可望到很远很远的地方。放眼四周，一片汪洋，大树被洪水团团围住。突然间，威尔逊发现远处影影绰绰地有一黑点在动，这引起了他的极大注意，他仔细看看，发现竟是塔卡夫和他的"桃迦"，他们在远处天际逐渐地消失！

　　不一会儿，小罗伯特和威尔逊便穿过三重树枝，到了主干的顶端。格里那凡、巴加内尔、麦克那布斯、奥斯丁、穆拉迪都在那儿，或骑，或坐，或躺，各得其所。威尔逊把看到的情况汇报了一下。大家都与他的看法一致：塔卡夫不会被淹死，只是不知会是塔卡夫救起"桃迦"还是"桃迦"救起塔卡夫。眼下，这几个人的处境比塔卡夫还要危险。树虽说是不致被洪水冲倒，但架不住洪水继续往上涨，洪水上涨最终会把整棵大树给没了顶的！

　　小罗伯特像只猫似的忽地往上蹿去，钻进树叶深处；威尔逊紧随其后。他俩走了之后，巴加内尔便动手找来不少的干苔藓。他很容易地便找到有阳光的地方，用望远镜把干苔藓点燃，然后，把点燃的干苔藓捧到"翁比"树主干的分枝处,铺一层湿树叶托住。这就成了一个天然炉灶,而且不用担心引起火灾。没多少工夫,小罗伯特和威尔逊便回来了,弄了一大抱干树枝,放在点燃的苔藓上。干树枝引燃了,不一会儿,只见火苗在临时"炉灶"上蹿了起来。众人围着这堆火烤自己的湿衣裳。接着,便开始吃起早饭来。每人只能吃分配的定量,因为也不知大水是否能迅速退去,而所带的干粮又极其有限,再说,"翁比"树上又不结果子。不过,幸运的是,树上有许多的鸟巢,鲜鸟蛋可不少,而且,鸟儿也可以杀了吃。

现在,不得不做长时间地栖息树上的打算,睡的问题也要考虑,尽量地舒适些。巴加内尔立即灵巧地爬了上去,不一会儿,他的身影就被密密实实的树叶给遮挡住了。其他人也各自忙于整理自己的"床铺",找一个自己觉得中意的树丫,绑上几根藤条,睡觉的地方就出来了。

整理好"床铺"之后,大家又不约而同地回到下面,围"炉"闲聊开来。他们并没有谈论眼前的处境,因为,现在除了忍耐、静观之外,已别无他法。他们谈论的还是此行的目的……

突然间,浓密的枝叶间传来一声大叫,爵士及其朋友们不觉大吃一惊,面面相觑。出什么事了?是不是刚才爬到上面去的学者从树上摔下去了?威尔逊和穆拉迪腾地站了起来,准备上去救

第二十三章　像鸟儿一样地栖息在大树上

他。突然，巴加内尔从上面滚落下来，双手抓不住任何东西，眼看要掉进波涛中去了，只见少校眼疾手快，一伸胳膊，把他架住了。

"谢谢您了，麦克那布斯！"巴加内尔大声地感谢少校。

"您怎么搞的？"少校关心地问道，"怎么会滚下来？是不是又犯老毛病了？"

"爵士、少校、小罗伯特、朋友们！你们听我说，"巴加内尔大声说道，"我们这是专在格兰特船长不在的地方找他！"

"您在说些什么呀？"爵士不解地问。

"我们寻找的地方，格兰特船长非但不在，而且他也从来没有到过！"

第二十四章　依然栖息在树上

地理学家的这番话弄得大家一头雾水。大家都看着爵士，因为巴加内尔的话是冲他说的，可是，爵士却不赞成巴加内尔的说法。

"怎么！"爵士道，"您认为格兰特船长……"

"我认为，"巴加内尔回答道，"信件上的austral不是指南半球，而是指Australia（澳大利亚），是这个词的前半部分。"

"说实在的，从地理学会的秘书嘴里说出这样的话来，真让我吃惊。"爵士说。

"这有什么可吃惊的。"巴加内尔听到爵士的这种口气颇为不悦。

"如果真的是在澳大利亚的话，那里就该有印第安人，可澳洲还从未见过有印第安人呀！"

"我亲爱的爵士，您的这种说法没有多大道理。"

"那您就解释解释吧。"

"信件上根本就没提什么'印第安人'和'巴塔哥尼亚'！那个indi是indigènes（当地土著）的意思，而不是Indiens（印第安人）的意思。难道澳大利亚没有土著人！"

"我承认这也说得通。但是，gonie又作何解呢？那不是指巴塔哥尼亚（Patagonie）吗？"爵士反问道。

第二十四章　依然栖息在树上

"当然不是！它可以是指：创世记（Cosmogonie）、多神教（théogonie）、十分危险（agonie）。"

"那就是'十分危险'了！"少校说。

"这个词可以说无关紧要，怎么解释都可以。关键的是'austral'一词，必须把它认定为'澳大利亚'！可惜，我们一开始先入为主了。"

大家听到这儿，都非常地高兴。

"这很简单，信件就在这儿。"巴加内尔边说边把几天来他一直在细心研读的信拿了出来。

于是，巴加内尔便用手指指着信件上很不完整的词和句，以坚决的语气解读道：

1862年6月7日，三桅船"不列颠尼亚"号，隶属格拉斯哥港，沉没于……澳大利亚海面。因急于上陆，格兰特船长及两名水手……到达陆地……被土著人俘虏。

特抛下这几封信件……

巴加内尔的这番解读让大家重新见到了希望的光芒。他们的心一下子便撇开了美洲大陆，飞向澳洲那片希望的土地去了。

此时正是下午4点。大家决定6点钟吃晚饭。巴加内尔想准备一顿丰盛的晚餐以示庆祝。于是，他便邀请小罗伯特"到附近的树林里"去打猎。他们带上塔卡夫留下的弹药袋，立刻出发。

他俩出发之后，爵士和少校便忙着去观察树上刻下的水位标记，而威尔逊和穆拉迪则把临时"炉灶"中的炭火重新点燃起来。

水流湍急，看不出有任何退水的迹象，只是，水位已经升到最高点，水不会再继续往上涨了。

爵士和少校回到临时"炉灶"旁,发现威尔逊突发奇想,竟然用一根针穿上线钓起鱼来。他已经钓到好几十条小鱼了,全都放在"篷罩"的褶缝里,都是些"摩查拉"鱼,这种鱼味道极其鲜美。

两个猎手从上面下来。巴加内尔小心翼翼地捧着一些乌燕蛋,还提着一串小麻雀。小罗伯特还打了几对"喜格罗",这是一种黄绿相间的小鸟,肉质鲜美。不管怎么说,这顿晚餐还是蛮丰盛的:烤鱼、熟蛋、煨"摩查拉"、烤麻雀,样样俱全。

大家边吃边聊,十分开心,一致赞扬巴加内尔,说他既是个好猎手,又是个好厨师。巴加内尔美滋滋地谦虚着。

第二十五章　水火无情

天色已晚。经过惊心动魄的这么一天,大家该好好地睡上一觉了。

临睡之前,爵士、小罗伯特和巴加内尔都爬到观察站上瞭望了一番,对那一片汪洋做最后一次观察。当时已是9点钟了。水雾茫茫,水天相连;星辰也模糊不清,只能隐约地辨清方位。

这时候,东边天空乌云翻滚,那儿肯定已经是大雨如注了。乌云滚动得极快,不一会儿,便把半个天空给占据了。一切都在静止之中:树叶没有颤动,水面没有涟漪,连空气仿佛都停止了流动。

"下去吧,当心炸雷。"爵士催促道。

三个人连忙下到下面。爵士来到少校和三个水手身边,告诉他们暴风雨即将来临,让他们做好准备。大家按照他的要求,把自己牢牢地绑在"吊床"上。暴风雨一来,大树必将摇来晃去,人会被甩下去的。

大家互相道了"晚安",怀着并不"安"的心情躺下睡了。

第一声炸雷炸响时,将近11点,大家都还没有入睡。那雷声不是在近旁炸响的,而是从远处传过来的。爵士便冒着危险,把头伸出枝叶外面,想看看外面的情况。

黑如锅底的夜空,被撕开了一个锯齿状的明亮的缺口,清晰地

倒映在水面上,仿佛水面也给撕裂开来了。

"情况怎样,爵士?"巴加内尔问道。

"来势凶猛,这风暴小不了!"

"诸位,我们的这棵'翁比'树可是这片汪洋中唯一的最高点,可以肯定,它会遭到雷击。"巴加内尔说。

雷声滚滚,一声紧似一声。闪电在空中跳跃,上下蹿动,形成一片火海。

闪电形状各异,纵横交错。天水之间,已经变成了电火的世界,而水中的倒影又使这电火扩大增长,整个世界充满了火光,而"翁比"树就在这电火世界的中心立着。

大家的脸都被照亮了,一个个都默然无声地看着这骇人的景象。

雨终于下来了,宛如天上的瀑布倾泻而下,在水面上击出无数的大水坑来……

突然间,一个大火球迅速地自天而降,轰的一声在"翁比"树顶上炸开了。

一股浓烈的硫黄味在雨水中弥漫开来……

突然,只听见奥斯丁大喊一声:

"树上着火了!"

火借风势,越烧越旺,众人连忙向没有着火的一边逃去。他们一个个连滚带爬,手忙脚乱地攀到颤颤悠悠的树枝上。

第二十五章 水火无情

吱吱嘎嘎的燃烧声、上下蹿动的火蛇一般的火焰、不断往下掉落的烧断了的树枝，弄得大家无处藏身。树上再也没法待下去了。摆在面前的只有一条路：不是被烧死就是被淹死。

"快跳水！"爵士喊道。

威尔逊身上已经着火了，他第一个跳了下去。可是，大家都听见他在没命地呼喊："救命呀！救命呀！"奥斯丁连忙跑过去，一把把他拉了上来。

"怎么了？"奥斯丁问他。

"鳄鱼！鳄鱼！"威尔逊胆战心惊地回答道。

借着火光，众人看到有一圈扁平脑袋、眼睛暴突、嘴巴很大、满身疙瘩的家伙围住了树干。

这下完了！必死无疑！不是被烧死就是被鳄鱼咬死！连平素十分镇定的少校也不禁低下了脑袋，哀叹一声：

"看来是一点希望也没有了。"

此刻，一股强大的旋风在水面上搅起了一团锥形的水雾，锥尖冲下，锥底冲上，卷起了冲天的水柱，以令人惊奇的速度移动着。

霎时间，那股水柱便一下扑向了"翁比"树，把大树团团围住，树被摇得东倒西歪的。大树在一瞬间已经被连根拔起，倒在了水中。树上的人紧紧地搂抱住树干。

树下的鳄鱼已被水柱卷走了，只有一条爬到了树干上，张开血盆大口，向落难的人们爬了过来。穆拉迪眼疾手快，立即抓起一根烧断了的大树枝，猛地向鳄鱼腰间砸下去。鳄鱼的腰折了，滚落到水里去，可它那骇人的尾巴还在横扫着……

爵士一行人见鳄鱼已死，便立即向上风口爬去，紧抱住树干。这时，"翁比"树便带着一团火焰，在夜影中顺水漂流。火焰被大风吹得越来越旺，大树如同一条张着火帆的船向前冲去。

第二十六章　大西洋

　　燃烧着的"翁比"树在水面上漂流了两个小时，仍然没碰到陆地，但燃烧着的火焰却已经在逐渐地熄灭。大的危险算是过去了。
　　"翁比"树顺流直下，犹如飞驰，也不知它会这样漂流多久。然而，将近凌晨3点，少校让大家注意看，树枝似乎有时掠到了水底。奥斯丁折断一根长树枝，插向水中探了探，确实水已不太深了。果然，二十分钟过后，"翁比"树轰然一声，撞到了什么，停止了漂流。
　　"翁比"树撞到了一片高地，搁浅了。正在这时候，突然有一个大家熟悉的声音传了过来，同时大家还听见了马蹄声，一个印第安人的高大身影出现了。
　　"塔卡夫！"小罗伯特首先叫喊道。
　　"塔卡夫！"众人异口同声地呼喊道。
　　塔卡夫知道他们会顺流而下，必然会漂流到这儿，因为他自己就是被冲到这儿的，所以他正在这里恭候着同伴们。他一把把小罗伯特搂抱住，而巴加内尔也从其身后把他给搂抱住了。爵士、少校和水手们也都使劲地同他紧紧握手。然后，塔卡夫把众人领到一个废弃的"厄斯丹夏"的敞棚底下，那儿正燃着一堆旺火，火上还烤着大块大块的肉；大家边取暖边大快朵颐，好不快乐！吃饱了，身子也暖和了，这时，大家才开始感叹，竟然在上有火，下有水，外加鳄鱼的艰难处境中活了过来！

塔卡夫简略地向巴加内尔讲述多亏他的"桃迦"，他才得以逃过这一劫。而巴加内尔也把对信件的新的解读，以及这种新的解读给大家带来的希望告诉了塔卡夫。

稍事休整，一行人又踏上了征途。时间正是早晨8点，这儿离海边还有四十英里，步行得要三十六个小时。

一行人背对着身后的一片汪洋，跟随着塔卡夫向高地走去。

第二天，在距海边还有十五英里的时候，就可以嗅到大海的气味了。一直走到晚上8点，一个个都累得快要散架了，可是，眼前却偏偏出现一座四十多米高的沙丘，挡住了后面一条泡沫飞溅的白线。不一会儿，涨潮的声音便传到了众人的耳朵里来。

已经累得迈不动步的长途跋涉者们，突然间为之一振，来了精神，步伐矫健地往那沙丘上爬去。

冲上沙丘顶上时，只见夜色中的大海苍苍茫茫，什么也看不清楚，也根本见不到"邓肯"号的影子。

"'邓肯'号肯定是在这一带海边巡弋！"爵士焦躁地说。

奥斯丁朝着"邓肯"号可能出现的方向，扯开嗓门儿呼喊着那艘看不见的船，但没有一丝回音。这时，风大浪急，沙滩又浅，"邓肯"号是不会在海岸边五英里以内停泊的。

少校劝大家不要着急，等天亮后再说，当务之急是安排过夜的地方。于是，大家便仿照少校的样子，在沙丘上挖掩体，作为睡觉的床铺，准备就寝。临睡前，大家把最后的一点干粮吃掉，然后便倒头睡去。爵士虽然与大伙儿一样疲惫不堪，却怎么也睡不着。他待在这荒凉的海岸上，眼望着茫茫大海，恍惚中隐隐约约地看到了"邓肯"号上的灯光在闪烁。

突然间,他想起来,巴加内尔曾说过他是夜视眼,可以看清黑暗中的东西。于是,他便忙不迭地去找巴加内尔。后者在自己的沙窝里睡得正香,忽然被一只强有力的大手拖了出来。

他立马爬了起来,伸了伸懒腰,跟着爵士来到海岸边。

巴加内尔认认真真、仔仔细细地看了有好几分钟。

"什么也没看见!漆黑一片,猫眼也看不出两步远去。"

天刚放亮,只听见一阵"'邓肯'号!'邓肯'号!"的欢呼声,众人一下子便从梦中惊醒过来了。

"万岁!万岁!"大家高兴不已,欢叫着奔到海岸边。

果然,在海上,离岸边五英里开外,"邓肯"号正收起全部的帆,缓缓地行驶着。烟囱里冒出来的烟与晨雾混杂在一起。海浪很大,"邓肯"号这样吨位的船难以驶到沙滩边沿,否则便会出事。

这时候,只见塔卡夫在往枪里装火药,然后,冲着"邓肯"号上方连发三枪。枪声在沙丘上响起了很大的回声。

突然,"邓肯"号腰部冒出一股白烟来。

"他们看见我们了!"爵士激动地叫喊道,"是'邓肯'号在开炮!"

众人全都欢呼起来。

不一会儿,只见"邓肯"号升帆转头,向他们这个方向开了过来。

举起望远镜,可以看见大船上放下来的一只小艇。

"啊,我真恨不得一步跨到小艇上去!"爵士急不可耐地说。

"别着急,爱德华,再过两个小时您就到船上了。"少校回答他道。

是啊,小艇打个来回至少得两个小时!

爵士回过头来找塔卡夫,只见后者搂抱着双臂,远远地站着,身旁是伴着他的"桃迦",静静地看着波涛汹涌的海面。

爵士走过来拉住他的手,指着远处的小艇,对他说道:

"跟我们一起走吧。"

巴塔哥尼亚人缓缓地轻摇着头,说:"不,'桃迦'!潘帕斯!"

爵士明白,塔卡夫是不会离开这块生他养他的土地的,因此,他紧紧地握了握塔卡夫的手,不再勉强他。

当爵士提及报酬的事时,塔卡夫微微一笑,回答他道,他这全是"为朋友帮忙",不要任何报酬。

爵士不知如何回答是好。再说,他现在什么也没有了,没有什么可以作为报酬的。突然,他脑子一转,想到了一个办法:他从皮夹子里掏出一个精巧的小雕像框,嵌有一张小画像,是海伦夫人的头像。

"这是我的妻子。"爵士说道。

塔卡夫看着画像,激动地说:

"美丽贤惠的女人!"

接着,小罗伯特、巴加内尔、少校、奥斯丁和两个水手全都走上前来,与巴塔哥尼亚人激动地话别。朝夕相处多日,经历了生与死的考验,说分离就分离,心中的悲伤难以言表。塔卡夫伸开他那长胳膊,把大家全搂在了一起,场面让人动容。巴加内尔想起塔卡夫经常看他的地图,便忍痛割爱,把自己这唯一的宝贝送给了他。小罗伯特无物相赠,只是一个劲儿地亲吻塔卡夫。他亲吻着自己的救命恩人,同时也没忘记吻他所喜爱的"桃迦"。

小艇渐渐地靠近岸边。

众人最后一次拥到塔卡夫身边,又是握手,又是拥抱,又是亲吻。塔卡夫把朋友们一直送到小艇边,小艇又被推到水里。

"再见,朋友!再见啦!"爵士大声喊道。

"我们还会再相见吗?"巴加内尔喊道。

"奎延萨白!(但愿吧!)"塔卡夫双臂伸向天空回答道。

巴塔哥尼亚人这最后一句话在晨风中消失了。

小艇划入海面,被浪潮推拥着,越去越远了。

众人隔着飞溅的浪花,仍影影绰绰地看见塔卡夫那高大的身影一动不动地屹立在海岸边,越来越小,越来越小……

一个小时之后,小罗伯特第一个跳上"邓肯"号的甲板,扑到姐姐的怀里。船上的水手们发出一片"万岁"的欢呼声。

第二十七章　返回"邓肯"号

本来,海伦夫人和格兰特小姐在船上已经等得心急火燎的了;当看到小艇出现的时候,她们的心情一下子从绝望转为了兴奋。

"他在小艇上!我的父亲啊!"格兰特小姐已经是泪眼模糊,边仔细地看着小艇上的人,边喃喃道。

船长孟格尔就站在她的身旁,他用他那水手的犀利目光,默默地打量着小艇上的人,但并没有发现格兰特船长。

小艇距离大船越来越近,已不足十英尺远了,连海伦夫人都看清楚了,艇上并没有格兰特船长的身影。玛丽小姐自己也看清楚了,小艇上并没有她的父亲,她感到彻底失望了。

在一阵激动不已的拥抱之后,爵士便把此次陆地探险的艰险以及意外讲述给海伦夫人、格兰特小姐和孟格尔船长听。首先,他夸赞了一番巴加内尔的聪明才智,把学者对信件的新的解读叙述了一遍。接着,他又对小罗伯特大加赞扬,说

他如何临危不惧，遇到险情时，镇定自若，机智英勇，并说格兰特小姐应该为有这个弟弟而感到自豪。

午饭后，大家聚在海伦夫人的小客厅里，围着一张桌子坐下来。桌上放着一些彩色的和素底的地图。

"我亲爱的海伦，"爵士开言道，"上船时，我告诉过您，我们有希望找到格兰特船长。我们坚信'不列颠尼亚'号的失事地点既不是在太平洋沿岸，也不是在大西洋沿岸。总之，我们一开始就错误地解读了信件的内容。多亏了巴加内尔先生的聪明才智，重新研读了信件，做了一番新的正确的诠释，纠正了我们开始时的错误。现在，就请巴加内尔先生来给大家解释一番，让大家心里明白。"

地理学家有理有据地解释了gonie，indi，austral，然后，证明格兰特船长离开秘鲁海岸返回欧洲时，可能船被太平洋南部的海流裹挟到了澳洲海岸。

巴加内尔讲完之后，爵士便下令让"邓肯"号扬帆起锚，驶往澳洲。

这时候，少校要求在命令船掉头往东去之前，允许他提出一个小小的建议。

"您说吧，麦克那布斯。"爵士说。

"我建议，在起航前往澳洲之前，再做最后一次验证。我们按照信件所示，在地图上把37度线所穿越的地方一个个加以研究，看看还有没有其他地方与信件有关的。"少校说着便把一张英文地图展开来。大家围了上来，听巴加内尔按图解说。

"我已经说过，"地理学家说道，"南纬37度线在穿过南美洲之后，就是透利斯坦达昆雅群岛。我认为信件上没有一个字与这个群岛有关。往下去，经过大西洋，绕过好望角，便进入了印度洋。在这一纬度上，遇到的只有阿姆斯特丹群岛。我们再比对一下那几封信看看。"

  大家又仔细地研究了一番那几封信，无论英文信、德文信还是法文信，都看不出有什么与阿姆斯特丹群岛相关的字句。

  "现在，我们便来到了澳洲，"巴加内尔继续解说道，"南纬37度线从百努依角穿入，进到澳洲大陆，再从杜福湾出来。很显然，英文信件上的 stra 和法文信件上的 austral，都让人联想到 Australia。出了澳洲，就是新西兰了。不过，法文信件上的 contin 显然是指 continent（大陆），而新西兰却是一个岛，格兰特船长显然是不会逃到那儿去的。事情是明摆着的，无须我多说。"

  "绝对没有这种可能。"孟格尔船长研究了地图和信件后，态度十分坚决地赞同道。

  "绝不可能，"众人纷纷表示赞同，包括少校也表示认可，"不可能去新西兰，这与新西兰无关。"

  "那么，再往下去，在美洲海岸和新西兰岛之间的辽阔海洋里，南纬37度线穿过一个荒无人烟的小岛。"

  "什么岛？"少校问道。

  "您看地图，该岛名叫玛丽亚—泰勒萨岛，但三封信中都未见与此岛相关的文字。"巴加内尔说道。

  "我还有点想法，"少校说道，"我们暂且别管澳洲之行能否获得成功，我想提议在透利斯坦达昆雅群岛和阿姆斯特丹群岛也停泊一两天，看看能否打听到有关'不列颠尼亚'号失事的情况，况且，又是顺路，不必绕行。"

  "我觉得这么考虑也不是坏事，"爵士说，"那就向着透利斯坦达昆雅群岛前进吧。"

  "我并没反对，我也是赞同的。"巴加内尔辩解道。

  不一会儿，"邓肯"号便驶离美洲海岸，劈波斩浪，向东驶去。

第二十八章　云中山峰

从美洲海岸到透利斯坦达昆雅是两千一百海里。"邓肯"号一路向东行驶着，如果一路顺风，十天内可跑完这段路程。

果然，当天晚上，西风劲吹，"邓肯"号轻快地在大西洋宁静的海面上向前行驶着。大家因航行顺利而高兴异常，谈兴顿起。他们又谈论起格兰特船长来，仿佛并非去寻找失踪的他，而是前去把他迎接回来。

巴加内尔在六号舱房里埋头写作，夜以继日地写他的《一位地理学家漫游阿根廷潘帕斯大草原印象记》。有时候，为了换换脑子，他也走出舱房，同大家聊上几句。海伦夫人就经常真心实意地赞扬他勤于做学问。

船上的生活很愉快。爵士和海伦夫人对孟格尔和玛丽也倍加关心，只是从不点破他们，让他俩顺其自然，自由发展。

五天后，11月16日，海面上又刮起了凉爽的西风；非洲南端经常是刮东南风的。"邓肯"号鼓起了船上所有的风帆，船在飞速地向前行驶着。

第二天，"邓肯"号驶入一片满是海藻的洋面，船速减慢下来。

又过了二十四小时，天刚破晓，担任瞭望哨的水手大声呼喊道：

第二十八章 云中山峰

"陆地!"

水手的喊叫声惊动了船上的乘客,大家全都激动地拥到甲板上来。不一会儿,只见一架大望远镜从艉楼里伸了出来,随后便看到了巴加内尔的身影。

这位地理学家架起了望远镜,对着水手所指的方向看了又看,却没有发现什么。

"往云里看。"孟格尔船长对他说。

"啊,没错,像是一座山峰,影影绰绰的。"巴加内尔回答道。

"那就是透利斯坦达昆雅峰。"

下午3点左右,"邓肯"号驶往透利斯坦达昆雅的法尔默思湾。那里停泊着一些捕猎海豹的船只。

船长把"邓肯"号停泊在距离岸边约有半海里的深水处。船上的乘客们立刻上到一只大艇里,在一片黑黑的细沙地上登上陆地。

透利斯坦达昆雅群岛的首府是个小小的村落,位于海湾深处的一条水声淙淙的溪旁。该村大约有五十来所房屋,都是典型的英国式建筑,错落有致。村后是一片平原,有一千五百公顷左右;平原尽头就是那座山峰,高耸入云。

爵士受到了当地总督的热情接待。原来,这儿是属于好望角英国殖民地政府管辖的。爵士便急切地向这位总督大人打听格兰特船长以及失事的"不列颠尼亚"号的情况。但总督对这两个名字并无耳闻。由于此处不在航路上,过往船只很少,记录在案的船只失事情况也只有三次。

　　爵士在向总督打听情况的时候，乘客们就在村子里和海岸边散步。散步的人们有说有笑地边观赏风光边交谈着，直到日暮时分才回到大船上。爵士派去巡察的水手也回来了，没有发现"不列颠尼亚"号的任何踪迹。因此，透利斯坦达昆雅便在大家心中被删除掉了。

　　"邓肯"号本该当晚便驶离该岛的，但岛上海豹等动物非常多，爵士便决定让水手们晚间捕猎海豹，把它们熬成油，贮存起来。

　　当晚，水手们成绩斐然，捕杀了五十多头海豹。第二天，大家便忙着把这些海豹剥了皮，炼成油。白天，爵士和少校携带了枪支，在岛上发现了几头野猪，少校举枪，命中一头。爵士则打中几只黑竹鸡。

　　晚上8点，大家吃了晚饭之后便休息了；"邓肯"号于当天夜里起航，离开了透利斯坦达昆雅。

第二十九章　阿姆斯特丹岛

"邓肯"号有老天帮忙,乘着西风劲吹,不到六天,便跑完了透利斯坦达昆雅至非洲南端的一千三百海里的路程。

11月24日下午3点,从船上就已能望见山了。不一会儿,孟格尔便把方位测定好,确定了海湾入口处,将近8点,船驶入海湾,在开普敦港停泊下来。

孟格尔船长需要在此添加燃料,得一天的时间,并决定26日一大早开船,因此,"邓肯"号上的乘客们有十二小时的空闲时间游览全城。

其实,游览开普敦全城并不需要太多的时间。所谓的开普敦城只不过是一个由住宅排列而成的方格子大棋盘。在这个大棋盘上活动着的有白人也有黑人,约三万人。城里并无什么名胜可言,顶多也就是城东南的那座高耸起的城堡值得看看。还有总督衙门、证券交易所、博物馆,以及迪亚士当初发现好望角时所竖起的一个石头十字架,也不妨去观赏一下。乘客们参观了上述名胜之后,又品尝了一下贡斯丹斯公司生产的上等土酒——"彭台"酒,也就心满意足,再没有什么值得留恋的了。

第二天清晨,"邓肯"号便起锚出发了。几个小时之后,它绕过了那著名的"风暴角"——后被葡萄牙国王更名为"好望角"。

从好望角到阿姆斯特丹岛全程两千九百海里，顺风顺水的话，十天左右便可跑完。我们的远航者们比在潘帕斯大草原幸运得多，天公作美，印度洋风平浪静，助了他们一臂之力。

12月6日，天刚泛白，海面上影影绰绰地显现出一座山峰来，那就是阿姆斯特丹岛。天气晴朗时，在五十英里开外就能看见岛上那座山峰的圆锥形峰顶。

阿姆斯特丹岛孤独地悬在印度洋上，由两个岛屿组成。这两个岛屿之间相距有三十三英里，北边的那个叫阿姆斯特丹岛，又叫圣彼得岛，南面的那个叫圣保罗岛。

岛上有一位长者，名为维奥，法国人，他热情地招待了爵士一行，对他来说，这简直是幸福的一日。因为，平日里，他只能同一些前来这里捕海豹的粗鲁之人打交道。

这位长者从未听说过什么"不列颠尼亚"号、格兰特船长的事。爵士对这位长者的回答既不感到惊讶也未觉得失望。他只是想弄清楚格兰特船长没有来过这儿。因此，"邓肯"号决定第二天起航。

第三十章　巴加内尔与少校打赌

12月7日凌晨3点,"邓肯"号又重新驶入大海。上午8点,乘客们登上甲板的时候,阿姆斯特丹岛已消失在天边海雾中了。从阿姆斯特丹岛到澳洲,航程三千海里。只要海上一直刮着西风,不出现什么意外情况,只需十天工夫,"邓肯"号就可以驶达目的地。

玛丽和小罗伯特望着印度洋的波涛,思绪万千。孟格尔船长拿来海图,把印度洋的各种海流指给格兰特小姐看,其中有一股横流,直冲澳洲而去,也许,"不列颠尼亚"号正是被这股横流给冲到澳洲海岸去的。

可是,这其中仍有一个问题令大家十分困惑。据《商船日报》记载,格兰特船长是在1862年5月30日从卡亚俄发出最后的信息的,可是,"不列颠尼亚"号却在离开秘鲁之后八天,即6月7日,就驶入印度洋海域,这是怎么回事呢?

"信件上的6月7日中间有空隙,如果我们不把它看成6月7日,而看成6月17日或6月27日的话,问题也就迎刃而解了。"巴加内尔解释道。

"对呀,从5月30日到6月27日……"海伦夫人说道。

"格兰特船长有足够的时间穿越太平洋,驶入印度洋。"

大家十分信服地接受了巴加内尔的这一说法。

"多亏了我们的这位朋友，我们又解决了一个令人困惑的问题。现在，我们只等着前往澳洲去寻找'不列颠尼亚'号的踪迹了。"爵士兴奋地说。

"去澳洲的东西两岸寻找。"孟格尔船长说道。

"没错，约翰，您说得对。信件上并没有提及是东海岸还是西海岸，因此，我们得在37度线穿过的澳洲的东西两岸寻找。那么，登上澳洲大陆之后，格兰特船长会怎么样呢？可能的推测只有三个：一是他与其同伴们去了英国移民区，二是落入土著人之手，三是在荒无人烟的地区迷失了。首先，我要否定掉第一种推测。格兰特船长并没有到英国移民区，不然的话，他早已回到家中，或者我们可以断定他已落入土著人之手，或者……"

"澳洲的土著人是不是……"海伦夫人急切地问道。

"放心好了，夫人，"巴加内尔明白海伦夫人的意思，便说道，"这儿的土著人虽是未开化的，愚蠢的，但性情温和，并不像他们的近邻新西兰土著人那样嗜杀成性。"

"可是，如果是迷失在荒无人烟的地带，那可怎么好呀？"格兰特小姐焦急地问道。

"就算是迷失在那儿，我们也一定能找到他的，对不对，朋友们？"巴加内尔似乎胸有成竹地回答她说。

"澳洲地方大吗？"小罗伯特问。

"澳洲大约有七亿七千五百万公顷那么大，我的孩子，相当于欧洲的五分之四。"

"有那么大？"少校问。

"是的，有那么大，麦克那布斯，误差顶多也就是一码。信件上说了有大陆，您说该相信它可以称得上是大陆了吧？"

"真有这么大的话，那当然可以称之为大陆了，巴加内尔。"

第三十章 巴加内尔与少校打赌

"但人们对它的了解并不比对非洲内陆的了解多。不过,这却并非探险家们的过错。从1606年到1862年,有五十多人曾经前往澳洲内陆或沿海从事过勘察工作。"

"没有那么多。"少校反驳道。

"您敢拿您的马枪与我的望远镜打赌吗?"巴加内尔在激少校。

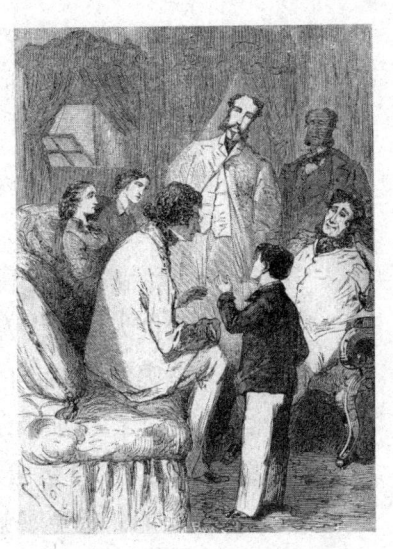

"有什么不敢的?赌就赌!"

"那好,我们现在就开始。女士们,先生们,请你们给当个裁判。罗伯特,你来计数。"

格里那凡夫妇、玛丽、小罗伯特、少校、孟格尔都被逗乐了。他们静静地听着巴加内尔说探险家们的名字,也可借机了解一下澳洲的历史。

于是,巴加内尔便开始叙述开来:

"朋友们,二百五十年前,人们还根本不知道有个澳洲存在哩。亲爱的格里那凡,贵国大英博物馆的图书馆里,保存着两幅1550年绘制的地图,图上标明着亚洲南部有一片陆地,被命名为'葡萄牙的大爪哇'。但这两张图并不十分可靠。因此,我想从17世纪讲起。1606年,西班牙航海家科罗斯发现了一片陆地,并取名为'神圣的澳大利亚'。

"同年,科罗斯船队的副指挥托列斯则一直往新陆地的南边去勘察。但是,重大的发现应归功于荷兰人赫特兹,他在澳洲西海岸南纬25度的地方登陆,并以其船名'恩德拉'为该地冠名。这之后,来的航海家就越来越多了……"

"五十六个了。"小罗伯特大声嚷道。

"好。少校,我还没提吉伯雷、伯格维尔、斯特克斯……"

"行了,行了!"少校说。

"还有裴罗尔、科伊、贝内特、科宁汉……"

"行了,饶了我吧!"

"还有迪克斯、雷德、维科斯、米切尔……"

"打住吧,得饶人处且饶人,少校已经认输了。"爵士笑着说。

"那他的马枪呢?"巴加内尔神气活现地问道。

"当然是归您了,巴加内尔!尽管我实在是舍不得,但我不得不服输,您的记忆力简直是无人可比!"少校心服口服地说道。

"我看,没人能比他更了解澳大利亚的了,即使是一个小小的地名,一件小小的事实……"海伦夫人也佩服地说。

"小小的事实!"少校打断了海伦夫人的话,摇了摇头,有点不相信。

"怎么,您还不服气,麦克那布斯?"巴加内尔追问道。

"我举出一个事实,您若不知道,得把马枪还我。"

"好啊,您说,少校。"

"那好,巴加内尔,您说说看,为什么澳大利亚不属于法国呀?"

"这个嘛,我想……"

"或者,至少您能说出英国人对此有何看法吧?"

"这……我说不上来,少校。"巴加内尔神情懊丧地说。

"其实理由非常地简单。因为您的那位同胞,波丹船长,1802年到达澳洲之后,听到一片蛙鸣,吓得起锚开船,一去不回头。"

"怎么!"巴加内尔生气地说,"你们英国人就这么笑话人?"

"我承认,是在取笑人,但这也确实是事实。"

"无聊至极！"富有爱国心的地理学家说，"英国人现在仍旧这么说？"

"仍旧这么说，我亲爱的巴加内尔先生。您怎么连这么个事实也不清楚呢？"爵士回答道，大家已是笑得前仰后合了。

"这我还真的是一点也不知道。但是，我不相信！英国人说法国人是'吃青蛙的人'，我们既然敢吃青蛙，又怎么会害怕青蛙呢？"

"道理倒是对的，但事实终归是事实。"少校微笑着答道。

这么一来，那支打赌的马枪又回到了少校的手里。

第三十一章　印度洋的怒涛

"邓肯"号一直顺风顺水，但近几日来，这西风却在逐渐减弱。到了12月13日，一丝风也没有了。

"邓肯"号若不是装备着强有力的驱动装置，就会漂浮在这宁静的海面上，无法前行了。

孟格尔出于水手的本能，见晴雨表下降，不由得担心会有风暴来临，因此便采取了一切必要的预防措施。

夜晚，孟格尔一直待在甲板上。11点钟光景，南边天空出现一块块云斑。午夜时分，风力在加强，每秒达十二米。桅杆被吹得咯咯直响，帆索发出噼啪的声音，舱内隔板也在咔咔响。巴加内尔、爵士、少校和小罗伯特都上了甲板，想看个究竟。天空此刻已乌云翻滚，十分吓人。

"是飓风吗？"爵士问孟格尔船长道。

"现在还不是，不过马上就要来了。"船长回答道。

随后，船长又发出一道道命令给奥斯丁和水手长，准备应付即将袭来的飓风。系缚小艇的绳索和扳桅杆的缆索都拉紧了。炮两侧的滑车也绑结实了，横桅索和反支索也都拉牢了，舱门也关上了。孟格尔船长如同屹立在炮位上似的，站在楼舱顶上，迎着风观察着变幻莫测的天空。

第三十一章 印度洋的怒涛

午夜1点,海伦夫人和格兰特小姐在舱房内感到了剧烈的颠簸,便冒险跑到甲板上来了。此时,风速已达到每秒二十八米。孟格尔船长一见她俩上了甲板,便立刻迎上前去,请她们立刻回到自己的舱房里。由于风浪实在太大,海伦夫人几乎听不见船长在说些什么。

"不会有危险吧?"趁风浪稍有一点平静,海伦夫人立即问孟格尔船长。

"不会有危险的,夫人。不过,您还是别待在甲板上,还有您,玛丽小姐,也回到自己的舱房去吧。"

两人不能违抗船长的命令,便回到自己的舱房里去了。

这时候,风力加大,桅杆在帆的压力之下快要弯下去了,船仿佛是浮在浪尖上,跳个不停。

"卷起主帆!降下前帆和角帆!"孟格尔大声命令道。

水手们立即奔向各自的岗位,放吊帆索,紧卷帆索,一片忙碌。"邓肯"号的烟囱里黑烟喷涌;螺旋桨轻一下重一下地拍击着海浪,与狂风恶浪艰难地搏击着。

爵士、少校、巴加内尔和小罗伯特看着与风浪顽强拼搏的"邓肯"号,既钦佩又担心。

突然间,传来一片比风暴的声响更大的响声,震耳欲聋。那是蒸汽在猛烈地喷射出来;它不是从泄气管里喷射的,而是从锅炉的熔栓里喷出来的。汽笛声立刻尖声响起,船猛地一倾斜,扶着舵盘的威尔逊冷不丁地被舵杆击倒。"邓肯"号横对着海浪,失去了控制。

"救机器呀!快救机器!"轮机师一连声地呼喊。

孟格尔连滚带爬地奔向轮机舱。舱内雾气弥漫。活塞在汽缸里已不再动弹,轮机师怕把锅炉憋炸了,所以关掉了气门,让蒸汽从排气管里排出去。

"怎么回事?"船长问道。

"螺旋桨弯了,或者是被卡住了,转不动了。"轮机师回答道。

螺旋桨转不动了,蒸汽排放掉了,而且此时此刻又不是排除故障的时候,孟格尔船长只好利用船帆,向眼前的敌人——风暴——借点力。

孟格尔船长又跑了上来,向爵士简单地汇报了一下情况,并劝他带着另外三名乘客回到舱房里去。爵士却坚持要留在甲板上。

孟格尔船长语气坚决,不容商量,可见情况确实是十分严重;爵士觉得还是应该听从船长的指挥。于是,他领着另三名乘客来到了两位女乘客的舱房里。

这时候,孟格尔船长正在全力以赴地抓紧指挥,使船摆脱险境。

这一夜就在这种情况下紧张地过去了。上午8点钟左右,风力加大了,风速竟高达每秒三十六米。

孟格尔表面上不动声色,但内心深处却在为这条船以及船上的人而担忧。船在风浪中严重倾斜,他决定再把三角帆扯起来。"邓肯"号立刻被这张小三角帆带动起来,迎着波涛,左冲右突,划过一个又一个扫过其甲板的巨浪,在暴风中向东北方向驶去。

12月14日的白天和黑夜,在这种险象环生的境况中过去了。现在,离澳洲海岸不足十二海里,船若靠近岸边，就会触礁，他倒是希望船仍留在海上，即使风浪再大，也还是有法可想的。

孟格尔船长前去找爵士，把眼下的危险处境告诉了他，并说明必要时，迫于无奈，将冒险靠岸。

"您就见机行事，当机立断吧，约翰。"爵士回答他说。

上午11点光景，风暴稍许小了一点，雾气也开始散开。孟格尔船长看见了一片陆地，在下风口六海里远处。"邓肯"号正在朝着那片低低的陆地疾驶而去。正在这时候，前方一排巨浪，排山倒海似的压了过来。船长马上便想到，海浪这是遇到强大的阻力，才会腾起这么高的。

"有暗滩！"他对奥斯丁说。

"此刻，潮水正高，船长，也许我们能够闯过这险滩。"奥斯丁回答道。

"邓肯"号由它的小三角帆带动着，以飞快的速度向海岸冲去。在离暗滩两海里远时，约翰·孟格尔看到满是泡沫的水面后边的海水较为平静，心想，如果船能驶入那片平静的水面，那就安全了。

孟格尔让所有的乘客都上了甲板，他不愿看到船要沉没时，乘客们还被关在舱房里。爵士等人上了甲板，一见一片滔天巨浪，不禁往后缩去。玛丽·格兰特小姐吓得脸煞白。

"约翰，"爵士轻声细气地对孟格尔说，"我想法救我妻子，如果救不了她，我就与她一起死。您嘛，你就负责救格兰特小姐好了。"

"好的，阁下。"孟格尔眼噙泪水点头应道。

此时，海水正在涨潮，正可以把船送过暗滩。但是，海浪太大，一上一下，船忽被抛上，忽被抛下，船底后部就有可能撞上暗滩。如何才能让浪头平缓一些呢?

约翰·孟格尔终于想到一个孤注一掷的办法,便冲水手们喊道:

"油!弟兄们,倒油!快倒油!"

原来,油若是漂浮在海面上,可以压住海浪的激荡,海面暂时可以保持点平静。然而,这种办法虽能立竿见影,却不能维持长效。船一驶过,海浪会变得更加汹涌。

面临生死关头,水手们力气倍增,在船长的命令之下,用斧头砍破桶盖,将许多桶装得满满的海豹油全都倾倒进海里去了。

油全倒入海中,白浪滔天的海面立即被油压住了,一时间平静了下来。"邓肯"号趁此机会,一眨眼的工夫便越过了暗滩,进到那片平静的水面。随后,船后面的海面挣脱了油层的束缚,更加汹涌地奔腾起来。

第三十二章　百努依角

"邓肯"号在惊涛骇浪中艰难地拼搏了好几个小时，此刻总算进到了一个安全的天然港湾。这里群山环抱，海风吹不进来。

"谢谢您，约翰。"爵士拉住年轻船长的手，动情地说道。

就这么几个字，已让孟格尔感到无比欣慰了。

现在，首先要弄清楚"邓肯"号究竟是处于什么方位，离百努依角有多远，船长立即进行测算。测算结果还挺好，船仅偏离原航线两度，位于东经136度12分，南纬35度7分的地方，地名为"灾难角"，在南澳的一个尖端上，离百努依角有三百海里。

船损坏得不轻，需用专用的工具才能修复。船长与爵士进行了认真的研究之后，决定让"邓肯"号借助风帆的动力，沿着澳洲海岸行驶，沿途正好可以打听一下"不列颠尼亚"号的下落，然后，驶到百努依角稍事休整，再继续南下，直到墨尔本。

傍晚时分，飓风完全止息，西南风随之刮起，大家便开始做开船的准备。凌晨4点，"邓肯"号张开帆借助风力，向前驶去。

两小时之后，船驶入探险家海峡。傍晚时分，"邓肯"号绕过波大角，沿着坎加鲁岛海岸几链远处行驶着。

12月18日，"邓肯"号一整天都在扬帆前进。

这次航行中，小艇大有用武之地。他们边走边寻，一路查过

来，于12月20日，抵达拉西贝德湾尽头的百努依角。这儿虽未找见任何踪迹，但这并不能表明"不列颠尼亚"号船没有到过此地。

不过，这么一来，与巴加内尔原先的推测就有出入了。巴加内尔肯定地说，信件上所标明的纬度是被拘押的地点，而不是"不列颠尼亚"号失事的地点。在这相同纬度的澳洲地区，跨越37度线的河流并不多。一只易碎的玻璃瓶，怎么可能安然无恙地一直漂流到大海中去呢？这么看来，信件中的纬度应该是指沉船地点了。

不过，这并不能否定格兰特船长被人掳走的假设。因为信件上明明写着被当地土著人所掳。这么一来，光是沿着37度线寻找而不去别处寻查似乎又不合情理了。

大家围绕这个问题讨论来讨论去，最后总算有了一个基本共识：如果在百努依角仍然寻找不到"不列颠尼亚"号的任何线索的话，寻访工作就到此结束。

这样的一个决定难免让大家沮丧，尤其是格兰特姐弟俩。

"有希望的！会有希望的！总会有希望的！"海伦夫人如此这般地宽慰着格兰特小姐。

百努依角伸入海中两英里，顶端为一缓坡，小艇划到一个由珊瑚礁构成的天然小港湾里去。

"邓肯"号上的这几位乘客顺利地登上了岸。这一片陆地荒凉至极，巉岩围着海岸，形成一道六七丈高的天然屏障，没有梯子与钩绳是绝对没法爬上去的。幸好，孟格尔船长在南边半英里处发现了一个缺口，爵士一行便钻进缺口，沿着一条陡坡向上攀爬。

众人登上岩顶，放眼望去，一片平原，稀稀拉拉地长着一些灌木。这一带海岸看上去似乎无人居住，但远处却有一些建筑物，看那架势，应有人烟，而且并非野蛮之人的居所。

"哟！一个风磨！"小罗伯特喊道。

果然，三英里远处，有一个风磨的羽翼在风中转动着。

"真是一个风磨，造得很好看，而且很实用，看着很顺眼。"巴加内尔举起望远镜看过后说道。

"好，我们就往风磨那边去吧。"爵士说。

众人走了有半个小时左右，便来到一个由树篱围起来的新开垦的庄园前。草场上可见几头牛和几匹马在吃草；草场四周长着高大的豆球花树。田地里麦穗金黄，果园里充满诗情画意。一座普通的住宅立于其中，就在风磨下面。

这时候，四条大狗突然狂叫不止。一个五旬上下、慈眉善目的男人闻声走出屋来，身后跟着五个身强力壮的青年男子和一位高大壮实的妇人，想必是那男人的儿子们和妻子。一看便知，这是一个典型的爱尔兰人家庭。他们远渡重洋，逃避国内苦难，前来此处求生存。

爵士正要做自我介绍，便听见那男人已先开口表示欢迎了：

"远方的客人们，欢迎大家光临帕第·奥摩尔家，不胜荣幸。"

"您是爱尔兰人吧？"爵士握住那男子的手问道。

"从前是爱尔兰人，现在是澳洲人。屋里请，诸位。"

海伦夫人和格兰特小姐由奥摩尔太太陪着进到屋里，孩子们则帮着男客人们卸下携带着的武器。

午餐已经摆在桌上。一盆热气腾腾的肉汤居中，两边放着烤牛肉和烤羊腿，一圈大盘子，放着橄榄、葡萄、柑橘以及各色小吃。

主人热情好客，桌子宽大结实，菜肴丰盛可口，众人围桌就座。这时候，庄园里的雇工们也平等地前来与主人一起用餐。

就餐前，大家肃立，主人神情庄重地做餐前祈祷。海伦夫人见主人这么虔诚笃信，十分感佩。

大家吃得十分开心，谈笑风生。主人随即开始讲述自己的经历。

奥摩尔当年举家离开故土，在澳洲阿德雷得下了船。当年，南澳地区土地都被划分为块，每块地大约八十英亩，由政府作价让与移民。

帕第·奥摩尔有着丰富的农业经验，又善于持家，他通过耕种第一块地获得了收益，又买下了几块地。不到两年工夫，他已经拥有五百英亩的土地和五百多头牛羊，成了农场主。

爵士等人听了主人的讲述之后，由衷地向他表示钦佩和祝贺。随后，奥摩尔也在等着客人们做自我介绍。爵士因急于想知道"不列颠尼亚"号的消息，便直截了当地向主人提出了这一问题。

那爱尔兰人的回答并未让大家高兴起来。他说他从未听说过这个船名。而且，两年来，据他所知，还从未有船在百努依角这一带海岸失事。

正当众人一片唏嘘、沮丧绝望的时候，突然有人说了这么一句：

"爵士，您就感谢上帝吧！如果格兰特船长真的还活着的话，那他一定是活在澳洲大陆上！"

第三十三章　一位神秘水手

这句话不禁让众人为之一震。爵士猛地站起身来，大声问道：
"是谁在这么说？"
"是我。"桌子的另一头，农场的一个雇工回答道。
"是你呀，艾尔通！"奥摩尔与爵士同样深感惊讶地说。
"是我。我同您一样，爵士，我也是苏格兰人，而且我也是'不列颠尼亚'号的一名遇难船员。"艾尔通颇为兴奋，语气坚定地说。

他这么一说，真可以说是"语惊四座"。格兰特小姐心里一阵惊喜。孟格尔、小罗伯特、巴加内尔也都纷纷离座，围到了被奥摩尔称为艾尔通的那个人的身边去了。

此人年约四十五岁，身材瘦削高挑，筋肉发达，面孔严峻，两眼炯炯有神，充满智慧，让人一看便会产生好感。看得出来，此人吃过不少苦，也能吃得起苦，是个硬汉。

爵士代表同伴们向艾尔通提了一连串的问题：
"您真的是'不列颠尼亚'号的遇难船员？"
"是的，爵士，我是格兰特船长船上的水手。"
"您是在船失事后与他一起脱险的吗？"
"不，在那可怕的一刹那，我被震得掉下船去，被冲到了岸上。"

"您不是信件中提到的那两位水手中的一位?"

"不是。我不知道信件的事,船长把信件丢到海里时我已不在船上了。"

"那么船长呢?船长在哪儿?"

"我原以为'不列颠尼亚'号上只有我一人得以逃生,其他人全都淹死了,失踪了。"

"船究竟是在什么地方失事的?"少校终于把这个关键的问题提了出来。

此前,问话一直是空泛的,没有逻辑性,经少校这么一提,谈话才有了条理。艾尔通是这么回答少校的:

"我当时正在船头扯触帆,突然之间,被震出船外。'不列颠尼亚'号正直奔澳洲海岸,距海岸只有两链远。因此,出事地点一定就在这个地方。"

"是在南纬37度线上吗?"孟格尔船长问道。

"是在37度线上。"

"是不是在西海岸?"

"不,在东海岸。"

"什么时候?"

"1862年6月27日夜里。"

"对,对极了!"爵士大声叫嚷道。

众人兴奋不已地不停向艾尔通问这问那,他也很高兴地既清楚又明确地回答大家的问题。

此时,除了少校和孟格尔船长外,没有人对艾尔通的水手身份、对他的话心存疑虑。但孟格尔船长的疑虑很快便被打消了。他看到艾尔通在同玛丽小姐谈论她的父亲时,就觉得他真的是格兰特船长的一位同伴。他好像对玛丽和小罗伯特都很了解。他还说"不列颠尼亚"号在格拉斯哥港起航时见过他们姐弟俩。当时，格兰特船长在举行告别宴会，他们姐弟俩也都参加了。当时，小罗伯特还不满十岁，由水手长迪克·汤纳照应着，可他却背着水手长，偷偷地爬到了前桅的横木上去了。

"是的，有这么回事。"小罗伯特承认道。

艾尔通还讲了许多琐碎的事情。他只要一停下来，玛丽小姐便立即催促他继续往下讲：

"您继续讲呀，艾尔通先生，再讲讲我父亲的事。"

艾尔通尽量满足玛丽小姐的要求。他又讲述了"不列颠尼亚"号在太平洋上的航行情况。

艾尔通随即又简单地讲述了一下他自己被俘之后的情况。在两年的奴隶般的生活中，他无时无刻不在想着逃跑。

1864年10月的一个风高月黑夜，他趁土著人不备，逃了出来，在森林中躲藏了月余，以草根、含羞草汁为生。最后，在他已几乎走到了人生尽头的时候，却遇上了仁慈的奥摩尔先生，在他家中依靠劳动谋生。

然后，他便等着大家提问，不过，问来问去，他的答复也是多有重复，所以也没有什么新的问题可问的了。

这时候，麦克那布斯便向他问道：

"您刚才说您是'不列颠尼亚'号上的水手？"

"是的。"艾尔通语气坚定地回答。

但是，他又觉得少校这一问中含着不信任，便又补充说道：

"我有在船上服务的证书。"

说着他便站起身来，走出大厅，去取他的证书了。

奥摩尔先生这时便对爵士说道：

"爵士，我可以向您保证，艾尔通是个诚实可靠的人。他到我家已有两个月了,他为人光明磊落,完全值得信赖。"

这时,艾尔通手拿证书走进大厅里来。证书是"不列颠尼亚"号船东和格兰特船长共同签署的,玛丽也认出了父亲的笔迹。证书上写道:兹委派一级水手汤姆·艾尔通担任格拉斯哥港三桅船"不列颠尼亚"号的水手长。艾尔通既然有证书为证,对他的身份也就没有什么好再怀疑的了。

"现在,"格里那凡爵士说,"我们来讨论一下,下一步该怎么办。艾尔通,您如果能给我们提出一些宝贵的意见的话,我们将会深表感谢的。"

"谢谢您对我的信任,爵士。我对这儿,对土著人的风俗习惯多少还是知道一点的,如果我能帮得上大家的忙的话……我想格兰特船长和他的两个水手都逃过了沉船那一劫。不过,他们至今音信全无,我估摸着,他们也同我的遭遇一样,被土著人给掳走了。"

"您所说的这些,正是我所预料到的,艾尔通,"巴加内尔立刻接嘴说道,"他们肯定是被土著人俘虏了,信件上也这么说了。但是,他们是否也同您一样被掳到37度线以北的地方去了呢?"

"这很有可能,先生,"艾尔通回答道,"因为那些土著人仇视欧洲人,所以他们很少住在英国人统治的地区附近。"

"这么一大片陆地,找起来就太困难了。"爵士一时也没了主意。

大厅里寂然无声,一片沉默。海伦夫人以目光横扫了大家一遍,但没有一个人吭声。

"艾尔通先生,依您的意见,应该怎么办呀?"海伦夫人向艾尔通请教。

"要是我的话,夫人,我就立刻回到'邓肯'号上去,直奔出事地点,然后,视情况再做定夺。"艾尔通爽快地回答道。

"这倒也好,可是,得等到'邓肯'号修好了才行。"爵士说。

"什么?船坏了?严重吗?"艾尔通惊讶地问。

"严重倒也不严重,只是需要特殊工具来修理,而船上又没有。是一只螺旋桨叶弯曲了,只能到墨尔本去修了。"孟格尔回答道。

"升起帆来行驶不成吗?"

"当然可以,但是,稍有点逆风,到杜福湾就很费时间了。无论如何,反正船还是要回到墨尔本的。"

"那就让船去墨尔本好了,"巴加内尔连忙大声嚷道,"我们就别坐船了,从陆路走到杜福湾去。"

"怎么个走法?"孟格尔问道。

"沿37度线走呗。"

"那'邓肯'号呢?"艾尔通关切地问。

"'邓肯'号去接我们,或者我们回头去找它,到时候看情况再说。如果途中找到了格兰特船长,我们就一起回墨尔本;如果没找到,我们就一直找到海岸边,'邓肯'号去接我们。这个计划怎样?少校,您反对吗?"

"我不反对,"少校说,"如果横穿澳大利亚大陆是可能的话。"

"完全可能。我建议海伦夫人和格兰特小姐与我们同行。"

"您认为呢,海伦?"爵士问妻子道。

"我的意见同大伙儿一样。"海伦夫人回答丈夫说。

第三十四章　到内陆去

爵士是个当机立断的人，决定下来的事情，便会立即付诸行动。他接受了巴加内尔的建议，吩咐大家做好行前准备，12月22日起程。

这次横穿澳洲之行结果如何，谁也说不清楚，没人敢肯定就一定能找到格兰特船长，但是，起码可以获得一些线索。如果艾尔通同意与大家一起去的话，就可以帮助大家穿越维多利亚森林，到达东海岸。为此，爵士便开始征询庄园主帕第·奥摩尔的意见。

奥摩尔虽不想失去这么一位好帮手，但最后还是同意了。

然后，爵士便请求忍痛割爱的奥摩尔提供必要的交通工具，并与艾尔通约定好见面的时间和地点。

大家高高兴兴地回到船上，为可能找到流落在澳洲大陆上的格兰特船长而兴奋不已。

第二天，孟格尔船长便领着船上的木匠和几名水手抬着粮食等物，来到了奥摩尔的庄园，同主人商量交通工具的事。

主人全家都在等候着他们，准备随时提供帮助。

有一点，主人和孟格尔的意见完全一致：女士们坐牛车，男士们骑马，所需之车子、牛马等，由主人提供。

主人提供的牛车是一种二十英尺长的大拖车，上有一皮面大篷，下有四只圆木截成的轱辘，没有辐条，也没有铁箍。车辕长三十五英尺，可套六头牛并排拉车。赶这种大拖车是需要有一定的技巧的；艾尔通在主人这儿学过赶车，因此，赶车的任务只有靠他了。他决定把车厢分成两个部分，中间用木板隔开来。后半部分装载行李、粮食和奥比内的炊事用具；前半部分留给女士们搭乘。木匠把这前半部分改造成一间小房间，下面铺上厚毯子，放两张床，并装备着洗漱设备。四面挂着皮帘子，夜间可抵御风寒；下雨时，男士们可以进来避雨。

男人们以马代步。共准备有七匹骏马，由格里那凡、巴加内尔、小罗伯特、麦克那布斯、孟格尔和威尔逊、穆拉迪两位水手分乘。奥比内先生不善骑术，愿意坐在行李车厢里。

一切安排就绪之后，下午4点，约翰·孟格尔就把前来回访爵士的爱尔兰主人一家带到船上，艾尔通也跟着来了。

爵士对主人的到来感到非常高兴，在船上设宴招待了他们。帕第·奥摩尔对于船上的家具什物以及装饰等等赞不绝口，而艾尔通却不然，认为这是不必要的耗费，所以并未表示出赞赏的样子来。

不过，这位"不列颠尼亚"号的水手长却从航行的角度对"邓肯"号做了一番考察。他船上船下里里外外看了个遍，询问了船的机器动力和煤耗量，查看了一下煤舱和粮舱。他还格外关心武器舱，对船头上的大炮的射程也询问了一番。最后，他察看了桅杆和船具，说道：

"您这条船真的非常漂亮，爵士。"

"是一条特别坚固的好船。"爵士回答道。

这时候，奥比内先生上来报告爵士说，筵席已经准备就绪，于是爵士便招呼客人们向楼舱走去。

"这艾尔通可是个聪明人。"巴加内尔对少校说道。

"有点过于聪明了。"少校含糊不清地嘟囔了一句。他总觉得艾尔通有点不对劲,但又说不出是什么缘故。

席间,艾尔通对他所十分熟悉的澳洲大陆做了详细而有趣的描述,并问爵士打算带上多少水手进行这次长途旅行。听说只带威尔逊和穆拉迪两名水手一同前往,艾尔通不禁惊讶万分。他劝爵士把船上最优秀的水手全都带上,而且非常坚持这一点。他的这种态度倒是让少校心中的疑虑消除了。

天色已晚,苏格兰人与爱尔兰人挥手告别。艾尔通随爱尔兰人奥摩尔全家人回到庄园。

出发的时间定在翌日早晨8点,车马届时都得准备停当。

约翰已经派人把行李物件先行送往庄园里去。第二天,天一亮,一只小艇已在等着,大家纷纷登了上去。孟格尔船长最后又叮嘱了一遍奥斯丁,嘱咐他一定要在墨尔本等候爵士的命令,并坚决执行。

小艇在船上众人的欢送声和祝愿声中离开了大船。十分钟后,便靠了岸。又过了一刻钟,一行人已经来到了奥摩尔的庄园里。

这时候,预订的七匹马由奥摩尔的一个儿子牵了过来,鞍辔齐备。爵士与奥摩尔结清了账,付清了一切购置费用,并说了许多感激的话。

海伦夫人和格兰特小姐坐进了她们那装饰一新的车厢,奥比内先生钻进了行李杂物车厢,艾尔通坐到了赶车人的座位上。格里那凡、麦克那布斯、巴加内尔、小罗伯特、孟格尔以及两名水手,身佩马枪、手枪,纵身上马。奥摩尔说了句:"愿上帝保佑你们!"全家人也随声应和着。然后,艾尔通发出一声奇特的吼声,长长的牛车车轮滚动了。

第三十五章　维多利亚省

这一天，是1864年12月22日。南半球的澳洲大陆已进入炎热的夏季了。

澳洲大陆被划分为六个殖民地：新南威尔士，首府为悉尼；昆士兰，首府为布利斯班；维多利亚，首府为墨尔本；南澳，首府为阿德雷得；西澳，首府为帕斯；北澳，如今尚未有首府。澳洲大陆只有沿海各地住有移民，只有很少的一部分胆大的移民曾经冒险深入到内陆二百英里远处。真正的内陆腹地相当于欧洲的三分之二，几乎无人知晓其隐秘情况。

幸好，37度线并不穿过那人迹罕至的广袤地带。爵士一行所走的是澳洲南部地区，包括阿德雷得省很狭小的一部分、整个维多利亚省和新南威尔士的那个倒置的三角形的尖端。

从百努依角到维多利亚省边界，不到六十二英里，只不过两天的行程。艾尔通计划第二天晚上就在维多利亚省最西边的阿萨布雷城过夜。

牛车笨重，行驶缓慢，又是全队的核心，所以骑马的男士们只好缓辔徐行，围绕在牛车周围，不能离得太远。可以说，骑士们是在散漫地骑马漫步，或去打猎，或与女士们闲聊，或彼此间探讨问题。

第三十五章 维多利亚省

下午3点光景，一行人走入一片旷野之中，此处俗称"蚊原"。巴加内尔说这个名称名副其实。只见令人讨厌的挥之不去的双翅目昆虫铺天盖地地袭来，无处可躲。好在车上带着防虫药水，擦一擦也就不痛不痒没事了。

晚上8点，一行人来到了红胶站，那是一些内地饲养牲畜的木栅栏建筑物。牧民们热情地款待了他们。

第二天，天刚放亮，艾尔通便驾起牛车上路。沿途多为高低不平的山峦地带，不过，倒也没有遇到什么艰难险阻。

就这样，他们一口气走了两天，走了六十英里，23日傍晚，到达了阿萨布雷。这是进入维多利亚省的第一座城市。

艾尔通把牛车赶到一家名为"皇冠旅舍"的小客栈的车库里去。晚餐是纯羊肉餐，端上桌来，热气直冒。

一向喜欢神侃的巴加内尔没等大家催请，就边吃边聊了开来，以"'幸福的澳洲'的维多利亚省"为题，畅谈一通。他说道：

"首先，'幸福的'这个形容词用词不当，应该说是'富足的'，因为一个地方与一个人一样，富足并不就是幸福。澳洲有金矿，但却断送在那些残酷的、专门搞破坏的冒险家的手中了。"

"维多利亚这个殖民地，时间不长吗？"海伦夫人问道。

"是的，不长，夫人，只有三十年的历史。1835年6月6日，星期二……巴特曼和弗克纳二人在菲利普港建立了一个据点，就是今天墨尔本所在的港湾上面。最初的十五年里，这个殖民地还是新南威尔士的一部分，属于首府悉尼管辖。后来，这儿才正式定名为维多利亚……"

巴加内尔滔滔不绝，眉飞色舞，几乎刹不住车。当然，他最后的说话声被满意的听众们的喝彩声给淹没了。

第三十六章　维迈拉河

第二天，12月24日，天一亮，爵士一行便上路了。他们走了整整一天，日暮时分，到了白湖岸边，露宿过夜。

白湖徒有其名，实际上并不白，水咸得不得了，无法饮用。

奥比内先生一向认真负责，及时地准备好了晚餐。饭后，众人或在车上或钻进帐篷，很快就进入了梦乡。

第二天，众人早早地醒来，只见眼前是一片美丽的平原，满目色彩绚丽的菊花竞相开放，让人流连，但一行人还是按时上路了。

广阔的草原上，鲜花盛开，间有各种树木和植物。

随后，又走了十多英里路，进入高大的树丛之中。

所见动物并不太多，偶尔可以遇到几只火鸡，但人却无法接近它们。少校倒是射中了一只怪鸟，这种鸟已近绝种，名为"霞碧鹭"，英国移民称之为"巨鹤"，身高有五英尺，羽毛色彩斑斓，十分好看。

又走了数英里之后，小罗伯特打

到一只怪兽,嘴巴呈圆筒状,舌头又尖又长,还滴着黏液,以捕食蚂蚁为生,外形看上去颇似刺猬。

"这叫针鼹,你们没有见过吗?"博学的巴加内尔对动物也有研究。

"模样丑陋不堪。"爵士说道。

"模样是不好看,但却很稀罕,除了澳大利亚外,世界上其他地方都没有。"

这一天,一行人走到了东经141度30分处。到目前为止,他们很少见到移民,而土著人则一个也没遇上。

下午4点光景,孟格尔发现前方三英里远处有一股漫天灰尘从地平线上滚将过来。众人疑惑不解,艾尔通说那是牲畜群走过时扬起的灰尘。

艾尔通没有说错,那灰烟尘埃在渐渐地移近,很快便听见了一片马嘶牛哞羊咩声,间杂着人的呼喊声口哨声咒骂声。

这时候,突见一人从这片尘雾中走了出来,那是这支浩浩荡荡的牲畜大军的总指挥,但是,若称他为"牧守"则更贴切。此人名叫山姆·米切尔。爵士便同这位"牧守"交谈起来。

米切尔的这支牲畜大军共有牲畜一万二千零七十五只,其中有一千头牛,七十五匹马,一万一千只羊,都是从蓝山一带的平原地区购买的。买来时都很瘦,现在要把它们赶往南澳那些丰饶的草原上去放牧,养得膘肥体壮之后,可以卖个好价钱,获利丰厚。

牧群继续往前走着,米切尔便开始简略地对这一行人讲述了自己的经历。

他说他已经出来有七个月之久了,每天走十英里,整个行程得耗时三个月。他有二十条狗,三十个帮手,另有六辆大车跟随其后。

第三十六章 维迈拉河

米切尔在讲述时，牧群已经过去了一大半，他必须奔到前头去选择牧场了。于是，他告别了爵士一行，骑上骏马，消失在烟尘之中。

格里那凡爵士一行随即也背向牧群往前走去，日暮时分，在塔尔坡山脚下停歇下来。

12月26日，一行人走过了诺通河那片肥沃地带，又过了已半干涸了的麦根齐河。天清气朗，也不太热。

傍晚时分，一行人来到离龙斯达湖五英里处宿营。

第二天，11点左右，他们走到了维迈拉河畔，该处位于东经143度。

维迈拉河宽约半英里，河上没有桥，也找不到木筏。艾尔通便忙着去寻找可以蹚过河去的浅滩。在上游四分之一英里处，河水似乎较浅，他探测了一下，河水深约三英尺，牛车可以通过，不会有什么危险。

于是，骑马的人围着牛车，毅然决然地下到河里去了。

艾尔通坐在牛车上小心翼翼地赶着车；少校和两位水手骑马走在头里探路；爵士和孟格尔守在牛车两侧，护卫着两位女士；巴加内尔和小罗伯特殿后。

直到走至河中心之前，没有任何问题，平平安安，稳稳当当。可是，一到河中心，河水变深了，艾尔通担心牛脚探不着河底，深一脚浅一脚地走不稳，便下到水里，把住牛角，引着牛往前走。

突然间，只听见哗啦一声，牛车撞到了什么，倾斜过去，水淹到了女士们的脚踝。爵士和孟格尔拼命地扛住牛车，但终究无法稳住它。牛车漂了起来。

艾尔通眼疾手快，用力一扛，把牛车给正了过来。前面河底有一道小坡，牛和马的脚都可以脚踏实地了。不一会儿，牛车和骑马的人们便安然地渡过河来，尽管浑身透湿，但心里却十分高兴。

不过，牛车前厢碰坏了，爵士的马前蹄的马蹄铁也掉了。这得赶快修理。可是，怎么修理呀？艾尔通自告奋勇地说，他可以去二十英里远的北边的黑点站，找个铁匠来。

"那好，您去吧，辛苦您了。来回一趟得多长时间？"爵士问道。

"大约十五个小时，不会再多。"

"那您就去吧，我们在这里等您回来，我们就在这维迈拉河畔宿营了。"

第三十七章 柏克与斯图亚特

在等待艾尔通回来的这一天里，大家便在维迈拉河畔漫步、闲谈、欣赏周围风光。不知不觉中，已经走出去半英里地，天也开始黑了下来，只有靠着星星辨别方向。

奥比内先生已在宿营地的帐篷里准备好了晚餐。众人归来后便纷纷落座。晚餐的佳肴是一盆烩鹦鹉，香味扑鼻，非常可口。

晚餐之后，众人没有就寝，围在一起谈天说地。海伦夫人于是便提议请巴加内尔讲讲前来澳洲探险的大旅行家们的故事。巴加内尔也不谦让，开始滔滔不绝地讲了起来。

"朋友们，我在'邓肯'号上列举过许多的旅行家，而深入到澳洲内陆地区来探险的，只有四个人：柏克、马金莱、兰兹博罗和斯图亚特。马金莱和兰兹博罗二人我就不加赘述了。

"柏克和斯图亚特都是勇敢无畏的探险家。

"1860年8月20日，在墨尔本皇家学会的鼓励下，罗伯尔·柏克从墨尔本出发了。同他一起出发的有十一个人：天文学家威尔斯，植物学家伯克莱尔、格莱，印度军官金格、兰代尔、伯拉赫，以及几名印度士兵。他们还带上了二十五匹马和二十五匹骆驼及十八个月的粮食。

"他们顺利地越过了墨累河和达令河，到达殖民地北部边界梅宁蒂站。

"到了那儿之后，探险队内部意见纷纷，出现了分裂。带领骆驼队的兰代尔于是便带上几名印度兵脱离了探险队，返回到达令河。柏克则仍然往前走着。11月20日，他们在柯伯河畔建立起第一个储粮站。

"后来，历尽千辛万苦，终于来到一个地方，便把那儿称之为'威尔斯堡'，并建起一个中转站。在此，探险队一分为二，一个小队由伯拉赫率领，驻守威尔斯堡三个月以上，等待另一个小队归来；另一个小队只有四个人，即柏克、金格、格莱和威尔斯，继续前行。

"这四个人来回需要走六百法里，所以带上了六匹骆驼和三个月的粮食。他们艰难地穿过了一片荒凉的沙砾地带，到达了埃尔河。

"1月7日，他们走过了南回归线，骄阳似火，而且热带沙漠中又找不到水喝，只是偶尔遇上一阵暴风雨，感觉凉爽痛快一些。这段行程没有高山挡道，也无江河阻隔，倒还不算太困难。

"1月12日，他们到了佛伯山和连山山脉，爬起来相当困难。但是，一行人凭借着坚忍不拔的精神，终于走了出来，抵达特纳河畔。随后，又到了佛林德斯河上游。

"接着遇到的是一片接一片的滩地，这说明离大海不远了。这时候，有一匹骆驼死了，其他的骆驼见状，死活都不肯再往前走，金格和格莱只好被留下来照看。柏克和威尔斯仍继续前行。他俩克服了重重困难，于1861年2月11日走到一个被海潮淹没了的滩地，却并未见到真实的大海。

"那种滩地，踩上去人就往下陷。柏克他们只好折返回来，与威尔斯堡的同伴们会合。然后，小分队又沿原路南下，向柯伯河走去。

"4月里，他们才走到柯伯河，但只剩下三个人了，格莱因劳累过度，在途中身亡；六匹骆驼也先后死去四匹。他们便强打起精神，举步维艰地往前走着。4月21日，他们看见了威尔斯堡外的栅栏，喜极而泣。但是，没想到这儿已是人去楼空了。说来也怪，等了五个月未见人归来的伯拉赫他们，就在这一天走了。就是在这同一天走的！伯拉赫还留下了一张字条，而且还是七小时前刚写的，柏克他们想追也追不上了。他们无可奈何地吃了点被丢弃的粮食，稍稍恢复了点气力。可是，离达令河尚有一百五十法里，又没有交通工具，这可如何是好呀！

"这时候，柏克决定走到六十法里外的澳洲居民站去。于是，三个人便上路了。剩下的两匹骆驼也都死了。不久，随身所带的粮食也吃完了，三人只好以一种水生植物的芽孢充饥。前面没有别的水源，再说，他们也没有盛水的工具，所以不敢离开柯伯河。谁知，偏偏又遭了场火灾，所有的衣物什么的，全都化作了灰烬。

"这时候，柏克便把金格叫到自己的身边来，对他说道：'我活不了几个钟头了，这是我的笔和日记本，您拿去。我死了之后，请您在我右手中放一支手枪，死时是怎样就怎样放着我的尸体，不必掩埋。'说完这话之后，他就没再开过口，第二天早晨8点，他便死了。

"金格给吓傻了，不知如何是好，便跑去找澳洲土著人。待他返回时，威尔斯也死了。至于金格，他总算被土著人收留下来。9月里，霍维特、马金莱和兰兹博罗被派出寻找柏克等人，而霍维特那支探险队终于找到了金格。就这样，穿越澳洲内陆的四位探险家，只有金格一位活着回来了。"

巴加内尔的这番讲述，不免令众人唏嘘一片。大家不禁联想到格兰特船长，在这么恶劣的内陆地区，恐怕是凶多吉少了。这么多的艰难险阻连几位科学先锋都送了命，"不列颠尼亚"号的落难水手们能逃过此劫吗？玛丽·格兰特小姐想到此，不禁热泪哗哗地流淌起来。

"斯图亚特呢？他是怎么个情况？"爵士请巴加内尔往下讲。

"斯图亚特可幸运多了。他的名字在澳洲历史上非常地响亮。自1840年起，他便开始在阿德雷得北边沙漠上旅行了。

"南澳议会积极支持他，资助了他两千镑。他的老友博物学家瓦特霍斯、斯林、凯奎克，老伙伴伍弗德、奥德等十人加入了他的探险队。他们携带了二十只美洲大皮桶，每只容量为七加仑。1862年4月5日，他们在新炮台湖集合，决定往东走。到达草原中的达利溪，沿溪流而上，上行三十英里，往前走到斯特兰威河和罗伯河。这两条河均流经热带丛林。那儿住着许多的土著人。他们受到了土著人的热情接待。

"他们从这儿开始，又折向西北方，找到了阿德雷得河的源头，沿河而下，穿过安亨地区。继续往下，阿德雷得河在逐渐变宽，两岸尽是些沼泽地，看来离大海不远了。

"7月22日，星期二，前方是无数的小溪流，挡住了去路。斯图亚特派出三个人去探路；第二天，一行人便踏上了林木丛生的高地。

"7月24日，离开阿德雷得城已经九个月了。早晨八点二十分，他们起程往北。地面渐渐往高里去，布满了火山岩，树木矮小，显然是靠近海边了。

"他们又走过一片低谷地带；谷边长着灌木，已可听到海浪拍岸的声响。又走过一片矮树林，一行人便踏上了印度洋海岸。

"斯图亚特纵身下海，洗了洗手、脚和脸，然后，他便回到低谷边上的树林里，在一棵树上刻下了自己名字的缩写：约·斯。

"于是，斯图亚特便在树林中选了一棵大树，砍去下面的枝条，在树顶上插上一面澳大利亚旗帜，并在树干上刻下一行字：'由此向南一英尺掘下去。'

"如果有谁发现了，照树干上所刻的字向南一英尺往下挖掘，就能见到一只白铁盒，内有一封信件，其内容我还记得很清楚：

由南向北横穿澳洲大陆的伟大的探险之旅

以约翰·斯图亚特为首的一支探险小队，于1862年7月25日到达此处。他们横穿澳洲大陆，由南海直走至印度洋海边，途经大陆之中心。他们于1861年10月26日从阿德雷得城出发，1862年1月21日抵达最后一个殖民站，向北前行。为纪念此次成功之旅，特在此树上插上一面澳大利亚旗帜，并刻下探险队队长的名字。愿上帝保佑我们的女王陛下！

"下面就是斯图亚特及其同伴的签名。这就是他们那次轰动全世界的壮举的经过情况。"

"那些英勇顽强的人都回到南方了吗？"海伦夫人关切地问道。

"是的，夫人，"巴加内尔回答道，"他们历尽千辛万苦，全都归来了。只是斯图亚特情况不佳，在归途中得了败血症，身体健康受到严重的损害。但他却奇迹般地活过来了。

"12月17日,斯图亚特回到了阿德雷得,居民倾城而出,对他表示热烈的欢迎。但是,因为他的身体尚未完全康复,在接受了澳洲地理学会的金质奖章之后不久,便搭乘'印度'号回到了自己思念的故乡苏格兰。我们回到苏格兰时会见到他的。"

"在斯图亚特之后,还有过探险家来此探险吗?"海伦夫人问道。

"有。我曾提到过的那位雷沙德,他先后两次探险,至今音信全无。去年,墨尔本植物学家穆勒博士发起一次募捐,作为组织一次探险的经费。1864年6月21日,由英勇顽强的英泰尔率领的一支探险队,从巴鲁区牧场出发,此刻大概已经深入内陆了,但愿他们能找到雷沙德。"

巴加内尔的故事滔滔不绝地讲完了。时间不早,天色已晚,大家纷纷向地理学家道谢后,便安然入睡了。

第三十八章　墨桑线

　　爵士担心艾尔通独自归来，没能找到铁匠。找不到铁匠，牛车难以修理，无法上路，行程就会受到影响，所以他心急如焚。
　　幸而艾尔通不负众望，第二天天一亮，便带着一个人回来了。此人自称是黑点站钉马掌的铁匠，身材高大魁梧，但面目可憎。不过，人不可貌相，只要他活儿干得好就行。
　　这铁匠话不多，但活儿却干得有板有眼，修理起车子来十分熟练、麻利。少校见他两只手腕上都削掉了一圈肉，皮肤酱紫，如同戴着一副镯子。显然，这是新近留下的伤痕。少校便问他伤得厉害否，疼不疼，但铁匠只顾埋头干活，并不回答。
　　两个小时过后，牛车修好了。
　　铁匠带了现成的马蹄铁，正要替爵士的坐骑钉上。少校眼睛尖，一看便觉得那马蹄铁有点异样，呈三叶状，还刻有叶子轮廓。于是，他便把马蹄铁拿给艾尔通看。
　　"那是黑点站的标记，"艾尔通回答他道，"以防马跑丢了，好找回来，不致与其他的马匹混淆了。"
　　没过多久，马蹄铁换好了。铁匠算完工钱离去，前后没说过四句话。
　　半小时之后，一行人又踏上了征途，进入湖滩地区。

一行人穿过了从克劳兰到霍尔桑的邮路。这条道灰尘飞扬，行人稀少。他们又越过了几座山丘，于傍晚时分过了玛丽博罗在三英里处扎营宿夜。

第二天，12月29日，进入山岭地区。山路难行，速度减缓。

11点左右，他们抵达了卡尔斯伯鲁克城。艾尔通主张绕城而过，以节省时间，爵士表示赞同。

一行人又走过了一片草原，见到不少的羊群，看到了一些牧人的棚屋。看来，再往前走，就进入荒漠地带了。

直到目前为止，他们尚未遇见过一个土著人。爵士觉得颇为蹊跷，但巴加内尔却告诉他，在这条纬度线上，土著人主要是集中在墨累河一带的平原地区，在离此地尚有二百英里远的地方。

这时候，一声汽笛声突然响起。一行人离铁路线不到一英里，从南边驶来的列车缓缓地行驶着，恰好停在牛车所走的路和铁路的交叉口上。这条铁路正是连接维多利亚省会墨尔本和墨累河的。

当时，这条铁路已修筑了一百零五英里，由墨尔本到桑达斯特，中间有肯顿和卡斯尔门两大站。还要修到厄秋卡，长度有七十英里。

37度线在卡斯尔门上行几英里处穿过这条铁路线，那儿有一座桥，名为康登桥，架设在墨累河的一条支流吕顿河上。

艾尔通赶着牛车奔向康登桥，骑马者也扬鞭催马，想一睹康登桥的英姿。

这时，有许多人正向那座桥奔去，都是附近的居民和牧民。只听见人们在呼喊着："快到铁路那儿去呀！快到铁路那儿去呀！"

这么乱哄哄的，肯定是出了什么大事了。也许是发生了惨祸。

爵士一行不一会儿便来到了康登桥前。原来，是火车出轨，酿成大祸。桥下小河中满是车厢和火车头的残骸，只有最后一节车厢尚侥幸地停在距离深渊边沿一米处。显然,发生了一场大火,杂乱的废物堆里还冒着火苗,满眼的烧焦了的枕木、烧黑了的车轴、弯曲了的铁轨、破损的车厢;满目的残肢断臂、一摊摊血迹、散落四处的烧焦了的尸体,不知有多少人死于非命呀。

人们在议论纷纷,对事故原因什么样的猜测都有,只有救护人员在那儿忙碌着。

"是桥断了!"有个人说道。

"哪里呀!桥好好的,肯定是桥未合上,可火车已经到了,才酿成惨祸的。"另一个人说道。

原来,康登桥是一座转桥。有船只过往,桥便转开;火车驶来,桥则合上。是不是护桥工疏忽大意,忘了合上桥,造成这么大惨祸呀?这种推测不无道理,因为桥的一半被压在火车头和车厢底下,而另一半仍吊在铁索上,铁索明显地仍完好无损。

出事的是三十七次快车,晚上11点45分从墨尔本发车。车离开卡斯尔门车站二十五分钟后抵达康登桥,因此,惨祸应发生在凌晨3点15分。车一出事,最后一节车厢里的旅客和员工便立刻求援,但电线杆全倒在了地上,电报不通。卡斯尔门的主管当局三个钟头后才闻讯赶到出事地点。等到当地殖民地总督米切尔和一位警官率领一队警员前来组织救援工作时,已经是早晨6点了。

全列车到底有多少名旅客,也无人说得清楚。只有十个人侥幸逃过此劫难。他们是最后一节车厢的乘客,已被当地铁路部门用救护车拉回到卡斯尔门去了。

爵士向总督亮明自己的身份，便与他及那位警官攀谈起来。那警官身材高挑瘦削，面孔冷峻。面对眼前的惨祸，他外表上依然保持着镇静，心中正在思考着惨祸的罪魁祸首。当爵士扼腕痛惜地说"这真是一场惨祸"时，他便冷峻严肃地回答道："不仅是惨祸，爵士。"

"不仅是惨祸？那还有什么？"爵士惊呼。

"而且还是一个罪行。"警官冷冷地回答道。

"是这么回事，爵士。经过一番调查，我们肯定这次惨祸系犯罪分子所为。他们抢劫了最后一节车厢的行李物品，袭击了未遇难的旅客。他们有五六个人。转桥是有人故意转升起来的，而非工作的疏忽大意。如果护桥工失踪了，那就可以肯定，是他勾结犯罪分子干的这种罪恶勾当。"米切尔先生也在说。

那位警官在摇头，似乎对总督的结论不敢苟同：

"我不相信护桥工会与犯罪分子相互勾结起来。"

这时候，上游半英里处传来一片喧嚣声。人们围成一团，人越聚越多。不一会儿，这群人便来到了康登桥前。其中有两个人抬着一具尸体，是那个护桥工。尸体已经冰凉，其胸口上被扎了一刀。尸体的发现证明警官的分析是正确的，此案并非护桥工勾结犯罪分子所为。

"您怀疑是……"爵士问警官。

"是那些坐英王陛下的船不用付钱的家伙干的！"

"怎么！是流放犯所为？"爵士惊呼道，"我还以为维多利亚省不允许流放犯逗留哩！"

"哼，不允许固然是不允许，但他们逗留还是照样逗留。如果我没弄错，这帮家伙一定是从帕斯来的，他们还要回帕斯去。"警官说道。

　　米切尔先生点头，表示赞同警官的分析。这时候，牛车已经来到了公路与铁路的交叉处了。爵士不想让女士们目睹桥下的惨状，便立即与总督、警官告辞。然后，他招呼一声，让大家跟他离开。

　　他来到牛车旁，没有将真相告诉夫人，只是说列车出了点事故，没提流放犯的事。他准备以后再把情况单独告诉艾尔通。

第三十九章　地理课的一等奖

越过铁路,牛车很快便进入曲折狭窄的谷地。树丛中高大的灌木耸立,柔枝细条悬垂,犹如碧绿水流,飘飘忽忽,美不胜收。

一行人在此处停了下来。

巴加内尔和小罗伯特此刻正在小径上边走边聊。但是,爵士看见他俩只走了几百米便停了下来,跃身下马,低头看地,像是在观看一件稀罕物似的。

艾尔通很快也赶着牛车来到他们那里。原来,地上躺着个男孩,八岁左右,身着欧洲人的衣服。男孩满头鬈发,肤色较黑,塌鼻梁,厚嘴唇,两臂较长,一看便知是个内陆小土著。但是,孩子模样聪颖,显得与一般土著人不同,显然像是一个受过教育的孩子。

那孩子动了一下,但并没有醒,翻了个身,又酣然入睡。这时,大家看到他背上有一个小牌子,上面写着:

特林纳

去厄秋卡

由乘务员史密斯负责照料

车费已付清

众人阅后，不胜惊讶。

"可怜的孩子！不知他是不是坐的那趟在康登桥出事的火车？也许他的父母已经罹难，只剩他孤苦伶仃一个人了。"海伦夫人怜爱地叹息道。

只见那男孩慢慢地睁开眼睛，但见阳光太强烈，马上又把眼睛闭上了。海伦夫人立刻上前拉住他的小手；那男孩站了起来，惊恐地看着面前的这些人，脸都吓白了。

"你会说英语吗，小朋友？"海伦夫人问道。

"会，听得懂，也说得来。"孩子用英语回答她，但口音较重。

"你叫什么名字呀？"海伦夫人问他。

"我叫特林纳。"

"你从哪儿来的呀，孩子？"海伦夫人又问道。

"从墨尔本，乘坐的是到桑达斯特的火车。"

"你一个人独自坐火车？"

"是的，独自坐火车。巴克斯顿牧师把我托付给史密斯照顾，可是史密斯却摔死了。"

"你在火车上没有其他熟人吗？"

"没有，夫人。"

那他又为什么会钻到这么荒僻的地方来呢？为什么要离开康登桥？海伦夫人心存些许疑问，又问起孩子来。

"我想回家乡克拉兰，回去看家人。"

"你家里人都是澳洲本地人吗?"孟格尔问道。

"都是克拉兰的澳洲人。"

"你有爸爸妈妈吗?"小罗伯特问他。

"有的,哥哥。"特林纳说着便握住小罗伯特的手。

小罗伯特听见有人叫他"哥哥",非常地激动。他一把搂住小男孩,吻了吻他,二人立刻成了好朋友。

与一个八岁的小土著人问来答去,众人十分高兴。此时,日已西沉,大家也不想再往前赶,再说,周围环境挺美,正好宿营。艾尔通把牛解下来;穆拉迪和威尔逊赶忙为六头牛套上绊索,让它们随意去吃草。帐篷也已经支了起来,奥比内的晚餐也安排就绪了。大家便让特林纳一起吃晚饭。那男孩肚子早已饿得咕咕直叫了,但他还是有礼貌地客气了几句。当然,两个孩子是坐在一起的。小罗伯特一个劲儿地夹菜给小男孩;小男孩边接边道谢,既羞涩又文雅,大家看着直乐。

这孩子的经历很简单,据他说,他小的时候便被送到附近殖民地的慈善机构;父母都是墨累河流域克拉兰地区的土著人,他们这么做,是想让孩子接受英国人的教育。这孩子在墨尔本一住五年,从没再见过自己的亲人。但是,他却一直想念着自己的亲人,所以不畏艰险地想回到部落中去,看望一下父母双亲。

当海伦夫人问特林纳在什么地方上学时,他回答说在墨尔本师范学校,校长是巴克斯顿牧师。

"学校里都上些什么课呀?"海伦夫人又问。

"有《圣经》、数学、地理……"

"什么?还有地理?"一听"地理"一词,巴加内尔便来了精神。

"是的,先生。寒假前,期末考试,我的地理还得了个一等奖哩。这是我得的奖品。"特林纳说着便从口袋里掏出一本书来。

那是一本《圣经》，装帧很精致。第一页的背面写着：奖给地理课一等奖获得者、克拉兰人特林纳，墨尔本师范学校。

巴加内尔激动不已，一把抱起小男孩，吻着他的面颊。海伦夫人便立刻解释给他听，说巴加内尔先生是一位著名的地理学家，要是当老师，一定是位优秀卓越的教授。

"一位地理学教授！"特林纳惊呼道，"啊，先生，请您提问我吧。"

"好呀！我正想提问你呢。我倒要看看墨尔本师范学校的地理课教得怎样哩！"

"特林纳同学，说说世界上有哪五大洲。"

"大洋洲、亚洲、非洲、美洲和欧洲。"特林纳干净利落地回答道。

"完全正确。大洋洲主要划分为哪几个部分？"

"波利尼西亚、美莱尼西亚、密克罗尼西亚。主要岛屿有：澳大利亚、新西兰、塔斯马尼亚、查塔姆、奥克兰、马加利、喀马代克、马金、马拉基等，都属于英国。"

"很好，但是，还有新喀里多尼亚、斯奈尔斯、门答纳、帕乌摩图呢？"

"这些岛屿都在大不列颠的保护之下。"

"什么？在大不列颠的保护之下？"巴加内尔不满地说，"我看正好相反，法国……"

"什么法国呀？"男孩惊讶地问道。

"哼！墨尔本师范学校就是这么教你们的呀？"

"是呀，先生。怎么，教得不好吗？"

"好！好！太好了！整个大洋洲都属于英国！好吧，我们接着往下提问吧。谈谈亚洲吧。"巴加内尔说道。

"亚洲是个大洲，都城是加尔各答。主要城市有：孟买、马德拉斯、卡列卡特、亚丁、马六甲、新加坡、曼谷、科伦坡；岛屿有：拉克代夫群岛、马尔代夫群岛、查哥斯群岛等等，都属于英国。"

"行，行，都属于英国。还有非洲呢？"

"非洲主要是两块殖民地：南边的好望角殖民地，都城是开普敦；西边是一些英国居留地，主要城市塞拉勒窝内。"

"回答得很好，"巴加内尔总算是了解了这种英国狂式的地理学了，"教得真是太好了！至于阿尔及利亚、摩洛哥、埃及……都从英国地图上删除掉了。现在，来谈谈美洲吧。"

"美洲分为南美洲和北美洲。北美属于英国，有加拿大、新布伦克、新苏格兰，还有约翰逊总督治下的北美合众国。"

"约翰逊总督！"巴加内尔惊诧不已，"伟大的林肯被贩卖奴隶的疯子刺杀后，他可是林肯的继承人啊！你回答得真妙啊！好，太好了！那么，南美洲的圭亚那呀，福克兰群岛呀，塞得兰群岛呀，还有牙买加、特立尼特什么的，当然都属于英国了。现在，我想请你说一说欧洲，看看你们老师对欧洲是一种什么看法。"

"欧洲？"特林纳显然不明白巴加内尔为何口气有点激动。

"是呀，欧洲！欧洲属于谁呀？"

"当然属于英国呀！"那男孩颇为自豪地回答道。

"我就料到你会这么回答的。好，接着说，我倒很想听一听。"

"欧洲有大不列颠岛、爱尔兰岛、马耳他岛、泽西岛、昆西岛、爱奥尼亚群岛、赫布里底群岛、塞得兰群岛、奥克尼群岛等等，都属于英国。"

"好，好，特林纳！另外还有西班牙、俄罗斯、奥地利、普鲁士、法兰西呀！"

"这些都是省份，不是国家。"

"这叫什么话！"巴加内尔气得摘下了眼镜说。

"没错，先生。西班牙的省会是直布罗陀。"

"妙！妙极了！那法兰西呢？我很想知道自己到底属于谁。"

"法兰西？那是英国的一个省，省府在加莱。"特林纳从容不迫地回答说。

"加莱？这么说，你认为加莱也属于英国了？"巴加内尔又一次惊讶地嚷道。

"那当然。"

"加莱是法兰西的省会？"

"是呀，先生！总督拿破仑爵士就驻守在那儿……"

巴加内尔可真的憋不住了，一口气跑到四百米开外去笑了个够。

这时候，爵士从随身携带的书籍里找出一本理查逊写的《地理学简论》来，送给特林纳。该书在英国颇有影响，叙述得比墨尔本的老师们教的要科学一些。

"喏，孩子，"爵士对孩子说道，"这本书送给你做个纪念，它可以纠正你在地理知识方面的一些错误认识。"

特林纳接过书来，仔细地看了看，没有吭声，似乎不很相信这本书。

这时，天已完全黑下来，已经是晚上10点钟了。明天还得早起赶路，大家便纷纷准备歇息。小罗伯特要那男孩与他一起睡，小男孩高兴地答应了。

第二天早晨6点，一行人都醒了过来，可是，那个小男孩却不知跑哪儿去了。

不过，海伦夫人醒来时，却发现胸口上放着一束单叶含羞草，而爵士则在口袋里摸到了那本理查逊写的《地理学简论》。

第四十章 亚历山大山中的金矿

爵士一行沿着37度线寻找格兰特船长的路线穿过的是人们做黄金梦,有人暴富有人破产的地方。单单墨尔本一地,1852年之后的四个月里,就一下子拥来了五万四千个移民。

11点钟光景,一行人走到了矿区的中心。这儿俨然是一座城市,有工厂、银行、教堂、别墅、报馆、营房,还有旅店、游乐场和农庄。甚至还有一家剧院,票价为十先令,购票的观众不少,当时正在演出反映本地生活的《幸运的淘金者》。

爵士很好奇,想要参观一下亚历山大山中的采金区,便让艾尔通和穆拉迪赶着牛车先往前走,自己再同其他人随后赶上。

大家向银行那边走去。马路挺宽,碎石铺成,"黄金有限公司""淘金者办事处""块金总汇"等巨大招牌挂在马路两旁,十分醒目。洗沙、碾金之声阵阵,不绝于耳。

在住宅区附近,有一大片开采区,地上矿洞多得无法计数。矿工中，各国人都有，但相互间并不争吵，只是埋头干活儿。

一行人参观完了主要矿场之后，便走向银行。

这家银行是一座高大的建筑，屋顶插着国旗。银行总监热情地接待了爵士一行，请大家进来参观。

各公司采掘到的金子都存放在这家银行里。

银行总监让大家看了许多奇异的生金样品。生金一般可分为卷金和分解金。卷金多分布于急流山谷或干沟深处，依其体积之大小，分层分布。最上层的是金粒，下层的是片金，最下面的是块金。分解金一般外部都包着石皮，石皮在空气中分解之后，金子便集成一堆，形成金团。

参观完生金标本之后，一行人又参观了银行的矿物陈列室。澳洲地质构成的各种矿物质应有尽有，分类陈列着。橱窗内陈列着各色宝石：白色的黄玉、宝贵的石榴石、粉红的红宝石、蓝宝石等等。

爵士谢过银行总监的热情接待之后，走出银行，又去参观矿床。

一向视财富如粪土的地理学家每走一步都眼不离地面，寻来觅去。只见他时而弯下修长的身子，捡起一块石头，仔细地观察一番，然后鄙夷不屑地丢掉。

两小时后，巴加内尔看到一家小酒店，便提议大家一起进去，等着与牛车会合的时间到来。海伦夫人也表示赞同。

侍者为每位客人送来一杯"诺白勒"，也就是英国式水酒，但酒多而水少，是用一小杯水兑一大杯酒精，再加上点糖。

大家随即又谈起淘金者来。巴加内尔对这次参观颇为满意，只听见他说道：

"19世纪初，世界上每年黄金的产量价值四千七百万法郎，现在，把欧洲、亚洲、美洲的金矿产值都计算在内，每年黄金产值有九亿多，将近十亿法郎了。"

"这么说，巴加内尔先生，在这里，就在我们脚下，也许有不计其数的金子吧？"小罗伯特说道。

"那可不！有几百万哪，我的孩子！都踩在我们的脚下。不过，我们也正因瞧不起它，才把它踩在脚下的。"

"澳大利亚可真是一块风水宝地呀！"

"那倒也未必，罗伯特，"巴加内尔回答他说，"出金子的地方也不见得就好。这儿尽出些游手好闲的懒汉，造就不出勤劳勇敢的人来。你看看巴西、墨西哥、加利福尼亚、澳大利亚，都19世纪了，这些地方还那么落后！你要记住，我的孩子，最好的地方，并不是出金子的地方，而是产铁的地方。"

第四十一章 《澳大利亚暨新西兰报》消息

1月2日,太阳刚刚升起,一行人已经走出了金矿区。几小时之后,他们涉过了高尔班河和康帕斯普河。这两条河处在东经144度35分和45分处。他们的行程已走完一半。如果照这样顺利地走下去,再有十五天就可以到达杜福湾滨海地区了。

而且,大家的身体都健健康康的。这儿的气候有益于身体健康。尽管天气炎热,但并不闷热,人和牲畜都能忍受。

但是,走过康登桥之后,一行人的次序有了点变动。艾尔通听说康登桥劫车惨案之后,加强了防范。首先,打猎的人不能走到看不见牛车的地方。再有,宿营时,必须轮流守护。显然,有一伙强徒在这一带流窜,未雨绸缪,防患于未然还是必要的。

海伦夫人与格兰特小姐对所采取的这些谨慎措施并不知晓,因为爵士怕引起她们的恐慌,所以没有告诉她们。

自劫车惨案发生之后,这儿的人全都加强了戒备。居民和畜牧站上的人,天一黑便立刻门窗紧闭,牧民们放牧时也枪不离身。

地方当局也加强了戒备,对邮电交通更是防范有加。这一天,爵士一行正穿越从基莫尔到希斯哥特的公路时,只见一辆邮车绝尘而过,后面跟着骑马的警察在护卫着。

越过基莫尔公路一英里之后,牛车钻进了一片森林中。

这是一片高大的桉树林，树高达二百英尺，而且，既高又粗，合抱起来，周长有二十英尺；树皮厚有五英寸；树干上流着一条条的树脂，散发出阵阵的香气。树干笔直，距地面一百五十英尺以下，没有任何枝丫，光溜得连个树疙瘩都没有。

这些大树一连数百棵，与立柱一般，粗细一样。树顶高处才有蓬散开来的枝丫，都很匀称。枝头长着互生叶，叶子里垂着一朵朵的大花。

树与树之间，空隙很大，利于空气流通。不断吹入林内的风，把地上的湿气全部吹走了。车马在其间可以自由往来，畅通无阻。既无灌木丛生，荆棘遍地，也不像原始森林，树木倒伏，藤蔓缠绕，没有刀斧披荆斩棘，难以进入。

这片桉树林确实与众不同。树顶上是翠绿的华盖，地面上是绿草如茵。树干疏落，一眼望不到头。一道道阳光穿进林内，仿佛一片片柔纱，让人恍若身处梦境。树荫不浓密，暗影不深黑。树叶侧面向阳，一眼看去，可见到奇特的叶子侧面。阳光透进，如同透过百叶窗。

爵士一行进得林来，好生惊讶。

树叶的这种奇特长法，令众人颇为不解，便向巴加内尔请教。巴加内尔倒是不吝赐教，他说道：

"这完全是物理原因使然。这儿空气干燥，降雨量少，土壤又晒干了，树木不需要风和阳光了。湿气少，树的汁液也就少，其窄树叶就得防止水分蒸发太多，因此便总是侧面向阳，不让太阳照射它的正面。"

牛车在这望不到尽头的桉树林中穿行了整整一天，没有遇到一只野兽，也没碰上一个土著人。树顶上倒是有几只鹦鹉，但是因为太高，看不清楚，也几乎听不见它们的叫声。

天色已晚，一行人便在几棵遭火焚烧过的桉树下面搭起帐篷。这几棵桉树被火烧成了空心树，从下到上一直贯通，宛如工厂里的大烟囱一般，尽管只剩下一层皮了，它们却仍然活着。奥比内听从巴加内尔的劝告，小心地在一棵空心树干里生火做起晚餐来。夜间的警戒护卫工作也安排就绪。艾尔通、穆拉迪、威尔逊、孟格尔四人轮流值班，直到次日早晨。

1月3日，一行人仍旧穿行其间，桉树林似乎永无尽头似的。不过，傍晚时分，只见树木渐渐稀稀拉拉。再行几英里，见到一片小平原，有一些房屋整齐地排列着。

"到塞木尔了！"巴加内尔欢叫道，"过了这个镇子，就走出维多利亚省了。"

"是个大镇子吗？"海伦夫人问道。

"不是，夫人。只是一个小村庄，正在变成镇子。"巴加内尔回答道。

"这儿有像样点的客栈吗？"爵士问。

"我想也许会有吧。"

"那我们就进到镇子里去。我想，我们勇敢的女士们是不会反对在客栈里歇上一晚的。"

此时已是晚上9点钟了，月亮已接近地平线，透过一片薄薄的夜雾，斜射在大地上。一行人踏上了塞木尔镇的宽阔马路，巴加内尔在前面担任向导，他凭借着本能，一直把大家带到了康贝尔客栈。

牛车停在了停车场上；牛和马被牵到牛栏马厩中去；人被领到非常舒适的房间里休息。10点光景，大家围在桌旁开始用餐。奥比内先生以总管家的身份事先对晚餐做了检查。巴加内尔则带着小罗伯特在镇子里溜达了一圈回来，他们三言两语地就把夜游的印象说完了。其实，他们什么也没看到。

一向粗心大意的巴加内尔当然没有注意到，镇上有股骚动的暗流在涌动。一群群的人聚集在一起，人越聚越多。大家在门前议论着，彼此探询，显得紧张不安。有的人还在大声读着报纸，边读边议边分析。这种情况应该是很容易觉察到的，可巴加内尔却偏偏没有发现。

少校则不然，他虽然没有走出去多远，甚至可以说没有离开客栈，但却觉察到镇上有点不对劲的地方。于是，他便找到客栈老板狄克逊，不消十分钟，便知道了是怎么回事。

不过，他并没立即说出来。等大家用完晚餐，海伦夫人和格兰特小姐回房歇息去了，他才让大家稍留片刻，对大家说道：

"这儿的人已经知道桑达斯特铁路惨案的凶手是谁了。"

"抓到了吗？"艾尔通连忙问道。

"还没抓到。"少校尽管对艾尔通的急切感到蹊跷，但并未表露出来。

"真可惜！"艾尔通又说了一句。

"那么，惨案究竟是何人所为？"爵士问道。

"您看了报纸之后，就会明白，那位警官的推断很正确。"少校回答道。

于是，爵士拿起报纸，大声读起了下面这段新闻：

1865年1月2日，悉尼讯。大家应该记得，12月29日夜，在墨桑线上，距卡斯尔门车站五英里的康登桥上，发生了一起列车惨案，11时45分，一列夜班快速火车高速行驶到此地时，坠入吕顿河中。

列车通过时，康登桥没有合上。

第四十一章 《澳大利亚暨新西兰报》消息

失事后,列车遭劫,护桥工失踪,后在距桥半英里处发现了他的尸体。显而易见,这是一起人为的惨祸。

据检察官调查后证实,六个月前,西澳帕斯拘留营曾准备将一批流放犯押送到诺福克岛去,但流放犯们在押送途中逃跑了。康登桥惨案即为这批流放犯所为。

这批人共二十九名。为首者名叫彭·觉斯。此人系一狡猾凶狠的歹徒。几个月前,不知是搭乘什么船只潜来澳洲,政府虽一直在全力缉捕,但始终未能将他抓获。

希望各村镇的居民、乡间移民和牧民,严加防范,并协助缉拿。若有罪犯消息,随时向本殖民地总督报告。

殖民地总督米切尔

"这儿已经有了流放犯了,"爵士说道,"但是,我在想,我们并不能因此就改变计划,驻足不前。您看呢,约翰?"

约翰·孟格尔没有立即回答,他有所迟疑,既担心停止前进会令格兰特姐弟俩心里难受,又害怕继续前行遭遇不测。然后,他说道:

"如果我们没有带着海伦夫人和格兰特小姐的话,我对这帮家伙是不以为意的。"

爵士明白了约翰的意思,说道:

"是啊,我并没有不继续去寻找格兰特船长的意思,我是说,有两位女伴同行,为安全起见,我们先去墨尔本,回到'邓肯'号上去,乘船到东海岸去寻找格兰特船长的踪迹。您觉得怎样,麦克那布斯?"

"我想先听听艾尔通的看法。"少校说。

艾尔通被点了名,眼望着爵士说道:

"我觉得,我们离墨尔本有二百英里,若是说危险,那无论是往东还是往南,都一样地危险。这两条路基本一样,都是荒无人烟。而且,我也不信,三十来个罪犯就能吓住我们八个荷枪实弹的好汉。所以,我觉得,应该继续执行原计划,除非有更好的主意。"

"完全正确,艾尔通,"巴加内尔赞同道,"继续往前走,很可能发现格兰特船长的踪迹;转向南去,有点背道而驰,越走越远。我也认为,那么几个蟊贼,何足惧哉!"

这样一来,是否改变行程就得表决了。结果大家一致通过不改变行程的决定。

"我还有个建议,爵士。"众人正待离去,艾尔通说道。

"您说吧,艾尔通。"

"派人去通知'邓肯'号上的人,让他们把船开到东海岸去,岂不更好吗?"

"那为什么呀?"约翰·孟格尔说道,"我们到了杜福湾再这么命令才对。如果提前下令,万一我们出现什么意外,不得不返回墨尔本的话,找不到'邓肯'号,那不糟了?再说,船现在还没修好。因此,我看还是晚点再说吧。"

"也好。"艾尔通说,没再坚持己见。

第二天,一行人离开了塞木尔镇。大家都全副武装,提高警惕,严防意外。半小时后,他们又进入了一片桉树林;树林一直向东延伸。爵士此刻倒是宁愿在旷野里走,因为旷野中视野开阔,歹徒不

第四十一章　《澳大利亚暨新西兰报》消息

易躲藏。但是，现在只有一条路，没法选择。牛车在这单调的大树之间穿行了整整一天。日暮时分，沿安塞格尔区北边走了一段之后，牛车越过了东经146度线。

一行人便在墨累县县界搭起帐篷过夜。

第四十二章 一群"怪猴"

第二天,1月5日,早晨,一行人进入了广袤的墨累地区。这是一片人迹罕至的荒漠地带,一直延伸至澳洲阿尔卑斯山脉,是一片未开垦的处女地。

巴加内尔边走边说道:

"换到五十年前,一路之上,早就遇到不少的土著人了。可是,现在,到目前为止,我们连一个土著人都还没有遇上。一个世纪之后,这个大陆上的土著人将会完全绝迹了。"

是啊,巴加内尔所言极是。这一带都未见土著人的影子,再往前走,不是旷野就是森林,越走越荒凉,不要说是人影了,就连野兽的影子也难见到。

突然间,小罗伯特在一丛桉树前停下来,大声喊道:

"看呀,一只猴子!快看,是猴子!"

这时,牛车也停了下来。大家都在观看那只动物,不一会儿,它便在桉树梢儿中不见了踪影。又过了一会儿,它快若闪电般地蹦到了地上,跳来跃去,扭动着身子跑动着。然后,伸出两只长臂,抓住一棵大桉树的树干,用一把似斧子状的工具,在树干上左砍右劈,砍出许多凹口来,而且还都是等距离的,它便踩着这些凹口,迅速地攀缘上了树梢,没几秒钟的工夫,便钻进树叶丛中去了。

第四十二章 一群"怪猴"

"好奇怪呀!这是一种什么猴子呀?"少校在自问着。

"这种猴子嘛,就是地地道道的澳洲土著人呀。"巴加内尔回答道。

大家刚耸了耸肩,还没来得及反驳,便突然听见远处传来一片"咕呃!咕呃!"的叫声。艾尔通赶着牛车急速往前,走了百十来步,但见一处土著人的营地出现在众人面前。

那营地上有十多个搭在地上的棚子,用大块的树皮叠盖着,只能斜挡着一面,看那情景,颇为凄凉。一些土著人就居住在这种斜坡式的棚子里,一个个看上去不像人模样。他们一共有三十多人,男女老少都有,全都身披着破破烂烂的袋鼠皮。见牛车过来,纷纷想逃。艾尔通立刻说了几句莫名其妙的土话,他们好像放心了,便跑了回来,满怀疑惧地打量着这伙陌生人。

这些土著人身高在五英尺五英寸到五英尺七英寸之间,皮肤黝黑,但又并非纯粹的黑色,头发鬈曲,胳膊很长,浑身刺有花纹,且长满毫毛。有的人身上还留有丧礼上割去一块肉后所留下的疤痕。他们的面部很丑陋,厚唇阔嘴,塌鼻梁,下颚前突,一口白牙。

海伦夫人和格兰特小姐下了牛车,满怀着恻隐之心向这些人分发吃食。土著人立刻饿狼般地狼吞虎咽起来。这么一来,他们便把她俩视作神灵。

在这些土著人中,妇女让人尤为同情,她们的处境也是最悲惨的。她们没有任何展现自己妩媚的机会,总是被人以暴力抢来夺去,丈夫手中的大棒的毒打就是她们的结婚礼物。妇女婚后，未老先衰，流浪生活中的一切苦活累活全都落在了她们的身上。她们经常是怀抱用蒲包裹着的孩子，背上背着打鱼或打猎的工具，并且带着织网用的野草筋，为一家人的食物奔忙。她们得捕捉蜥蜴、袋鼠和蛇，她们得砍柴和扒树皮盖棚子。她们简直牛马不如，只知干活，很少歇息，吃饭时却得等丈夫吃完之后，才能吃上一口残羹剩饭。

这时候，只见几个可怜的妇女在用谷粒诱捕鸟雀，看她们的模样，大概有多日没有吃什么东西了。她们在烫人的地上躺着不动，连续数小时，企盼着有笨鸟落入圈套。

爵士一行的好心好意感动了土著人，他们纷纷围拢过来，嘴里不停地叽里咕噜，声音倒也十分悦耳。看他们的手势，他们叽咕的"诺吉，诺吉"声，意思像是"给我，给我"。不论看见什么，他们都这么叽咕着。奥比内先生担心他们会上来抢东西，便尽力地护着那行李车厢，对途中的食物看得尤其紧。

土著人看见车上的东西，眼睛睁得老大，目光既贪婪又可怕。

爵士听从了夫人的提议，让人向这些土著人散发一些吃食。土著人明白了他的意思，做出各种各样的表情来，看着让人动容。他们边向前拥来，边大声喊叫，如同笼中野兽见到主人来喂食一般。

奥比内先生倒是颇有风度，懂得社交礼仪，觉得应该先把东西散发给女人。但是，土著女人却没有领他的情，仍让自己的男人先吃。只见男人们像饿虎扑食一般地冲了上来，抢那些饼干和干肉。

玛丽·格兰特联想到父亲很可能落入这种野蛮的土著人之手，吃苦挨饿，当牛做马，眼里不由自主地便涌出泪水来。约翰·孟格尔见状，知道玛丽小姐心中之所思，颇为不安，便赶忙问艾尔通道：

"艾尔通，您就是从这样的土著人手中逃脱的吗？"

第四十二章 一群"怪猴"

"是的,船长。内地的土著人差不多都这样。您现在所看见的只不过是一小伙可怜虫罢了。在达令河两岸有很多大的部落,其酋长具有相当的权威。"

"那么,一个欧洲人落到这些土著人部落手中,要干些什么活儿呢?"

"干自己以前所干的事。同他们一起打猎、捕鱼,也和他们一起打仗,而且还论功行赏。只要你干得好,又聪明又勇敢,就吃不了亏的。"

"那还是俘虏吗?"玛丽·格兰特问道。

"当然是呀,仍然要受到严密监视的,白天黑夜都有人看守,无法逃跑。"

"可您不就逃脱了吗?"少校连忙插上一句。

"是呀,麦克那布斯先生。我是趁那个部落与邻近部落交战,趁乱逃脱的。当然,我现在并不后悔,但若是让我再逃一次,那我宁愿做一辈子奴隶,也不愿意去穿越内陆的荒漠,去吃那种种的苦头了。"

"玛丽小姐,但愿令尊大人现在仍在土著人手中。这样,他就不会在内陆森林中乱跑,我们找他也就容易得多了。"孟格尔对玛丽小姐说道。

玛丽小姐满含着泪水,向年轻的船长深表感谢。

这时候,那些土著人突然骚动起来,大喊大叫,拿着武器,疯狂地向四面八方跑去。

爵士好生不解，少校连忙把艾尔通叫了过来，问他道：

"您在澳洲土著人中间生活过很长的时间，总能听懂他们的话吧？"

"只能听懂一些，因为每个部落都有自己的土语。不过，我可以猜到这些土著人是什么意思。他们想表演一场格斗给阁下看，以表示他们的谢意。"

果然，他们一阵骚动正是为了这场表示感谢的格斗。那些土著人并不答话，直接动起手来，打得十分火爆，装得十分逼真。如果事先不知道是做格斗表演，还真以为他们打起来了哩。

他们攻击和防御的武器只是一些大木槌，沉甸甸的，击中脑壳，必碎无疑。还有一种武器是用坚硬的石块磨制的石斧，用两根木棍夹着，斧柄长十英尺。它既可用作武器，又是一种工具；既可砍人头颅，又可砍树削枝。

这场格斗表演进行了十来分钟。然后，战斗双方停了下来，扔掉手中武器，一动不动地站在那儿，像是一种谢幕式。观者不知何故，正在纳闷，但很快便明白过来。原来，有一群大鹦鹉飞来，在桉树顶上盘旋着。它们的羽毛五颜六色，宛如一条飘动着的彩虹。打猎当然比表演更有意思，所以，一个土著人便拿起一种红颜色的奇特物件，离开了伙伴们，独自在树丛中悄悄爬行，不发出任何声响。然后，看见距离差不多了，看准目标，扔出手中那物件。只见那物件在离地面两英尺高处平行飞着，飞出十多米之后，突然飞升向上，连续击死了十多只鹦鹉，然后，呈抛物线状返回那土著人的脚下。

"那叫'飞去来器'。"艾尔通对看呆了的爵士及其同伴们说道。

"这就是人们常说的那种'飞去来器'？"巴加内尔端详了良久之后说道，"只不过是块木头嘛，怎么会平飞，又突然上升，然后又飞回来呢？许多学者和旅行家都说不出个所以然来。"

"是不是像抛铁环一样，用某种方法抛出去，又能让它回到起始点？"孟格尔说。

"也许是一种回力作用，"爵士说道，"如同打台球一样，击到台球的那个点，它就会转个弯退回来。"

"都不是，"巴加内尔说，"抛铁环、打台球，都有个着力点在起反作用。抛铁环以地面为着力点，打台球有桌台为着力点，而'飞去来器'却根本没有触及地面，没有着力点，可却会突然升高！"

"那您对此有何看法呀，巴加内尔先生？"海伦夫人问道。

"这我说不清楚，不过，有两点我敢肯定，一是投掷方法特殊，二是'飞去来器'本身构造奇怪。但这种投掷方法正是澳洲土著人的绝招。"

爵士觉得已经耽搁了不少时间，应该继续往东走了。他正要请海伦夫人她们上车，却突然看到一个土著人飞奔过来，兴奋地对他说了几句。

"他说他们看到了几只鸸鹋。"艾尔通连忙为他翻译。

"还要打猎？"爵士问道。

"得去看看，一定很带劲儿的！也许又得使用那种'飞去来器'了。"巴加内尔兴奋不已地说。

"您看呢，艾尔通？"

"用不了多长时间的，爵士。"

土著人确实手脚麻利，动作迅速，不一会儿便安排就绪，准备停当了。打鸸鹋可是他们的一大喜兴事！一只鸸鹋够整个部落享用好几天的。所以，他们总是全力以赴，一定要捕捉到这种大猎物。

鸸鹋又被称为"无鸡冠鸡"，土人称为"木佬克"，在澳洲平原上已日渐稀少。这种大鸟高约两英尺五英寸；头上只有一角质硬甲；眼睛浅棕；喙呈黑色，且呈钩状；趾带利爪，强健有力；翅膀只剩两个短根，无法飞翔，但跑动速度极快；羽毛像兽毛，颈部与胸部颜色较深。

这时，突然听到刚才前来报告的那个土著人一声呼喊，十几个土著人便像冲锋队似的散开来。爵士他们便待在一丛含羞草旁观看着。

十几只鸸鹋一见土著人走过来，立刻站起来奔逃而去；跑出有一英里远后，它们又躲藏了起来。那个猎人发现了它们的藏身之处，立即打了个手势，让同伴们待在原地别动，躺在地上。那猎人从随身带着的网兜中取出几张缝制得极其巧妙的鸸鹋皮，披在自己身上，然后，把右臂伸出，高于头顶，模仿鸸鹋觅食的样子。

他边这么模仿，边向那群鸸鹋走去，但不时地还要停一下，假装觅食；有时还用脚扬起尘土，把自己罩在一团尘埃之中。他的动作与鸸鹋如出一辙，惟妙惟肖。

同时，他还不停地学鸸鹋叫，那声音也像极了，足以以假乱真。

果然，那群鸸鹋被蒙住了，毫不戒备地围到猎人的身边来。那猎人一见，以迅雷不及掩耳之势，挥起大木槌，击倒了六只鸸鹋中的五只。

爵士一行看了这场精彩的捕猎后，十分高兴，因时间已晚，不便久留，便与土著人告别，向东而去。

第四十三章　百万富翁畜牧主

　　一行人安然地度过了一夜。1月6日早晨7点，他们继续东行，在那片广阔的平原上前进着。时常遇到弯弯曲曲的河流，有的有水，有的干涸。河边长着黄杨树。这些河流全都发源于野牛山。

　　当天晚上，一行人便决定在山脚下宿夜。艾尔通挥动鞭子，催牛快行，一天走了三十五英里。

　　当晚轮到巴加内尔值勤。他扛着枪，在帐篷周围巡逻。他迈着大步走动着，免得犯困。

　　天上没有月亮，但在星光之下，南半球的夜色仍旧很明朗。巴加内尔望着星空，不知不觉地便沉浸在幻梦之中。

　　突然，他听见远处有一种声音传来，猛地一激灵，从幻梦回到现实中来。他凝神倾听，那声音宛如钢琴的声音。他好不诧异。这时，又传来几声节奏很强、声音很高的音波，震动着他的耳鼓。

　　他觉得这并非是幻觉。于是，他便自言自语地说：

　　"奇怪！这种荒郊野外，怎么会有钢琴声？这不可能呀！"

　　这时候，空中又传来一阵清脆动听的歌声。钢琴家加歌唱家！巴加内尔简直不敢相信自己的耳朵了。那竟然是一首名曲，是歌剧《唐璜》中的一段。

　　巴加内尔边寻思边静听。在这寂静的夜晚，有这等美妙动听的歌声相伴，好不快哉，真的是身临仙境，才有此仙声妙乐可听！

不一会儿，歌声止息，夜又恢复了寂静。

威尔逊前来换班，巴加内尔仍是一副如醉如痴的样子。交完班之后，他便钻进帐篷里去，呼呼大睡起来。

第二天，突然一阵狗叫，把众人惊醒。爵士连忙起身。只见两只非常漂亮的高大猎犬在树丛旁边蹦跳着。

"这么荒僻的地方难道还会有畜牧站不成？"爵士说，"既然有猎犬，就必然会有猎人。"

巴加内尔正要把夜里值勤时听到琴声歌声的事告诉爵士，却见两个青年骑着两匹纯种马出现了。

这两个青年，一身漂亮的猎装，一副绅士派头。他们看到这群宿营者，便勒马停下。看上去，他们也好生奇怪，怎么这儿会有身带武器的人出现？这时，海伦夫人和玛丽小姐走下牛车。

两个青年见状，连忙翻身下马，脱下帽子，拿在手上，向她俩走来。

爵士赶忙迎上前去，先开口自报家门。两个年轻人听到后，连忙鞠躬致礼，其中年纪稍大一点的那位开口说道：

"爵士，欢迎欢迎，欢迎诸位前去寒舍小坐，蓬荜生辉！"

"您二位是……"爵士问道。

"米歇尔·帕特逊，桑迪·帕特逊，霍坦站的主人，你们已经进入本站地界，距寒舍不到半英里。"

"承蒙二位盛情相邀，实在不敢打扰。"

"爵士，"米歇尔·帕特逊说，"陌路相逢，也是有缘嘛。"

爵士见无法推辞，只好应允。

"先生，恕我冒昧，我想请问一下，昨晚唱天才作曲家莫扎特的那支名曲者是您吗？"巴加内尔问米歇尔·帕特逊道。

"是我，先生。伴奏的是我的堂弟桑迪。"米歇尔回答道。

"那就请允许我这个法国人，此曲的爱好者，向您表示衷心的赞美吧。"

巴加内尔说着，便向那位年轻的绅士伸出手去，后者很文雅地握了握。然后，米歇尔用手一指右边的那条路，请大家前去他家。马匹都已交给艾尔通和水手们照看了。

一行人在年轻绅士的引领下，边闲聊边欣赏美丽景色，向霍坦站走去。

那是一座美丽的庄园，布局如同英国公园一般整齐有序。无边无际的草场被灰色栅栏围成一大块一大块的；不计其数的牛羊在草场上吃草；许多放牧人和牧羊犬在一旁守护着。只听见牛哞羊咩，犬吠鞭响，别有一番风味。

放眼向东，是一片混成林，尽头便是巍峨耸立的霍坦山，山高七千五百英尺。一排排常绿树向四面八方伸展开去。一丛丛六英尺高的所谓"草树"随处可见。此时，"草树"正开着一串串的白花，似薄荷般清香四溢。

他们边走边聊，不知不觉间便发现通道尽头出现了一座漂亮的房屋，是砖木结构的房屋，形状美观，宛如一座瑞士别墅，墙外带有回廊，廊檐下悬挂着中国灯笼。

房屋周围是马厩、厂棚，这儿看上去没有一点农庄的样子。所有这类建筑都建在半英里外的一个山谷中，共有二十多座，形成一个小小村落；村落与主住宅之间架设有电话线，随时可以通话联系。

又走过一座小桥，一行人便来到了主人住宅门前。一位满面红光的管家开门迎客。客人们于是便走进了富丽堂皇的屋内。

客人们先走进的是一个前厅，厅内挂满着取材于骑马射猎的各式各样的艺术品。对着前厅的是一间大会客厅，有五扇宽大的窗户。客厅里放着一架钢琴，一堆古代或近代的乐谱摆放在琴上；几个画架上还摊放着画稿；几尊大理石雕像立在一旁；墙上挂着几幅欧洲著名画家的画；地板上铺着柔软的深绿色高级地毯；墙上壁毯上绣着美丽的神话故事；天花板上垂吊着一个古铜质吊灯。此外，尚有不少珍奇古玩、精美陶器以及其他一些精致的艺术品。这儿让人恍若踏进了法国或英国的高贵府邸。

柔和的光线从那五扇大窗中透了进来，海伦夫人走近窗前，不禁赞叹连声。窗外是一片宽阔的谷地，一直延伸至霍坦山脚下。眼前呈现着片片草场、丛丛树林、疏落空地，地势起伏，宛如一幅绝妙的风景画，令人心旷神怡，流连忘返。

这时，桑迪事先吩咐厨师预备的早餐已经送上，客人们围桌而坐。主人为能在家中款待远方来客，颇感荣幸。

主人很快便知道了客人们此行的目的，爵士所叙述的一路寻访过来的情况让主人感动不已。主人还对格兰特船长的一双儿女说了不少宽慰的话语。

"哈利·格兰特既然未曾在沿海各殖民地露过面，"米歇尔说道，"那想必是落入土著人之手了。从信件上看，他是知道自己所在的方位的。他肯定是一踏上陆地就被土著人给掳走了的。"

"你们二位从未听说过'不列颠尼亚'号失事的事吗？"海伦夫人问道。

"从未听说过，夫人。"米歇尔答道。

"照你们看，格兰特船长被土著人掳去之后会怎么样？"

"澳洲土著人并不残忍，夫人。他们性情比较温和，有许多欧洲人与他们生活在一起，从未受到过虐待。关于这一点，格兰特小姐大可放心。"

女士们离席之后,男士们又谈起了流放犯来。两位主人也听说了康登桥遭劫所发生的惨案,但他们对流放犯的出现并不以为意,他们有一百多号人,这帮流放犯绝不敢贸然前来骚扰。

鉴于两位主人的热情好客,盛情难却,格里那凡爵士只好在霍坦站逗留一天。这样一来,就得耽搁十二个小时,但正好利用这段时间休整一下,牛和马也可以待在舒适的牛栏马厩里恢复一下体力。

为了愉快地度过这段短暂的逗留时间,主人为客人们拟订了一个计划,客人们高兴地同意了。

中午时分,主人准备好了十匹善于围猎的骏马,并为两位女客准备了一辆漂亮的轻便马车,随即便出发了。马上的人身背着猎枪,在轻便马车两旁奔跑;猎犬也跟着穿行于矮树林中,狂吠不止。

四个小时的围猎过程中,猎手们骑着马跑遍了林中的大路小道,不停地开枪射猎。

这场围猎收获不少,猎获了一些当地特有的动物,其中有袋熊和袋鼬。

不过,这次围猎最有劲儿的是追捕大袋鼠了。下午4点光景,猎犬狂吠,惊起一大群大袋鼠。霎时间,幼袋鼠慌忙钻进母亲腹部的袋子里躲藏起来,大袋鼠们便连蹦带跳地奔逃开来,其后腿比前腿要长两倍,腿一屈一伸,如同装上了弹簧一般。领头的是一只雄性大袋鼠,高有五英尺,非常地俊美神气。

围猎者们一连追出了四五英里,袋鼠们仍奔跑如前,没见一丝疲劳。最后,袋鼠们还是没了力气,跑不动了。那只雄性大袋鼠倚靠在一棵大树上,准备负隅顽抗。一条猎犬因为跑动速度太快,刹不住脚,一下子冲到雄性大袋鼠面前。刹那间,只见猎犬被踢到空

中,摔下地来时,肚子已被撕裂。

正在这时,小罗伯特一不小心,差点丧命。他是想再往前靠近一些,好打得更准,不料,那雄性大袋鼠豁了出去,一跃而起,向他扑来。

小罗伯特大叫一声,倒在地上。坐在马车上的玛丽见状,吓得魂不附体,只是无助地伸出双臂。大家害怕伤着小罗伯特,都不敢开枪。

但见孟格尔嗖地一下拔出猎刀,冒着危险,冲上前去,手起刀落,当胸一刀,袋鼠当即倒地。小罗伯特爬了起来,没有受伤。

姐弟二人拥抱在一起,然后,玛丽转向年轻船长,连声道谢。

这次意外,化险为夷,大家长吁了一口气,但围猎因此也就宣告结束了。那群袋鼠群龙无首,四散奔逃而去。被打死的那只雄性大袋鼠给弄回主人住处。下午6点,一桌丰盛的佳肴在等着大家。其中尤以当地风味的袋鼠尾汤,最受欢迎。

晚餐用完饭后甜食——冰激凌和果汁,主客双方聚于大客厅中。晚间,大家以欣赏音乐来度过。海伦夫人对钢琴颇有造诣,专门为两位主人弹上一曲。米歇尔和桑迪嗓音甜美,唱了法国作曲家古诺、马塞、达维德的名曲片段,还唱了德国天才作曲家瓦格纳的名曲。

11点时,大家用茶。茶泡得十分香浓。但是,巴加内尔别出心裁,非要尝尝澳洲风味土茶。于是,主人便给他端上来一杯黑如墨汁的饮料,是用一升水加半斤茶叶熬制四个小时制成的。巴加内尔喝时,不禁双眉紧蹙,撇着嘴咬着牙,但却嘴硬,连说"好茶，好茶"。

午夜时分，客人们被领进舒适凉爽的房间里，睡梦中继续享受着一天来的欢快。

第二天，东方破晓，爵士一行告别主人，客气了一番，并相约日后到欧洲玛考姆府相见。然后，骑手们围着牛车，踏上寻访征途，绕过了霍坦山，不一会儿，主人的那幢漂亮宅邸便看不见了。前行又五英里，仍旧身在霍坦站地界之内。9点时，才走到它的最后一道栅栏，进入维多利亚省的那片荒漠地区。

第四十四章　澳洲的阿尔卑斯山

前方是澳洲的阿尔卑斯山。它绵延起伏达一千五百英里,海拔四千英尺,宛如一道天然的屏障,阻遏住天上的浮云。

天空中阴云密布,地面上水汽聚集,路面崎岖,行走困难。平原上,长满橡胶树的丘陵疏落散布,一直绵延至远方,构成山脉的前坡。路在不断地往上盘旋,牛累得直喘粗气,牛腿上的筋肉紧绷,好似快要绷裂。

孟格尔同两名水手在前面几百步远处开道,尽量挑选易行好走的路走,但无奈沿途障碍多多。高耸着的花岗岩、幽深的山谷、深浅莫测的河滩,比比皆是,必须绕行。一直这么艰难地行走到傍晚时分,也才只走了半个经度的路程。因天色已晚,一行人只好在山脚下的哥本伯拉河畔安营扎寨。

翌日,1月9日,一行人仍在艰险难行的阿尔卑斯山的隘路上走着。一小时之后,如果不是在一条山路旁发现了一家小客栈的话,艾尔通真的感到进退两难了。

爵士同艾尔通相继走进小客栈。客栈挂的招牌上写着大字:"绿林旅店"。老板身体壮实,满脸横肉。爵士通过艾尔通向店主问了几个问题;店主勉强地敷衍几句,不怎么回答,但根据店主那简短的回答,艾尔通还是弄清了方向。为了表示谢意,爵士给了店主点钱。走出店门,他突然发现墙上贴着一张告示。

那是一张通缉令。通缉令上写道,帕斯发现一批流放犯,为首者名叫彭·觉斯。若有人将该犯擒获,请速押送当局,赏银一百镑。

"那个店主,我看他就不像个好人。"爵士说道。

"我看也是。"艾尔通应声道。

一行人于是便向卢克诺大路尽头走去。那儿有一条蜿蜒曲折的小路斜贯于山腰间。

上山的路颇为艰难。车上和马上的人不止一次下来步行。车子太重,上坡时得帮着推;下坡时得在后面拉着点;拐弯时,辕木太长,拐不过去,得把牛解下来。有几次,艾尔通还不得不把几匹已经筋疲力尽的马套上,帮着牛拉车。

不知是因疲劳过度,还是其他什么原因,这一天,有一匹马死了。事先一点征兆也看不出来,一倒下便死了。那是穆拉迪骑的马,他拼命地拉它,但已无济于事。

艾尔通上前检查了一下倒卧在地上的马,却说不出个所以然来。

"您骑我的马吧,穆拉迪,我坐牛车。"爵士提议道。

穆拉迪接受了爵士的安排。一行人继续往上爬去。

10日那一天,一行人爬到了山路的最高点,海拔约两千英尺。这儿地处高原,视野开阔,一眼可看到很远的地方。

当晚,一行人便在高原顶上露宿。翌日,大家开始下山。下山的路走起来快多了。半路上,突然一阵大冰雹袭来,众人连忙找遮挡处躲避。牛车篷顶被冰雹砸出许多洞来。大约一个小时过后,冰雹停了,众人便在湿滑的山路上往下走去。

牛车一路摇晃颠簸,车厢板有几处给碰脱了榫,好在整个车身相当结实，并无大碍。傍晚时分，一行人已经走下最后几个阶梯，好歹总算翻越过来了。前方就是直通吉普斯兰平原的大路，于是，众人便照例搭起帐篷宿营。

12日，天刚放亮，一行人便踏上了征程。人人兴高采烈，劲头儿十足，恨不能一步跨到海边，到达"不列颠尼亚"号遇难之地。

艾尔通再次催促爵士，让他派人向"邓肯"号传令，让船开到太平洋沿岸来，以利寻访工作的进行。他说从卢克诺到墨尔本的路好走，过了这儿，就没有大路了，因此最好现在就派人去传达命令。

他的话听上去不无道理。

爵士犹豫不决，要不是少校坚决反对的话，他也许就听从了艾尔通的建议。少校说一行人缺了艾尔通不行，这一带只有艾尔通一人熟悉路径，万一真的发现了格兰特船长的踪迹，跟踪寻访的话，也只有靠艾尔通才行，再说，也只有他知道"不列颠尼亚"号的失事地点。

因此，少校坚持按原计划继续向前。约翰·孟格尔也支持少校的意见，认为还是从杜福湾派人给"邓肯"号送信更为合适。最后，少校的意见占了上风。少校偷偷地瞥了艾尔通一眼，见他似乎有点失望，但少校没有吭声。

从正晌午到午后2点，一行人穿行于凤尾草丛中。此时，凤尾草正在开花，高约三十英尺。在这些高大的凤尾草丛中行进，多少有了点凉爽之意；巴加内尔看到奇异景色，总不免要感叹一番，不承想，他的感叹声惊动了一群鹦鹉，顿时叫声四起。

巴加内尔正得意忘形地连声感叹时，同伴们却突然发现他在马背上摇来晃去的，随即便摔到了地上。众人急忙奔了过来。

"怎么！您的马也……"爵士说。

"也死了！说死就死呀，同穆拉迪的马一样。"

"这可真怪了。"约翰·孟格尔说道。

"是啊，真是太奇怪了。"少校也嘟囔着说道。

这又一次的意外事故，令爵士不安起来。在这么个荒僻地带，没有马可以补充的。如果马匹都染上马瘟，相继死去，继续前行就非常地艰难了。

不料，尚未到傍晚，"马瘟"似乎便得到了证实：威尔逊的坐骑，也死了。更加严重的是，有三头牛也死了。这么一来只剩下三头牛和四匹马供拉车和人骑的了。

事态严重了。骑马的人没有了马，尚可豁出去徒步而行，可是，若没了牛拉车，两位女士如何是好呀？这儿离杜福湾还有一百二十英里的路程，她俩走得动吗？

孟格尔和爵士心急如焚。他俩忙去检查剩下的马和牛：牛和马全都十分健壮，长途跋涉并无问题。爵士连声祈祷。

艾尔通也颇觉蹊跷，怎么会突然出现马牛倒毙的现象？

大家又开始继续往前。没马骑的人，徒步走着，累了就坐到牛车上去歇息一会儿。一天下来，一行人只前行了十英里。

第二天，1月13日，平平安安地度过了。

这一天开始就很顺利，一个个精神抖擞，一口气走了有十五英里，轻轻松松地就走过了一片高低起伏的红土地带，急切地盼着当天晚上便能赶到斯诺威河畔宿营。斯诺威河在维多利亚省南部流入太平洋。日暮时分，远远望去，前方有一道雾气，那显然就是奔流不息的斯诺威河了。艾尔通催赶着牛车，骑马人扬鞭催马，又赶了几英里的路程，来到了一个山丘旁。翻过这山丘，大路拐弯处出现了一片树林。艾尔通驱赶着已经疲劳过度的牛，往那片参天大树林奔去。出了这片树林，距离斯诺威河已不到五英里了，可是，偏偏在这个时候，牛车陷进泥淖之中，一直陷至车轴。

艾尔通拼命吆喝，一边猛甩鞭子，催赶着拉车的牛使力，但那几头牛已半截陷入泥潭之中，根本使不上力。

"咱们就在这儿宿营算了。"孟格尔说道。

"准备宿营！"爵士喊道。

夜幕很快便降临了。太阳下山之后，天气依然闷热。远处正在下雨，只见一道道闪电把天边照得雪亮。

艾尔通费了很大的劲儿才把三头牛从泥潭中拽了出来。他将牛同四匹马牵到一起，给它们喂了好料。

众人逐渐进入梦乡。这时候，大片大片的乌云已经云集天空，夜色更加地黯黑，没有一丝的风。四周一片寂然。

11点钟光景，少校突然醒来。由于过于劳累，他睡得不好。他揉了揉惺忪睡眼，忽然发现树林中影影绰绰地有亮光在闪动，宛如湖面上的粼粼波光，又如洁白的绸缎在飘动。

他立即爬了起来，向树林里走去，仔细一看，不免颇觉惊奇，原来是一片望不到边的菌类发出的磷光。

少校不愿独享这奇景，正待前去叫醒巴加内尔，让他也一饱眼福。可是正在这时候，突然出现了一点意外情况，他便止步不前了。

那片磷光把树林里有半英里的面积给照亮了。少校凭借这片磷光，影影绰绰地看到树林边缘有几个黑影掠过。于是，他便趴在地上，仔细地观察着。他看清楚了，有几个人的身影在一弯一伸的，好像在地上寻找些什么。他决定先不惊动大家，一个人先看个究竟。他在地上爬着，躲进草丛中。

第四十五章 急剧变化

午夜2点，乌云翻滚的天空突然下起了倾盆大雨。帐篷挡不了大雨，爵士等人只好爬到牛车上去躲避一下。睡觉是不可能了，只好聊天。少校闷不作声，听着大家聊。上半夜，他离开帐篷很长时间，但无人察觉。雨老下个不停，很可能引发斯诺威河河水泛滥。因此，穆拉迪、艾尔通、孟格尔总不时地要跑下牛车去看一下水位，回来时，都成了落汤鸡了。

天总算亮了，雨也停了，但没出太阳。地面上水汪汪的。

爵士最担心的就是牛车，得先把它从泥淖中弄出来才是。他们去看了一下牛车，只见车子前部几乎全都陷进泥里，车尾也陷至车轴处了。于是，爵士、孟格尔、艾尔通和两名水手都钻到昨夜放牛马的树林里拉牛牵马去了。

艾尔通跑到昨天把牛马牵去的地方，结果却不见它们在那里了，不觉大吃一惊。牛马全都用绊索套着的，应该不会跑走的呀。

大家赶忙在树林中四处找寻，但仍不见牛马的踪影。艾尔通连声呼唤，但始终没有牛马的应声。

大家焦急地找了都一个小时了，却一点影子也没有，不免心焦不安起来。爵士已经走到离牛车有一英里远了，正要回头走去，突然听见一声马嘶，同时，又听见了一声牛哞。

"它们在那边!"孟格尔边喊叫,边钻进那片胃豆草丛中去。

爵士、穆拉迪、艾尔通也连忙奔了过去。到那儿一看,大家全都愣住了。只见两头牛和三匹马倒在地上,已经死了。

"艾尔通,把剩下的这头牛和这匹马牵回去吧,只能靠它俩对付下去了。"爵士尽力地控制住自己的情绪说。

艾尔通把牛的绊索解开,穆拉迪把马的绊索除去,大家便沿着弯弯曲曲的河岸往回走去。半小时后,巴加内尔、少校、海伦夫人和玛丽小姐都知道牛和马已死的事了。

"哎,可惜啊!太可惜了!"少校叹了口气说,"艾尔通,过维迈拉河的时候,要是给所有的牲口都钉一钉马蹄铁就好了。"

"为什么,先生?"艾尔通不解地问。

"因为所有的马匹中,唯独您让铁匠钉了马蹄铁的那一匹逃脱一死,而其他的全都倒毙了。"

"这也只不过是碰巧的事。"艾尔通看着少校回答道。

少校动了动嘴唇,像是想说点什么,但却咽了下去。他向正在检查牛车的艾尔通身边走去。

"他刚才说的那句话是什么意思?"爵士问孟格尔道。

"这我也没弄明白,不过,少校不会随便说的。"孟格尔回答道。

"您说得对,约翰,"海伦夫人说,"他肯定是对艾尔通有所怀疑。"

这时,艾尔通正在同两个水手想方设法地要把牛车从泥淖里拖出来。他们套上剩下的那头牛和那匹马;威尔逊和穆拉迪把住车轮在推;艾尔通挥着鞭子驱赶着,硬逼着勉为其难地凑成一对的牛和马拼命地向前拖。但那笨重的牛车竟然纹丝不动。

这时候,艾尔通又要试一次,但爵士立即制止住了他。

第四十五章　急剧变化

"行了，艾尔通，别再试了，"他说道，"还是爱惜点畜力吧。我们还得继续往前赶，还要让它们两个一个驮行李，一个驮两位女士呀。"

"那好吧，爵士。"艾尔通边答应着，边替那两头牲口解下套索。

大家匆匆吃完早饭，便开始商量起来。格里那凡爵士要求大家各抒己见。大家一致主张尽快向海岸进发。

"朋友们，现在，我们得派个人去送信，"爵士说道，"这是一趟极其辛苦的差事，说不定还会遇到危险的。谁愿意担此重任跑一趟呀？"

威尔逊、穆拉迪、孟格尔、巴加内尔，甚至小罗伯特闻言，争先恐后地表示愿意前往。不过，尤以孟格尔要求得最为坚决。而直到这时为止，一直没再吭声的艾尔通开口说话了：

"如果信得过我的话，爵士，您就派我去吧。这一带我熟悉，什么艰难的地方我都走过。只要您写封信给大副，让他相信我，我保证六天后'邓肯'号就能开到杜福湾来。"

"那好吧，艾尔通。"爵士说。

很显然，艾尔通去完成这项艰巨任务比任何人都更加合适，所以，大家也就没再去争。

艾尔通忙着做送信前的准备。两个水手在相帮着，一个帮他备马，一个帮他装干粮。而爵士则在给汤姆·奥斯丁写信。

他在信中命令"邓肯"号大副立刻把船开到杜福湾来，并特别强调来人忠实可靠，还命令大副，船到了东海岸之后，便立即派一队水手……

少校看着爵士在写，当他看到这儿时，却阴阳怪气地问爵士，艾尔通的名字如何写法。

"照音拼呗。"格里那凡爵士回答道。

"您弄错了，爵士，"少校神情严肃地说，"按音拼是'艾尔通'，但写出来却是'彭·觉斯'！"

第四十六章　ALAND-ZEALAND

彭·觉斯这个名字一经挑明，犹如晴天霹雳。只见艾尔通腾地一下挺起腰板，举起手枪，砰的一声，爵士应声倒地。随即，外面也枪声四起。

孟格尔和两名水手先是一愣，随即便猛地扑了过去，想制伏彭·觉斯。但是，那个穷凶极恶的通缉犯已经蹿入胶林中去，与自己的同伙们会合在一起了。

帐篷难挡子弹，只好退避。爵士伤得不轻，但已从地上爬了起来。

"到车上去！快到车上去！"约翰·孟格尔边喊，边拉上海伦夫人和格兰特小姐往外跑。她们立即蹦到牛车上，躲在厚厚的车厢板后面。

孟格尔、麦克那布斯、巴加内尔和两名水手眼疾手快地抄起枪来，准备还击。爵士和小罗伯特也都与两位女士藏在了一起。

这时，奥比内也从牛车上跳下来，准备参加到还击的队伍中去。

彭·觉斯一跑进树林，枪声也就随之停止了。周围一片死寂。只有胶树枝头还飘浮着几团白烟。

少校与孟格尔趁机来到树林边缘仔细侦察。那帮恶徒已经逃走了。地上留下了一些脚印以及一些尚在冒烟的火药引子。少校把那些冒烟的火药引子全给踩灭了。

少校同约翰一起在牛车周围搜索了一番，从树林边一直搜寻到斯诺威河边，也没有发现一个流放犯。这一伙歹徒突然之间逃得无影无踪，令人困惑不解，因此，大家更加提高了警惕。牛车被当成了防御堡垒，每两人一班，轮流守卫着。

海伦夫人和格兰特小姐抓紧时间为爵士包扎伤口。幸好，他并没有伤筋动骨，只是伤口流血很多。爵士忍着疼痛宽慰大家，随即，便让大家谈谈对这事的看法。

少校首先发言。他在谈及这次事件之前，先讲了海伦夫人尚不知道的那些事情，并把那份《澳大利亚暨新西兰报》拿给她看。少校介绍说，彭·觉斯是个作恶多端、穷凶极恶的惯犯，警方正悬赏捉拿他。

可是，少校是如何弄清艾尔通就是彭·觉斯的呢？于是，少校便讲述起来。

从一开始起，少校就凭着直觉对艾尔通有所怀疑，而且艾尔通的疑点多多，比如：在维迈拉河时，他与那个铁匠交换过眼色；每当要穿过市镇时，艾尔通总有所迟疑；他又一再地要求让"邓肯"号到东海岸来；他照料的牛马莫名其妙地先后死了；他的言谈支吾，举止躲闪……这一切，都让少校的疑惑越来越深。

不过，要不是头天夜里，他凭借那片植物所发出的光亮，发现了几个可疑的人的身影，偷偷地摸了上去，他也不敢那么肯定艾尔通就是匪首彭·觉斯的。

头天夜晚,他发现有三个人影,他们正在察看地上的印迹,他认出了其中有一个正是那黑点站的钉马掌的铁匠。他听见了他们的对话。

"就是他们。"一个说。

"没错,这儿还有三叶形马蹄铁的印迹。"另一个说道。

"从维迈拉河起,一直都是这样。"

"他们的马都死了。"

"毒马的药草这附近就有。"

"多得是,足够毒死一队骑兵的马的!这种胃豆草真管用啊!"

少校接着说道:"然后,这几个人就没再说话了,也走开去了。我还想听得明白些,把情况摸清,便又往前爬了一段。过了一会儿,那几个人又交谈起来,那铁匠说:'彭·觉斯真是好样的!他把船失事的故事编得活灵活现,天衣无缝!艾尔通那家伙真不简单!'接着,另一个纠正道:'还是叫他彭·觉斯吧,这个名字响亮得多!'这之后,几个人便离开了胶树林。"

"看来,"爵士气得脸色发白,说道,"艾尔通这厮,把我们引到这儿来,目的就是要抢劫我们,加害我们。这么说,这厮是盗用了艾尔通在船上的从业证书,冒名顶替!"

"这个问题很复杂,"少校平静地回答道,"我觉得,此人真名就叫艾尔通,而彭·觉斯只是他后来落草之后所起的诨名。他肯定认识格兰特船长,而且在'不列颠尼亚'号上当过水手。从艾尔通跟我们说的那些真实细节来看,这一点应该是确凿无疑的。因此,可以肯定,艾尔通和彭·觉斯实际上是一个人。"

"那么,您可否说一说,"爵士问道,"他既然是格兰特船长的一名水手,怎么会跑到澳洲来了呢?"

"怎么会跑到澳洲来了？这我可说不清楚。恐怕连警方都不知道。原因是必然有的，一时半会儿尚不得而知，不过，将来一定会弄清楚的。"少校回答道。

"这么说来，"海伦夫人说道，"那小子潜入奥摩尔农庄，是想伺机作案？"

"这一点是肯定的。"少校回答道，"他本想拿那个爱尔兰人开刀的，但又遇到了更好的机会，也就是说，我们送上门去了，因此，他便改变了原先的计划，冲我们下手了。于是，他便同其同伙，那个铁匠，在爵士的马上做了手脚，在其马蹄上装了一个三叶形的马蹄铁，他们便可一路寻踪跟来。最后，把我们骗到斯诺威河畔，就可以任意摆布我们了。"

少校把彭·觉斯的情况这么一阐释，大家便恍然大悟。

艾尔通的阴谋一败露，所有的希望也随之破灭了。"不列颠尼亚"号压根儿就不是在杜福湾触的礁！格兰特船长也根本就没有踏上澳洲大陆！

对那几封信件的错误判断把大家引入了歧途。

大家看着这两个愁容满面的孩子干着急，找不出任何话语来安慰他们姐弟俩。只见小罗伯特倒在姐姐的怀里不住地抽泣着。巴加内尔更是满腹懊丧，不停地嘟囔着：

"唉！这该死的信件！把大伙儿可给害苦了！"

爵士走出帐篷，到站岗放哨的穆拉迪和威尔逊那儿去了。

"这一个小时，听见什么动静了吗？"爵士问两位值勤者。

"没有，阁下，"威尔逊回答道，"那帮浑蛋大概走出老远去了。"

"那个彭·觉斯想必是去召集人马，再来袭击。"穆拉迪说。

这时候，孟格尔、麦克那布斯、巴加内尔也都走出帐篷，来到这里。他们已经看到了斯诺威河的凶猛水势。

"我们也不能在这儿坐以待毙,还得想法子,要做艾尔通在这之前要我们做的事。"孟格尔说。

"您这话是什么意思呀,约翰?"爵士追问道。

"我是说,既然到不了杜福湾,那就得派人去墨尔本。我们还有一匹马,请阁下把马给我,我骑马飞奔墨尔本。"

"在这么荒僻的陌生之地走三百英里地,简直是危机四伏呀!彭·觉斯那帮浑蛋一定是把大小路口全都封堵住了。"爵士说道。

"爵士,现在情况十分危急,容不得我们这么耽搁下去呀。艾尔通说他六天就能把'邓肯'号上的人带来这里,我决定只用五天时间,您看怎样?"

"我认为派人去墨尔本是刻不容缓的事,但孟格尔是船长,他不能冒这么大的风险,所以,还是让我去吧。"巴加内尔自告奋勇地说。

"您的话说得倒还在理,可是,为什么偏要让您去呢,巴加内尔?"少校接嘴说。

"我们也可以去!"穆拉迪和威尔逊同时叫嚷道。

"你们以为我就不能骑着马跑上这么两三百英里吗?"少校反驳道。

"这么看来,只有抽签来决定看让谁去了。巴加内尔,请您拿出一张纸来,写上咱们……"见众人争先恐后,爵士便说道。

"您的名字可不能写上,阁下。"孟格尔打断爵士道。

"那为什么呀?"爵士不同意地反问道。

"因为您的伤口还没愈合,怎么可以离开海伦夫人呢?"

"爵士,您可不能离开大家。"巴加内尔也表示反对。

"您绝对不能离开,爱德华,您是我们一行人的灵魂。"少校说。

"去墨尔本相当危险,我怎么可以把自己排除在危险之外,让大家为我分担呢?我希望自己能抽中。"

大家见爵士态度如此坚决,也不好再多加反对,只好把他的名字也给写上了。然后,大家便开始抽签,结果,让穆拉迪给抽中了,只听见他高兴得欢呼起来。

"爵士,我马上准备一下就动身。"穆拉迪立刻说道。

爵士紧紧地握住穆拉迪的手,一切尽在不言中,然后,他便让少校和孟格尔留下站岗放哨,自己回到牛车那儿去了。

大家决定,穆拉迪晚上8点出发。威尔逊负责为他备马。他准备把马左前蹄上的三叶形蹄铁弄掉,然后从死去的那几匹马的马蹄上随便找一个换上,这样就可以不给那帮匪徒留下可辨识的印迹了。

这时候,爵士则在给汤姆·奥斯丁写信,让穆拉迪带上。可他胳膊受了枪伤,无法握笔,只好请巴加内尔代劳。后者此刻正在思考问题,对周围的一切并没注意。他心里想着的只是那几封被他错误地阐释的信件,翻来覆去地斟酌着信件上的一个个字词,希望能够理出个头绪来。

所以,当爵士请他代劳时,他只是心不在焉地回答道:

"啊!好,我替您写。"

"汤姆·奥斯丁,急速起航,将'邓肯'号开到……"爵士开始念道。

巴加内尔正写完这个"到"字时,眼睛却扫到了地上的那张《澳大利亚暨新西兰报》(Australian and New Zealand Gazette)。那张报纸是折叠着的,报头上的报刊名只露出"aland"这几个字母在外面。巴加内尔手中的笔突然停下了,忘了自己在记录爵士口授信件的事。

"您怎么了，巴加内尔？"爵士疑惑不解地问道。

"噢！"巴加内尔仿佛顿有所悟似的猛地叫了一声。

"您在想什么心事啊？"少校问他。

"没什么，没什么。"巴加内尔连声否定着。

然后，他便念念有词地叨叨："阿兰（aland）！阿兰，阿兰！"

说着说着，他人已经站了起来，一把抓起那张报纸来。他抖动着那张报纸，仿佛有许多话要说，可一时又不知道从哪儿说起，傻呆呆地愣在那里，但不一会儿，便平静下来，眼里流露出得意的光芒，然后，平静地说道：

"往下念，爵士，我听着呢。"

于是，爵士又继续口授道："汤姆·奥斯丁，急速起航，将'邓肯'号开到南纬37度线横截澳洲东海岸的地方……"

"是澳洲吗？"巴加内尔问道，"啊，对的，是澳洲！"

随后，巴加内尔便离开了牛车，一边走，一边手舞足蹈地念念有词："阿兰！阿兰！西兰（Zealand）！"

第四十七章　心急如焚的四天

写完信后巴加内尔恢复了常态。但是，从他的眼睛里，你仍可以看出他心里藏着点什么，只是不肯说出来，总在那里不停地嘟嘟囔囔着：

"不，不，说了他们也不会相信的，再说，说也晚了，没有用了。"

6点光景，大家用完晚餐。天上大雨哗哗地下着，众人都挤到牛车上去。

8点钟时，天已经黑透了，给穆拉迪备好的马已经牵来了。

少校告诫穆拉迪，冲出埋伏圈之后，应该爱惜马力，宁可晚到半天，也别让马跑得精疲力竭，累垮了，欲速则不达。

孟格尔给了穆拉迪一把手枪，枪里装上了六粒子弹。

穆拉迪立即纵身上马。

爵士、海伦夫人、玛丽小姐等同穆拉迪一一握手道别。

"再见。"穆拉迪告别一声，很快就消失在树林边的小路上了。

穆拉迪离开之后，众人便齐集在牛车里。海伦夫人、格兰特小姐、爵士和巴加内尔待在前半节车厢里；奥比内、威尔逊和小罗伯特挤在后半节车厢中；少校和孟格尔在外面放哨。

放哨的这两位屏气敛息地倾听着，但是，狂风怒吼，很难辨别出什么异样的声响来。突然间,在狂风间歇的瞬间,他们听到了一声尖叫。

两人随即又竖起耳朵继续仔细地听着。突然间,那莫名其妙的尖叫声又传了过来,紧接着,又听到了枪声,但听得不十分真切。

这时,爵士走下牛车。他也同样听到了尖叫声和枪声。

"声音是从哪个方向传来的?"他问道。

"从那边。"孟格尔用手指了指黑暗中穆拉迪奔去的方向。

"我们过去看看。"爵士说着便背起了马枪。

"不能去!"少校阻止道,"很可能是歹徒想把我们骗离牛车。"

"如果是穆拉迪遭到那帮浑蛋的袭击呢?"爵士紧张地说。

"天亮之后,我们就能搞清楚的。"少校冷静地回答他道。

少校正这么劝慰着,突然传来一声呼救声。

呼救声是从枪声那边传过来的,离他们那儿不到半英里。爵士一把推开少校,要向那条小路冲去,突然又听到呼救声。

那呼救声离牛车约有三百步远。孟格尔和少校循声而去。

不一会儿,他们便看到了一个人影,正沿着树林边缘,跌跌撞撞地跑过来,嘴里不停发出呻吟声。

那人影正是穆拉迪,他身受重伤,同伴们搀扶他时,感觉摸到满手的血。

格里那凡、麦克那布斯和孟格尔连忙把穆拉迪抬回来。

此刻,大家全都惊醒了。巴加内尔、小罗伯特、威尔逊、奥比内纷纷跳下牛车;海伦夫人把自己的车厢让给了穆拉迪。少校连忙把穆拉迪的上衣脱掉,只见雨水和血水混在一起往下淌。少校在他的右肋下发现了刀伤。他赶紧替他清洗伤口,敷上厚厚的一层火绒,再裹上几层纱布,包扎好了,血终于止住了。海伦夫人喂了他几口水。

一刻钟之后，穆拉迪动弹了一下，随即微微地睁开眼来，嘴唇嚅动着，少校把耳朵凑上去，只听见他嘴里喃喃地重复着几个字：

"爵士……信……彭·觉斯……"

爵士摸了一下穆拉迪的口袋，那封写给奥斯丁的信已经不在了。

这一夜，人人都处于焦虑不安之中。穆拉迪一直高烧不退。海伦夫人和格兰特小姐一直守候在他的身边细心地照料着。

孟格尔、巴加内尔和格里那凡爵士天一亮便到周围仔细搜索。他们到了昨夜事发地点。那儿躺着两具尸体，是穆拉迪打死的，其中一具就是那黑点站的铁匠的尸体。

爵士等没敢继续往前搜索，害怕不安全，所以便折返回来。他边走边思索着，神情极其严肃。

爵士等人返回牛车，见小罗伯特飞快地迎了过来说：

"他好些了！他好些了！"

穆拉迪已经苏醒了有一个多小时了，高烧也退了。他神志稍一清醒，就立即要找爵士或少校。

过了一会儿，少校从牛车上下来，来到支着帐篷的那棵大胶树下，把穆拉迪说的说给大家听：

"穆拉迪走上那条小路后，大约走出两英里，突然看见有五个人影从暗处蹿了出来，冲到马跟前。

"穆拉迪举枪便射，仿佛有两个黑影应声倒地。凭借子弹射出的那点亮光，他认出了彭·觉斯也在那五个人之中。他还没反应过来，右肋便被捅了一刀，摔下马来。但他并没有昏厥过去，而那帮歹徒却以为他已经死了。他觉着有人在他身上摸来摸去，还说：'找到信了。'然后，又听见彭·觉斯说：'快给我！这一来，"邓肯"号就是我们的了。'接着，彭·觉斯又说：'快把马给我找回来,两天之内我就能登上"邓肯"号了,六天内就可以到达杜福湾。哼,让爵士那帮家伙在泥塘里泡着吧。你们赶快从根布比尔桥过河,到海岸边等我,我自有办法让你们上船的。把船上的人统统扔到海里去喂鱼,我们有了"邓肯"号,就可以在印度洋上称王称霸了。'穆拉迪被找回来时,彭·觉斯早已纵身上马,向卢克诺公路飞奔而去,而其同伙则向东南方向潜逃了。穆拉迪虽然身受重伤,但尚能迈得动步。他跌跌撞撞地往回走来,直到我们把他救起,抬了回来。这就是事情的全部经过。"

"海盗!'邓肯'号将落入这帮海盗之手!"爵士惊呼道。

"看来,我们必须在那帮歹徒之前赶到海边去。"巴加内尔说道。

"我们也学他们,从根布比尔桥过河!"爵士说。

"那穆拉迪怎么办呀?"海伦夫人说。

"我们轮流抬着他走!绝不能看着我的船员丢掉性命。"

"在硬闯之前,我看是否先侦察一下。让我去吧!"孟格尔提议道。

"我陪您去,约翰。"巴加内尔说。

于是,孟格尔和巴加内尔便全副武装,带足了干粮,上路了。

夜晚11点光景,威尔逊前来报告,说二人已经回来了。

"桥怎么样?有那座桥吗?"爵士连忙问道。

"有!歹徒们已经过桥而去了。只是……"

"只是什么……"爵士感到肯定又有问题,着急地问。

"这帮浑蛋过桥之后,便把桥给烧了!"巴加内尔回答道。

第四十八章 艾登城

第二天，1月16日，孟格尔和爵士便前往河边察看了一下水势，打算想法渡过河去。大雨过后，河水猛涨，尚未回落，浪涛汹涌，无法渡河，否则定会船毁人亡的。

于是，二人便回到了宿营地。这一天，爵士不知往河边跑了有多少趟，但总也没想出有什么办法可以渡河。

穆拉迪担心自己连累大家，便要求大家有法子过河，一定先过去再说。

可是，那条河仍然无法渡过去。1月17日，仍旧无法渡河。爵士急得团团转，海伦夫人和少校都在尽力地宽慰他。一想到彭·觉斯那厮已经准备好去抢夺船了，而"邓肯"号正开足马力自投罗网，船员们正步入死亡之路，他的心里就翻江倒海似的。

孟格尔也焦急万分。他在设法用大块的胶树皮制成小船。

1月18日，孟格尔便同威尔逊一起，抬着制成的小船，到河里去试。但刚一下河，小船就翻了，因为水流太急，二人差点送了命。

1月19日和20日，也这么过去了。少校和爵士沿着河边向上游走去，都走了有五英里地了，也没发现有任何浅滩可以涉水而过的。

彭·觉斯已经走了五天，船现在恐怕已经落入那帮歹徒的手中了！

不过，到了21日，出现了转机。洪水来得快，退得也快，巴加内尔早晨时发现水在回落，便立刻报告了爵士。

"哎！现在河水回落又有何用！太晚了！"爵士叹息道。

"您听我说，阁下，"孟格尔说道，"谁敢保证'邓肯'号就一定能开得了呢？如果一时还没修好，船暂时无法出海，也许会拖上好几天的。"

"您说得对，约翰，"爵士觉得颇有道理，回答道，"我们还是赶往杜福湾去吧。我们离德勒吉特只有三十五英里！"

"太好了！"巴加内尔说道，"一到杜福湾，我们就能找到交通工具，说不定就能防止这场灾祸发生了。"

孟格尔和威尔逊立即动手打造一只大木筏。活儿并不容易，直到第二天木筏才造好。

12点30分，大家把两天路程所需之食物搬上了木筏，剩余的同牛车、帐篷一样，全都丢下了。

1点钟时，大家便上到系在岸边的木筏上去了。孟格尔在木筏右边安了一支长桨，由威尔逊驾驶着，以免木筏被急流冲出航线。木筏尾部也安了一支又粗又大的橹，由他自己掌握，控制着木筏的前进方向。海伦夫人和格兰特小姐挨着穆拉迪，坐在中间。爵士、少校、巴加内尔和小罗伯特围在他们周围，保护着。

孟格尔解开系着大木筏的绳索，把它撑到河中间。漂流了半英里之后，木筏已经到了河中央，水势很猛，但没有旋涡，木筏反倒平稳多了。

于是，孟格尔和威尔逊又紧握住桨和橹，使木筏斜向前进，终于接近了对岸。谁知道到离岸边还有五十米处，威尔逊的桨断了，木筏立刻失去了控制,任由水流冲着。孟格尔见状,死死地把住橹。半小时之后,木筏总算撑到了对岸。

不料,木筏与岸边陡坡猛力相撞,绳子断了,捆绑在一起的木头散开,水直往上涌来。众人连忙抓住弯向河边的小树,先把穆拉迪和两位女士从水里拉出来;这三位已经是半截身子泡在水里了。最后,大家总算脱险了。不过,除了少校随身携带的马枪外,木筏上的所有武器和大部分干粮,全都随着木筏漂走了。

大家研究决定,不能耽搁,立即出发。穆拉迪不愿拖累大家,坚持要独自留下,等大家到了德勒吉特之后,再派人来接他。爵士当然不能同意:

"不行,绝对不行。我们来做一个软笾子,轮流抬着您走。"

很快,大家用桉树枝编成了一只大软笾,把穆拉迪硬装了进去。

爵士第一个抢着抬,他背起软笾一端,威尔逊则背起了另一端。大家随即便起身上路。

每抬十分钟就换班。天气闷热,路又难走,但没有一个人叫苦。

走出五英里后,天就渐渐地黑下来了,一行人便找了一丛胶树丛歇下来,把从木筏上抢出来的一点食物拿来充饥。

未承想,夜里却下起雨来。好歹熬到天亮,一行人又上路了。

傍晚时分,一行人在布拉山脚下的容加拉河畔宿营。少校弄到一只大老鼠,众人烤了烤,吃得连骨头渣儿都不剩。

23日,众人已经十分疲惫,但仍旧坚持上路。这一天,没有食物当早餐,一行人饥渴难忍,竟至一小时还走不了半英里的路。幸好,此时,他们已经走到了有灌木的地方。那些灌木长得像珊瑚似的,结有荚果,果内有水,可让众人喝个痛快。另外,巴加内尔又在一条干河沟里发现了一种植物,叶子很像苜蓿,叶上长有芽孢,大小如扁豆,用石头碾碎之后,呈面粉状,可制成粗糙的面包。因此,奥比内弄了许多这种大如扁豆的芽孢,贮存起来,以备不时之需。

第二天,24日,穆拉迪不用别人搀扶,自己走了一段。此刻,他们离德勒吉特只有不到十英里的路程了。

夜间,细雨霏霏,连续下了几个小时,一个个淋得浑身透湿。偶然间,孟格尔发现了一个伐木人丢弃的破棚屋,大家高兴地钻了进去。

第二天,天蒙蒙亮,一行人便踏上了征途。11点光景,已经可以望得到德勒吉特小镇了。这儿离杜福湾五十英里。

他们在镇子上,很快便找到了交通工具,再有二十四小时,就可以到达杜福湾,爵士心中重又燃起了希望之火。

中午,一行人美美地饱餐了一顿,然后便搭乘一辆五匹马拉的邮车,飞也似的出了德勒吉特镇。马车就这样以每小时六英里的速度飞奔着。

第二天,旭日初升,海涛声已隐约可闻,离海不远了。邮车需要绕过杜福湾才能到达奥斯丁驾船前来接应他们的地方。

海出现在眼前。众人齐刷刷地向海面望去。但见远方水天一色,不见有什么帆影闪现。

"到艾登城去。"爵士说道。

邮车立刻右转,驶上环绕海湾

的路，直奔五英里外的小镇。

车夫在标志港口的固定信号灯不远处把车停了下来。码头上停靠着几条船，但没有一条挂着玛考姆府的旗帜。

爵士、孟格尔、巴加内尔走下邮车，直奔海关而去。他们向海关关员打听了一番，查看了一下近几日进港船只登记簿。但是，一个星期以来，竟然没有一条船进入杜福湾。

一刻钟后，爵士给墨尔本船舶保险经理人联合会拍发了一封电报，然后，便一起坐上邮车，入住维多利亚大旅社歇息。

下午两点，有人给爵士送来一封电报，电报上写着：

杜福湾艾登城格里那凡爵士
"邓肯"号于本月18日起航去向不明
船舶保险经理人安德鲁

情况是明摆着的："邓肯"号已落入彭·觉斯之手，变成一条海盗船了！

原本是怀着极大的希望开始的澳大利亚之行，现在是在绝望之中结束了。也许再也找不到格兰特船长及其水手了。不仅如此，反而把自己的船员的性命也搭上了。

第四十九章　"麦加利"号

　　爵士确实是心灰意冷，难以支撑了。玛丽·格兰特见众人都耷拉着脑袋，自己也强忍着，不便再提寻找父亲的事了。这位善解人意的少女强忍着酸楚劝慰着海伦夫人，并率先提出返回苏格兰。孟格尔见她如此坚强，心中更增添了几分敬佩。

　　就在当日，众人商量决定返回欧洲，并决定尽快赶到墨尔本。第二天一早，孟格尔便忙着去打听开往墨尔本的船什么时候起航。

　　他以为艾登与维多利亚省省城之间来往班次一定很多，可是，泊于杜福湾的商船一共也就三四条，而且没有一条是驶往墨尔本的，更没有去悉尼或威尔士角的。而要回欧洲，只有这三处有船可搭，这可如何是好呀？这时，巴加内尔突然提出了一个出乎大家意料的建议来。

　　原来，巴加内尔曾跑到杜福湾去看了一下，了解到停泊在那儿的三四条船中有一条要驶往新西兰岛的奥克兰。所以，他便提议，先乘该船到奥克兰，在那儿换乘半岛邮船公司的船回欧洲。

　　说来也巧，奥克兰正好是在37度线上。

　　孟格尔支持巴加内尔的意见。他劝说大家接受这个建议，因为在杜福湾等船的希望十分渺茫。说服了众人之后，他便领着大家一起去看看那条大船。爵士、少校、巴加内尔、小罗伯特等在他的带

领下,坐上一只小筏子,不一会儿便靠上那条大船。

那大船名为"麦加利"号,是一条二百五十吨的双桅帆船。它专门跑澳大利亚和新西兰各口岸间的短程航线。

该船船长名叫威尔·哈莱,脸又胖又红,满脸横肉,塌鼻梁,脏兮兮,又是一个独眼龙,嘴唇上沾满烟油,看了让人直恶心。他正大声地骂自己的那五个水手,一副神气活现的样子,一看就是没有受过教育的人。

那船长见这几个生人前来,不禁大声喝问道:

"嗨!你们是干什么的?跑船上来干吗?"

"找人。"约翰回答他道。

"找人?找谁呀?"

"找船长。"

"我就是!有话快说!"

"您船上装什么货呀?"

"什么都装!怎么啦?"

"载客吗?"

"载啊!只要能吃得惯船上的饭就行!"

"自备干粮。"

"多少人呀?"

"十位,其中有两位女士。"

"这……"

第四十九章 "麦加利"号

"您直说了吧,到底行不行?"约翰直截了当地问道。

"肯出多少?"威尔·哈莱终于问道。

"您要多少?"约翰沉着地反问道。

"五十镑!"

爵士在一旁点了一下头。

"好,五十镑就五十镑。"孟格尔答应了他。

"定金!"威尔·哈莱边说边伸出手来。

"喏,拿去,二十五镑,先付一半。"约翰把定金交给船主。

"明天上船。中午前必须赶到,船不等人,到时便开。"

"中午前一定到。"

回答完这句话之后,五个人便离开了"麦加利"号。

"蠢货一个!"约翰悄悄地嘟囔了一句,"我看,此人以前像是干人肉买卖的。"

"管他像什么!"爵士说,"只要他是'麦加利'号的船长,只要这船是开往奥克兰的,就行了嘛!"

海伦夫人和格兰特小姐闻讯,十分高兴,尽管听说这条船条件太差,她俩也毫不在乎。奥比内则忙着去筹办路上的干粮。

这时候,少校也在忙着跑银行,把爵士到墨尔本联合银行的几张期票兑换成现金。然后,又去买了一些枪支弹药。而巴加内尔则弄到了一张精制地图,是新西兰全图。

威尔逊奉命到"麦加利"号上去打扫便舱,安排铺位。

一切准备就绪,这一天还剩下点时间。爵士便想到37度线上的海岸去看看。于是,爵士在孟格尔的陪伴下,骑上维多利亚大旅社老板为他们备好的快马,奔向向北绕着杜福湾的那条路。

海水轰然之声不绝于耳,正荡涤着礁石和沙滩,仿佛在诉说着往事。他俩怀着悲痛的心情,仔仔细细地、默然无声地在察看着每一处地方。但是，找来寻去，一点线索也没得到。

他们仍旧孜孜不倦地寻找着，几乎把这片荒凉的海滩都踏了个遍。最后，终于在一丛"米亚尔"树下发现了几堆最近留下的灰烬。随后，又在一棵大树脚下发现了一件破破烂烂的浅黄色毛衣，上面印着的帕斯监牢的囚犯号码仍依稀可辨。这就足以表明，这帮歹徒来过这里。

"您看到了吧，约翰？"爵士说道，"这帮浑蛋到过这儿！唉，我们'邓肯'号上的伙伴们……"

"是啊，"约翰也悲痛地说，"可怜的弟兄们，还没上岸就……"

过了一会儿，二人心情沉重地打马奔回艾登城。

当晚，爵士到警察局把彭·觉斯匪徒的情况报告了。警官班克斯听说匪首等一伙强人已经离去，仿佛心头的一块大石头落了地似的。他立刻做了笔录，并把情况向墨尔本和悉尼的上级发了电报。

爵士无奈地摇了摇头，返回了维多利亚大旅社。这一夜，一行人全都怏怏不乐，脑子里浮现的全都是一连串糟糕的事情。

而这时候，巴加内尔烦躁不安，像是有一肚子心事，人很压抑。

这天晚上，孟格尔把巴加内尔邀至自己的房间里，逼问他为何如此心神不定、心事重重的。

"巴加内尔先生，您别装了，您心里一定有什么事堵着。"

"哪有什么事堵在心里呀！我只是有点不由自主、百感交集罢了。"

"怎么就不由自主、百感交集了呀？"

"噢，噢，是悲喜交加。"

"悲喜交加？"

"是呀，到新西兰去，让我又喜又忧。"

"这是为什么呀？您是不是有什么眉目了呀？是不是又发现什么新线索了？"

"什么呀！没有，没有。"

第五十章　新西兰的历史

第二天，1月27日，一行人登上了"麦加利"号，住进了狭小的便舱。

晌午12点半，"麦加利"号起锚开船了。威尔逊好心好意地想帮上一把，可那威尔·哈莱却硬把他支开，不让他多管闲事。

那五个水手在船长的吆喝咒骂声中，手忙脚乱地总算把帆拉扯好了。可是，船却慢慢腾腾跑不起来，因为船头过沉，船底过宽，船尾粗笨，只能缓缓行走。

晚上7点，澳大利亚海岸和艾登港口的灯塔已经看不到了。这时，海浪越来越大，船颠簸剧烈，大家在便舱里实在是难受，但又不能跑到甲板上去，因为雨下得太大。爵士坐立不安，在踱来踱去；少校待在自己的铺位上，一动不动；孟格尔则时不时地跑到甲板上去观察一下风浪的情况；小罗伯特则每次都跟在他屁股后面；巴加内尔则是独自守着一隅，嘴里不住地嘀咕着，不知在说些什么。

我们的这位可敬的地理学家究竟在想些什么呢？他默默地温习着新西兰的全部历史，它的过去又全都浮现在他的脑海中了。

新西兰到底是不是大陆？新西兰的两个岛可否称之为大陆？他在想：

"contin，contin，这个字就是'大陆'呀！不是岛呀！可是，大的岛可不可以称之为'大陆'呢？"

这时，他又回想起那些航海家发现这南海上的两个大岛的经过。

那是1642年12月13日的事。荷兰人塔斯曼发现了凡第门陆地之后，就把船开往新西兰那一带没有人到过的海岸去了。他沿着海岸行驶了几天之后，于17日驶入一个大海湾，尽头是一条海峡，夹在两座岛屿之间。

于是，塔斯曼便派了几只小船登陆，归来时，还带回两只独木舟，上面坐着一些土著人。这些土著人肤色有棕有黄，中等身材，干瘦，黑发盘在头顶上，头上还插着一根长而宽的白羽毛。

欧洲人与土著人第一次相见后，似乎已成为朋友。但是，第二天，塔斯曼船长派出一只小艇探看附近海岸有无合适的停泊点时，却受到了七只土著人的独木舟的猛烈攻击。水手长脖颈上挨了一枪，先跳水逃命，其他的水手死了四人，还有两个与水手长一起奋力游向大船，总算保住了性命。

塔斯曼船长见情况不妙，立即下令开船，一边随便地放了几枪。因此，这个海湾至今仍被称作"杀人湾"。大船离开这个"杀人湾"后，一路向北，未敢轻易停留。1月5日，才在北角附近停了下来。但这儿波浪很大，又有土著人的怒目而视，无法靠近补充淡水，只好离开了这个地方，并把此处命名为"斯塔腾兰"。

塔斯曼船长离开新西兰之后，一百年内，没有人再注意过这块陆地，新西兰仿佛已不复存在了。

1769年10月6日，著名的库克船长出现在这一带海岸。他把他的"奋勉"号停泊在塔维罗阿湾，想施与小恩小惠来笼络土著人。他先抓来两三个土著人，硬往他们身上塞好东西，然后，把他们放走。这几个土著人回去后这么一宣扬，消息便不胫而走，一下子全传开了。没几天，就有几个土著人主动地跑到库克船长的"奋勉"号上来，要同欧洲人做买卖。过了几天，库克船长便把船开到北岛东岸的霍克湾去。没想到，在那儿却遇上了一群张牙舞爪的好斗的土著人。库克无奈，便放了一枪，吓住他们，自己则开船离开了此地。

10月12日，"奋勉"号停泊在脱可马鲁湾内。这儿住有二百多个性情温和的居民。库克船长在这一带停留了五个月，搜集了许多奇珍异品及有关人种学方面的资料。1770年3月31日，他便以自己的名字给那条分隔两座岛的海峡命了名，然后就依依不舍地离开了。1773年，这位伟大的库克船长又一次来到霍克湾，亲眼目睹了吃人的事。

在他第三次航行时，他又到了这一带，他喜欢这个地方，同时还想把这一带的水道给测量出来。1777年2月15日，库克船长离开了这里，从此就再也没有来过了。

1791年，樊可佛来到了幽暗湾，停泊了二十来天，几乎一无所获，无功而返。1793年，丹特尔加斯陀在伊卡那马威岛进行过测量。商船队队员霍森和达林普，以及后来的巴顿、理查逊、穆迪等，也都到过这一带。最后，萨法奇博士也来了，在这儿待了五个星期，搜集了不少新西兰人的风俗习惯方面的有趣的资料。

1805年，也就是巴顿前来的那一年，酋长兰吉胡的侄子杜阿塔拉搭上巴顿的船。当时，他指挥的这条船还停泊在群岛湾，船名为"阿尔哥"号。

直到1816年，新西兰都无人再来探访，只有一位名叫桑普生的人跑来游历了几天。

1828年，詹姆斯指挥的英国双桅船"霍斯"号却运气不佳，到了群岛湾后向东驶去，遇到了一个狡猾奸诈的酋长，名为艾那拉罗，遭受了巨大损失，好几个水手惨死在那里。

新西兰土著人的残酷行为大多带有报复性质。他们待人的亲疏好坏，得视船长的态度而定。

后来，英国的探险家伊尔来到了这两座大岛，考察了那些前人未曾到过的地区，自己倒是没有受到土著人的虐待，却亲眼目睹了土著人吃人的现象。

自此之后，新西兰人已经会使用火器，战斗力增强，以致血腥事件更是层出不穷，愈演愈烈。所以，在伊卡那马威岛，以前十分繁荣的许多地方，而今已是一片荒凉，有些部落整个地被灭掉了……

巴加内尔如此这般地在脑海里把新西兰的往昔回忆了一番，心里更加地急躁，他绞尽脑汁，思来想去，总也想不出新西兰是个"大陆"，而求救信上的那个字——"contin"令他始终想不出什么新的解释来。

第五十一章 新西兰岛上的大屠杀

1月31日,开船已经四天了,"麦加利"号走了还不到三分之二的航程。哈莱船长很少过问。他成天喝酒,整天醉醺醺的。他的水手也全都同他半斤八两。

孟格尔心里直冒火,可他又不便指手画脚。有几次船猛地一晃,差点儿翻了,幸亏穆拉迪和威尔逊眼疾手快,抢过舵把儿,才把船给稳住了。威尔·哈莱竟然还跑出来,对帮忙的他俩骂骂咧咧

的。他俩便与他对骂开来,并要把这个醉鬼捆起来,扔到底舱里去。多亏了孟格尔从旁劝解,才使这场风波平息了下来。

但是,约翰对这条船总不放心,一颗心总是悬在那里,老怕船会出事。他把自己的担心告诉了少校和巴加内尔,而没对爵士说,免得他心里着急:

"不管怎么着,反正快靠岸时,一定得把那家伙弄醒了。"

"船一毁,人只好在水里扑腾

着往岸上游去！"少校无可奈何地说。

"只要来得及，逃得及时，还是有希望游到岸上去的。"

"可是，爬上岸说不定也是个死呀！"巴加内尔说道，"新西兰这一带对外来人持仇视态度，毛利人的凶狠在印度洋一带是出了名的！他们同澳大利亚土著人可不一样，毛利人狡猾、嗜杀，而且喜食人肉。落到他们手里，可就没救了。"

"照您的意思，如果格兰特船长是在新西兰海岸沉的船，我们就不必再去寻找他了？"少校反问道。

"找还是得找的，在靠近海岸的地方可能会找到点'不列颠尼亚'号的踪迹，但往内陆地区去寻找，就很危险了。而且，找也无益，因为毛利人总是杀无赦的。"

巴加内尔这么说也不能责怪他，在新西兰遇难的航海家可不少。塔斯曼船长的水手惨遭杀害，而且被吃掉了。其后，还有不少的人遇害：脱克内船长及其水手们，"雪内可夫"号渔船上的五个渔民，双桅船"兄弟"号的四名水手，盖兹将军手下的几名士兵，"玛提达"号上的几名逃兵。

其中最为骇人听闻的当属法国兵舰舰长马利荣了。1772年5月11日，他率领的"马斯加兰"号和克劳采舰长指挥的"卡特利"号停泊在群岛湾里。新西兰人对他们殷勤有加，帮他们干活，目的就是刺探船上的情况。他们的酋长名叫塔古力，此人诡计多端，十分狡猾。他表面上装得怯生生的样子，心里却盘算着如何伺机杀人。他热情有加地给法国人送这送那。然后，他又邀请舰长到村中做客，热情地款待他们。这两位舰长终于被他迷惑住了。

马利荣舰长的兵舰停泊在群岛湾里，因为几次大的风暴吹断了一些桅杆，便去内陆寻找木材更换坏桅杆。5月23日，他发现了一片高大的柏树林，离海岸只有两法里，而柏树林附近就有一个小海湾，离兵舰只有一法里，非常方便。

于是，舰上三分之二的水手都到那儿去伐木了。他们还开辟了一条小路通向那个小海湾，以便运送树木。除了这个工作点外，另外又选了两个地方：一个在港湾中心的那个名为毛突阿罗的小岛上，船上的伤病号、铁匠、箍桶匠都集中于此；另一个在岸上，离兵舰一法里半，用作运送做好的桅杆。一些身强力壮的毛利小伙子有说有笑地在上述工作场干活，与水手们亲如一家人似的。时间一长，法国人也就渐渐地放松了警惕，马利荣舰长最后竟然下令派出的小艇无须全副武装。克劳采舰长却认为这样不行，劝他收回成命，但马利荣舰长并未听从。

自此，新西兰人显得更加热心、殷勤、积极。塔古力酋长有时甚至还带上自己的儿子在兵舰上过夜。6月8日，马利荣舰长应邀上岸做正式访问，所有的土著人都尊称他为"大酋长"，还在他的头上插上四根白羽毛，表示最崇高的敬意。

6月12日午后2点，马利荣舰长乘小艇准备到塔古力的村子里去钓鱼，随行的有两名年轻军官——佛德利古和勒伍，以及一名志愿兵、教官和十二名水兵。塔古力和另外五位酋长热情地伺候左右。

第二天9点钟光景，"马斯加兰"号的值勤水兵发现海上有一个人，正拼尽最后的力气游过来，便连忙放下救生艇，把他救了上来。

被救上来的是护卫马利荣舰长去钓鱼的水兵屠尔内。他腰部被铁矛扎了两处。于是，他便将骇人听闻的惨剧一五一十地告诉了大家。

原来，马利荣舰长所乘坐的小艇于早晨7点光景划到村边靠岸之后，十七个法国人都分别被土著人热情地迎到家中。

第五十一章 新西兰岛上的大屠杀

突然间，情况骤变。许多毛利人手握长矛、木棒和铁锤等奔来，十多个人围殴一个。只有屠尔内腰部被扎了两铁矛，竟然逃脱了，躲入丛林，后跳入海中，拼命向兵舰方向游来。

兵舰上的人闻此暴行，怒气顿生，报仇的呼喊声响彻云霄。但是，首先应设法把尚留在岸上做收尾工作的水兵救出来，然后再考虑报仇的事情。何况克劳采舰长前一天晚上在伐木场过夜，也没有回舰上。

舰上的最高临时代理代表舰长发布命令，派出一队水兵乘大舢板前去救援。他们发现马利荣舰长乘坐的小艇后，便立即上了岸。

下午2点，一直没有获知大屠杀惨案的克劳采舰长，看见自己的水兵后，恍然大悟。他立刻下令把一些重要工具毁掉，把工棚烧掉，迅速撤离。毛利人早已占据了这一带的有利地形，一见法国人要撤，便一窝蜂地冲了过来。法国人总算撤到了岸边，上了留在那儿的几只大舢板。上千名毛利人也跟踪而至，石块像雨点似的向大舢板飞来。水兵中有四个神枪手，忍无可忍，举枪向岸上射去，把几个在岸上指挥土著人进攻的酋长给击毙了。土著人见火器如此了得，全都吓傻了，目瞪口呆地站着动弹不了。

克劳采舰长登上了"马斯加兰"号，立刻又派一队水兵到毛突阿罗岛救援，把伤病员救回到兵舰上来。

第二天，又派了一队水兵前去增援，并命令将水舱蓄满淡水。毛突阿罗岛上共有三百来个毛利人。他们开始骚扰起水兵来。法国人洗劫了毛突阿罗岛上的这个毛利人村落，打死了六个酋长，杀死了许多毛利人，一把火把村子给烧了。克劳采舰长一面加紧储备淡水，一面让人把"卡特利"号的桅杆最后安装完备。

一个月过去了，土著人曾不止一次地企图夺回毛突阿罗岛，但都未能得逞，他们的独木舟经不起兵舰上的大炮的轰击。

现在，对于法国人来说，重要的是必须弄清那十六个同胞中是否有人依然活着。有人活着就得去救，同时，也必须为死者报仇。于是，一只舢板载着一队水兵划到塔古力的村落去了。可塔古力十分狡猾，听到风声，立刻穿上马利荣舰长的大衣，逃之夭夭。水兵们仔细地搜索了该村。在搜索到塔古力的屋子时，发现了一个刚烤熟的人头，上面还留有牙印……

1772年7月14日，两艘兵舰驶离了这个令人发指的海岸。

第五十二章 暗礁

2月2日,"麦加利"号已经走了六天了。海上刮的是西南风,风帆鼓鼓,整个骨架都在咯吱咯吱地响着,让人提心吊胆。

雨仍继续地下着。巴加内尔为了给大家消愁解闷,就没话找话地说点故事来逗乐,可众人心中愁云密布,无心去听。

这一天,大风吹走了一些云雾,天空清亮了一块。爵士连忙举起望远镜观察。约翰走近他。

"陆地不在左边,阁下,您请朝右舷看。"约翰说道。

"我不是在寻找陆地,"爵士回答道,"我是在找我的'邓肯'号!"

"愿上帝保佑我们别碰上它!要是碰上了它,阁下,您瞧瞧我们这条破船,还跑得了吗?"

孟格尔言之有理。在这一带海面上,流放犯和海盗们活动猖獗,一旦遇上他们,就无望返回祖国了。

但是,到了晚上7点光景,天空像是突然黑了下来,墨黑一片。连哈莱船长也从醉乡中惊醒了过来。

哈莱唤醒水手,叫他们落下顶帆,扯起夜航帆。约翰·孟格尔看着,心中不免暗暗称赞,此人还是颇有航海经验的。爵士也同约翰一样一直待在甲板上,心里很不踏实。

又过了两小时,海浪越来越大,船的底部震动得剧烈。海浪冲上甲板,船内积了不少的海水。突然间,左舷边杆上挂着的小艇被海浪给卷走了。

将近11点30分时,待在甲板上的孟格尔、威尔逊等人突然听到一种异样的声响,极其吓人。约翰不由自主地抓住威尔逊的手说:

"是逆浪!"

"没错,是逆浪!是浪触礁石所发出来的声音!"威尔逊回答道。

"顶多也就四百米吧?"孟格尔探身舷外,查看海浪,大声喊道,"测水深!快!威尔逊,快测!"

威尔逊赶忙抓起测水锤。绳子从威尔逊指缝中溜下去,但只溜下三节,便停住了。

"啊,只有九米!"威尔逊喊道。

孟格尔一听,立刻冲到哈莱面前,大声吼道:

"船长,船都上了礁石了!"

威尔·哈莱听了,无可奈何地耸了耸肩。约翰·孟格尔没有管他,径直奔向舵把处,伸手转舵。同时,威尔逊在拼命地拉着前桅的调帆索,让船凭借风力转向。

约半分钟的工夫,船头扭转了方向,躲避开了右边的礁石。

不一会儿,船右舷也传来了逆浪声。约翰被迫再转动舵把儿,调整帆索。暗礁太多,必须赶快掉头。

"舵把儿转向下风船舷！快！"约翰冲威尔逊大声嚷道。

可是，船又进入另一个礁石群了。突然，砰的一声，船撞到礁石。突然，又一个大浪涌来，把船冲起，托送到礁石面上，然后，猛然放下，前桅连帆带索全都折倒下来。这么碰撞了两三次之后，船便动弹不了了，呈三十度倾斜在那儿。

众乘客纷纷奔出舱外，跑向甲板，但海浪正猛冲甲板，待在上面也是相当危险的。约翰怕出意外，把大家都劝回到便舱里去。

"情况到底怎样，您说实话，约翰？"爵士沉着地问道。

"沉倒是沉不了，爵士，"孟格尔船长回答道，"但船会不会被巨浪击散掉，这就说不准了。"

"那就在这儿等待天亮吧，约翰。"

清晨4点光景，东方泛白，海面晨雾弥漫，波浪在轻轻地涌动。

约翰第一个跑上甲板。渐渐地，天已大亮。晨雾渐渐消散，黑色礁石渐渐地露出峥嵘的样子。稍远处，有一座灯塔在闪烁着红光。陆地就在眼前，顶多八九海里的样子。

"哈哈！看见陆地了！"孟格尔大声叫喊道。

同伴们猛一激灵，全都醒了，纷纷跑上甲板，静静地望着远处出现的陆地。

"那个船主呢？"爵士突然想起，不禁问道。

穆拉迪和威尔逊便四下里找寻，但找遍了整条船，也没见他们的人影。

"都跳海逃生了吧？"巴加内尔说。

"很有可能，"孟格尔说着，便向船尾走去，"快去找小艇！"

威尔逊和穆拉迪跟着孟格尔向船尾走去，准备帮忙把小艇放到海里。但走去一看，小艇早就没了踪影。

第五十三章 临时水手

哈莱船长及其水手趁爵士等人安睡时,摸黑放下小艇,逃命去了。

"那帮浑蛋全都溜了,"约翰向爵士报告说,"这倒也不错,爵士,省了不少麻烦。"

"我也是这么想的,"爵士回答道,"船总得有船长,您就当吧,约翰。我们几个技术不行,就权且当您的临时水手吧!"

众人闻听,都鼓掌赞成,立即跑到甲板上列好队,听候新船长指示。

约翰朝海面看了一眼,又看了看损毁的船桅,想了一下说道:

"要脱险,只有两个办法:一是把船弄下礁石,开到大海里去;二是做一木筏划到岸边去。"

"我看还是第一个办法好些,如果能行的话。"爵士建议道。

"是的,就近着陆,没有交通工具,上岸后也麻烦。"约翰附和道。

"在荒僻的海岸上岸是很危险的，这可是新西兰呀！"巴加内尔说。

"先检查一下船的损毁情况吧。"少校提议道。

爵士、约翰和穆拉迪忙把大舱盖掀起，下到货舱里去。货舱里装满了硝过的皮革，约有二百吨，胡乱地堆放着。约翰立刻下令将一部分皮革捆儿扔到海里去，以减轻船的重量。

一连忙乎了三个小时，船底清理出来，可以检查船底的情况了。船底左侧发现两个接缝口裂开来。幸好，船是向右倾斜的，左边翘起，露出水面，水没涌进舱内。威尔逊连忙用麻丝塞进裂缝，再钉上一块铜片，修补好了。

底舱积水还没到两尺深，用抽水机一抽就行了。

至于船体外壳，经检查并无大碍。

最后，威尔逊又潜入水下，摸清船头触到了一片泥沙滩，船嘴的下部和将近三分之二的龙骨都深嵌在泥沙之中，但船身的大部分却浮在水上。水深有五米，舵尚可自由转动。

约翰本想利用涨潮把船开出去，但此时潮头并不大。船这时更加地向右倾斜，用不着再支撑它了，所以约翰便想用船上的帆架和其他木料打造一个临时前桅杆，但这得花费时间，到第二天中午方能完工。

"动手干吧。"孟格尔说干就干，下达命令道。

临时水手们听到命令，立即动起手来。小罗伯特也跟着忙乎，像只猴子似的蹿上蹿下，绝对不亚于一个见习水手。

为了让船涨潮时船头翘起，先得在船尾抛下两个锚。

"没有小艇怎么办呀？"爵士问道。

"用断桅和酒桶扎个木筏，就行了。这船的锚不算大，抛起来困难要小些。只要锚吃上劲儿了，我自有办法。"约翰船长胸有成竹地说道。

于是，所有的人都上了甲板。大家齐动手，把残桅弄断，脱下桅盘，扎起空酒桶，安上船橹。

木筏刚完成一半，日已偏西。

为了赶着落潮放筏，约翰忙去测量方位，留下爵士指挥造筏。幸好，在哈莱的舱房里找到了一本格林尼治天文台的年鉴和一个脏兮兮的六分仪，开始测量方位。

既然是在新西兰西岸，经度已知，需要测定的是纬度。

约翰利用六分仪，测出"麦加利"号的方位为东经171度13分，南纬38度，误差不会太大。

约翰拿来巴加内尔在艾登购买的地图一查，发现此处已是奥地湾口，卡花尖角北面，系奥克兰省的海边。奥克兰城位于南纬37度线上，"麦加利"号现已偏南了一纬度，必须往北行驶一纬度方能驶抵奥克兰。

"也就是再多走二十五海里嘛，没什么大不了的。"爵士说道。

下午两点，木筏终于造好。便锚搬上了木筏，约翰和威尔逊在船尾系上一条细铁链拴着便锚，登了上去。木筏正顺潮而上，漂至一百米远处，二人连忙把便锚抛下，水深十米。

锚扒住了海底，木筏返回大船。

接下来得把主锚抛下去。于是，众人七手八脚地把主锚抬到木筏上。二人在便锚附近扔下主锚，那儿水深四十米。

二人随即沿着粗铁链返回"麦加利"号。

细铁链和粗铁链都卷在绞盘上，只等着下一次的涨潮了。下次涨潮在午夜1点半。此时刚刚下午6点。

约翰对他的临时水手们大加夸赞与鼓励。

第五十三章 临时水手

奥比内忙了半天修船的活儿之后，又进了厨房，为大家预备了一顿好饭菜。

为了保证万无一失，孟格尔又督促大家减轻船上重量，并弄一些重物到船尾，使船头翘起来。威尔逊和穆拉迪还滚了许多空桶到船尾，把桶装满水，帮助船头翘起。

全部弄完之后，已是午夜12点半了。人人都累得筋疲力尽的，但仍拼足力气在转动绞盘。

约翰见此时风向改变，便决定第二天再开船；威尔逊和穆拉迪也发现风向由西南转为西北了，所以也非常赞同约翰船长的意见。于是，他便把这一情况报告给了爵士。

"现在，大家都累得不行，无力把船弄浮起来，"他对爵士解释道，"再说，即使船浮起来，险滩环绕，天又这么黑，根本无法驾船，还是等到白日里再干好。而且，看起来，明天风向会变，我们就可以借助风力了。西北风刮起，风力压下船尾，潮水冲起船头，省时省力！把主桅上的帆一扯起来，风帆就会帮船增添很大的力量的。"

爵士同巴加内尔一样，心里十分着急，但约翰船长的解释非常有理有力，所以便欣然同意了他的决定。

一夜无话。大家轮流值班，尤其是看护好船锚。

天色渐明，果然西北风起，而且越刮越大，真乃是天遂人愿！临时水手们立刻集合起来，大家都在忙着做好准备。

此时已是上午9时，距离满潮还有四个小时，但大家都没有闲着。约翰在船头忙着装便桅；海伦夫人和格兰特小姐也不肯闲着，十分认真地把一张备用帆换到小顶帆的帆架上。

潮水在不断地上涨。放眼望去，海面上波浪翻滚，一浪接一浪，海水层层叠叠地涌了过来。开船的时刻即将来临，人人喜形于

色,只等着船长一声号令,马上动手,让大船离开海滩。约翰仍在仔细地探身观察着海潮。已经下午1点了,海潮已至最高点,随后便将落潮。其间隔也许只是一秒钟的事。只听约翰一声大喊:

"转绞盘!"

格里那凡、穆拉迪、小罗伯特在一边,巴加内尔、麦克那布斯、奥比内在另一边,拼命地推动着杠杆,转动着绞盘。与此同时,约翰和威尔逊则在转动着侧杠杆,帮一把力。

"使劲儿!使劲儿!"约翰船长在喊,"大家一起使劲儿!"

两条铁链被拉得笔直,但锚却死死地扒住海底。这可是千钧一发之时,稍稍延误,满潮就将退去。风越刮越猛,帆吹得鼓鼓的,都贴住桅杆了,在倒推着大船。船身在晃动,似乎已经漂浮起来。再稍加点力,便成功了!

"海伦!玛丽!快来帮一把!"爵士大声地呼唤道。

两个女子一听,便立即冲了过来,帮着推动杠杆。只听见绞盘咔吧一声,最后响了一下,就不再动了。

大船也没有再动。功败垂成!潮水已经开始回落。

第五十四章 吃人的习俗

第一个脱险办法不灵,应该立刻尝试第二个办法,绝不能有丝毫的耽搁。如果在这条浮不起来的船上干等着别人前来救援,那恐怕是坐以待毙,因为这条船迟早会被巨浪击碎的。

还是抓紧时间,赶快打造木筏,尽快地划到新西兰海岸上去。这没什么可以讨论的。说干就干,大家立刻动起手来,干到傍晚,已经基本就绪,只因天色渐晚,天黑了下来,暂时停下休息。

晚上8点光景,吃完晚饭之后,海伦夫人和玛丽小姐回到便舱休息。巴加内尔同朋友们一起在甲板上边踱着步,边谈论着。小罗伯特不肯休息,也跟大人们在一起,聚精会神地听着他们谈论一些严肃的问题,心想,说不定以后自己也能为大家做点什么的。

巴加内尔问约翰·孟格尔能否撑着木筏沿海岸行驶到奥克兰去,中途不在这附近靠岸。约翰回答他说,木筏简陋,一直撑到奥克兰是不可能的。

"木筏不成,用'麦加利'号上的小艇行不行呢?"巴加内尔又问道。

"那倒还成,不过只能晓行夜宿。"约翰回答道。

"这么说,那帮浑蛋故意撇下我们,去奥克兰了?"

"请您别提那帮浑蛋了,好不好?"约翰说,"没准那几个醉鬼在黑夜里早已掉进海里喂鱼了。"

"那是他们活该，"巴加内尔应答道，"不过，我们也活该倒霉。如果当心一点，不让他们偷走小艇就没事了。"

"您这不是马后炮吗，巴加内尔？好在有木筏了，我们是可以上岸的。"爵士反驳他道。

"我想说的就是千万别上岸去。"巴加内尔强调一句。

"为什么呀？不就是二十英里的路程吗？潘帕斯大草原、澳大利亚，我们都闯过来了，什么苦头没吃过呀！二十英里算得了什么！"爵士说。

"我不是在说二十英里的路！"巴加内尔着急地说，"路倒真的不算远，可这是在新西兰呀！我可不是胆小，走南美穿澳洲还是我提议的。但这儿可不同呀！"

"总比待在搁浅的船上等死强呀。"约翰说。

"土著人很可怕！"巴加内尔固执己见地说道。

"土著人？我们设法避开他们走不就得了吗？"爵士反驳道，"再说，十个欧洲人，全副武装，还怕几个坏蛋不成？"

"那可不是几个坏蛋呀，"巴加内尔摇晃着脑袋更正道，"他们可是一个个可怕的部落，他们反抗英国人的统治，拼命抵抗，常常把入侵者杀了，吃掉！"

"那不是吃人的恶鬼吗？"小罗伯特紧张地说，接着便喊起来，"姐姐！海伦夫人！"

"别怕，别怕，孩子，"爵士连忙安慰他道，"他在吓唬人！"

"吓唬人？"巴加内尔说，"小罗伯特已经长大了，我吓唬他干吗？我说的都是真的。新西兰人可不是菩萨。就在去年，一个英国人，名叫瓦格纳的，就惨死在他们手下。惨案就发生在1864年呀！就在奥波基迪，离奥克兰只有几法里，光天化日之下！"

"得了吧,巴加内尔,"少校说道,"您说的都是旅行家们的传闻,他们就是专门喜欢编些耸人听闻的瞎话来吓唬人!"

"他们讲述的当然是会有水分的,"巴加内尔反驳道,"不过,有些人可是一向说话谨慎,从来不会撒谎的,比如牧师肯达尔、马德逊、船长狄龙、居威、拉普拉斯等人。据他们的讲述,毛利人的酋长死后,要杀人祭献,因为他们认为只有杀活人做供品,才能平息死者的怒火,否则死者会变成厉鬼要来拿活人泄愤的。此外,他们也认为这是为死者送去仆人。可是,被杀的人当完供品之后,往往被他们吃了。由此可见,他们是假借祭献来吃人肉而已,是他们的喜好使然!"

巴加内尔说得有板有眼,有理有据,令众人信服。于是,他便继续说道:

"说实在的,吃人的风俗在最文明的民族的祖先中也存在过。而且这还不是个别现象,是带有普遍性的,在苏格兰的祖先中尤甚!"

"真的吗?"少校惊讶地问。

"当然是真的,少校,"巴加内尔回答道,"您若不信,就读读圣哲罗姆描写苏格兰阿提考利人的那些文章吧。在伊丽莎白女王时代就有,还不用说远古时代了。莎士比亚的《威尼斯商人》中不是有个匪徒名叫索内·宾的吗?他就是因吃人肉而被判处死刑的。他为什么吃人肉呀?并不是因为宗教信仰的缘故,而纯粹是肚子饿得受不了导致的。"

"确实是饿极了?"约翰追问道。

"是的,是饿极了,"巴加内尔重复道,"因为没有别的可吃的,什么动物都见不着。苏格兰人吃人肉的原因也在于此,这个荒僻之地,鸟儿都不飞,野兽都不来,只能是吃人肉了。而且,他们吃人肉还分季节，如同文明国家有打猎季节一样。一到打猎季节，他们就大打一仗，战败的部落便成了战胜的部落的盘中餐了！"

"这么说，照您的意思，这吃人的习俗还很难改变，非得等到猪牛羊满圈才有希望了？"爵士说道。

"正是，亲爱的爵士。"

"他们是怎么个吃人肉法？是生吃还是煮熟了再吃？"少校在刨根问底。

"哎呀，麦克那布斯先生，问这干什么呀？"小罗伯特表示不满地说。

"孩子，应该问清楚呀，"少校故作正经地说，"万一我落到他们手里，我倒是愿意被煮熟了再吃，我还可以多活上一会儿，而不至于被生吞活剥了，那太难受了。"

"照您说的，少校，活煮也难受的。"巴加内尔一本正经地反驳他道。

"既然如此，反正都是死，那就随他们的便吧。"少校回答道。

"我实话告诉您吧，"巴加内尔又说道，"新西兰人吃人肉是煮熟了或烤熟了才吃的。他们很会拾掇，烹调手艺很有一套。可我，说实在的，实在是不想被他们吃掉。一想到自己被吃进未开化的人的肚子里去，真不是个滋味呀！"

"说一千道一万，你们的意思很清楚，就是不能落入这些人的手中。"约翰像是做总结似的说道。

第五十五章　一行人到了本该避开的地方

第二天，2月5日，上午8时，木筏终于做好了。为了保险起见，木筏上又加了六只空桶，还把舱口格子框绑在木筏底部，以减少木筏上的水。同时，挡水板也钉在了木筏周边，以防浪涛打到木筏上来。尾部又安装了一个宽舵把儿，以控制方向。木筏可以说是打造得既结实又完美。

9点光景，大家齐动手，把吃食先装上去。有些罐头肉、粗制饼干、咸鱼、粗粮等，已装进木箱中密封起来。随后，把枪支弹药也装了上去。

10点光景，潮水开始上涨。

"上筏！"约翰命令道。

风在渐渐加大。木筏一开始很顺利。尽管礁石环生，但凭借经验与毅力，再加上技术娴熟，倒是没出现什么问题。

时近晌午，距海岸只剩下五海里了。天气晴朗，能见度好，极目远望，可以看到岸上的山峰树木影影绰绰的。仔细观察，可以发现南纬38度线上的比龙甲山的主峰，状若抬颏张嘴的猴头。

12点30分，巴加内尔指着海面告诉大家，潮水已经完全盖过了礁石。

"还露着一块礁石！"海伦夫人说。

"哪儿?"巴加内尔忙问。

"那儿!"海伦夫人指着前方一海里远处的一个黑点说。

"真的是!看清楚它点儿,免得撞上去。"

"它正对着那座山北边的尖棱儿,"约翰观察一番后发布命令,"威尔逊,小心点,绕开它!"

"是,船长!"威尔逊边压紧舵把儿边回答道。

半小时过去了,木筏前行了半海里。可是,奇怪得很,前方那黑点仍旧浮在浪涛上。

约翰颇觉蹊跷,忙拿过巴加内尔的望远镜,对准那黑点望去。

"那不是礁石,是个什么东西在漂浮着。"约翰说道。

"会不会是'麦加利'号的一截断桅呀?"海伦夫人问道。

"啊,我看出来了,是只小船!"约翰喊叫着。

"是'麦加利'号上的那只吗?"爵士忙问。

"是,正是!是那只小船,靠过来了。"约翰大声回答道。

"唉!他们都淹死了?真可怜!"海伦夫人叹息道。

"肯定是淹死了,夫人,"约翰回答道,"天又黑,暗礁又多,浪涛又大,不死才怪哩!简直就是找死!"

只见那小船越漂越近。显然,它是在距离岸边四海里处翻掉的,上面的人一个也逃不脱死亡的命运。

木筏调整方向,朝着小船驶过去。但风在减弱,两小时后,木筏才驶近小船。

穆拉迪小心翼翼地迎头把小船挡住,不让它撞上木筏。那翻扣着的小船漂浮到木筏旁边来。

"空的?"约翰问道。

"是的,船长,"穆拉迪回答道,"但船帮裂开了,没法用了。"

"凑合着用也不行吗?"少校问道。

第五十五章　一行人到了本该避开的地方

"不行，没用了，只能当柴烧。"约翰说。

"继续前进，威尔逊！"约翰船长命令道，"对着海岸直行。"

涨潮还将持续一小时。木筏趁势又向前行驶了两海里。此时，风已几近停息，眼见落潮就要开始了。木筏几乎一动不动。

"抛锚！"约翰果断地命令着。

穆拉迪立即把锚抛了下去，落入海底五英寻处。木筏倒退了将近四米后，被锚紧紧地拉住。便帆随即卷好。大家只好等待下一次涨潮的到来。

其实，陆地已经看得到了，顶多也就是三海里远。

天色已晚，夜已渐近。太阳已落入海中，把大海染成血红色。浩瀚的大海，碧波万顷，金光闪烁。抬头远望，水天相连处，可见苍茫之中显露着一个小黑点，那是搁浅的"麦加利"号的可怜的影子。

落难的人们挤在狭小的木筏上，真是苦不堪言。有的实在是困得不行，迷迷糊糊地睡着了，但总做噩梦；有的则心急如焚，尽管眼睛闭着，却怎么也睡不着。

天渐渐地亮了。海潮开始回涨，海风又吹了过来。清晨6点，约翰下令立即起锚。但锚爪在海底抓得很深，绞动半天也绞不上来。半个小时过去了，约翰急了，立即果断地命令砍断锚链。这可是孤注一掷啊！如果趁这次涨潮仍到不了岸边，那就没锚可抛了。但是，事已至此，别无他法。

9点钟时，木筏离岸边只有一海里了。海岸附近沙滩很多，而且滩边很陡，很难靠近。这时，风渐渐地停下来了，帆不再鼓起，另外，海岸边有许多的海藻，牵扯木筏，动弹不得。

10点光景，木筏完全停止不动了。此时，离岸尚有三链的距离，进又进不了，停泊又没有锚，万一落潮，木筏就会被带回到海里去。约翰这下子真的急得没辙了，双手不由自主地哆嗦起来。

突然，木筏不知怎么撞了一下，稳稳地停在了一块沙滩上，离岸只有二百米。真乃是天无绝人之路！

格里那凡爵士、小罗伯特、威尔逊、穆拉迪立即跳进水里，用缆绳把木筏牢牢地拴在旁边的礁石上。大家随即把海伦夫人和玛丽小姐抱着搂着，一个一个接力似的把她们送到岸上，连衣服都没沾湿。然后，男人们又忙着把武器弹药和干粮食物搬到岸上。

第五十六章　所在之处的现状

将近11点钟了。乌云密布的天空突然大雨倾盆，无法上路。

威尔逊很快便在岸边找到一个被海水冲刷出来的石洞。洞内有不少的干海藻，是先前海水冲上来的，正好可以用来铺作床铺；还有几块木柴堆在洞口，可以烧火，烤干衣物。

雨连续下了好几个小时，没有一点停下来的意思。在洞中，闲来无事，大家便随便地聊天。

自1840年起，到"邓肯"号离开克莱德湾那一天为止的这一时期的情况，巴加内尔了如指掌，他也准备讲给大伙儿听：

"我曾说过，新西兰人勇猛剽悍，他们是不会甘心臣服英国的。毛利族人同古代的苏格兰人一样，都是部落制，以酋长为其首领。毛利族人人高马大，其中也有矮个儿的，他们就像黑白混血儿一般，但都骁勇善战。他们曾经有过一位著名的酋长，名叫奚昔。就是这位奚昔酋长，带领自己部落的人英勇反抗，誓死不降。因此，新西兰的战事总也打不完也就不奇怪了，因为现在岛上还有一个有名的部落，名为隈卡陀，酋长名为威廉·桑普逊，一直在为保护自己的土地而英勇奋战。"

"毛利人多吗？"约翰问道。

"不多了，近一百年来，他们的人口锐减，"巴加内尔说道，

"1769年大约有四十万毛利人。1845年，只有十万九千人了。这是因为文明人的屠杀，再加上疾病和烈酒所导致的。现在，两座岛合在一起有九万左右的毛利人。但其中有三万人都是战士，足以与欧洲军队周旋几年的。"

"据您分析，战争将从塔腊纳基打到奥克兰来吗？"爵士问道。

"我看是的。"

"那我们何不往北走？这样更稳妥点。"爵士提议。

"有道理，"巴加内尔赞同道，"新西兰人恨死欧洲人了，尤其是英国人，咱们可千万别落到他们手里。"

"也许我们能碰上欧洲军队吧？那我们就有救了。"海伦夫人说。

"也许能碰上，夫人。但我却宁愿碰不上。碰上他们，也就必然会碰上毛利战士。乡下树林子很多，就连最小的树丛里，都会藏着毛利游击战士……不过，这西海岸倒有教堂，咱们走走歇歇，眼观六路，最后总能平安地走到奥克兰的。"

第五十七章　往北三十英里

2月7日,早晨6点,天空中仍旧满是灰蒙蒙的云霭,太阳被遮挡住了。趁着太阳不露脸,天凉好赶路。

巴加内尔在地图上测算了一下,卡花尖角到奥克兰距离是八十英里。他建议,不必沿着曲曲弯弯的海岸走,而先去离此三十英里的隈帕河与隈卡陀江的汇合处——加那瓦夏村。那儿是驿车的必经之路,有专门驶往奥克兰的驿车。

一行人各自背着自己的干粮和枪支,顺着奥地湾岸边向北走去。为谨慎起见,彼此之间保持一定的距离,相互间离得不能太远,而且每人都紧握着手中的枪,提防着东面的丘陵地带。

脚下踩着满是贝壳的沙滩,沙里还掺杂着一些天然氧化铁渣。还可见一些海生动物在海岸上嬉戏,胆子挺大,见人来也不逃跑。许多海豹躺在海岸上,脑袋圆乎乎的,甚是可爱。新西兰海岸海豹数量很多,其皮与油价格不菲,所以引来不少的海豹猎杀者。

有三四只海象夹杂在海豹中间,身长约在二十五英尺到三十英尺之间,皮呈蓝灰色,长鼻子可硬可软,长而卷的髭毛很像花花公子的头发。它们都懒洋洋地躺着,憨态可掬,颇惹人喜爱。

10点光景,一行人停下来吃早饭。奥比内在海滩上捡了许多海淡菜,放在火堆上烤熟,味道还真的不错。

饭后，稍事休息，继续赶路。他们沿着海湾行进。下午4点的时候，他们已经走了有十英里了。两位女士要求继续往前，直到夜幕降临。于是，他们绕过北面的山脚，来到了隈帕河流域。

这儿，远看碧草连天，近前一看，方知是一片片灌木丛，上面开着小白花，下面长着又粗又长的凤尾草。走在里面，才知什么叫行路难。

晚上8点，一行人便准备露宿。他们把毯子铺在松树下，盖上点东西，凑合着睡下了。

第二天，2月8日，巴加内尔醒来之后，心里踏实多了。他所担心的毛利人并未出现。

"离那两条河汇合的地方还有多远？"爵士问巴加内尔。

"还有十五英里，跟我们昨天走的路程差不多。沿着隈帕河走，路很好走的。"

这一天，中午之前，他们便到了隈帕河畔，一路往北，再没什么障碍了。

这里景色独具一格，港汊纵横，河水清澈，水草繁茂。树木间，鸟儿翻飞，喧嚷一片。其中有一些珍禽类鸟儿。

下午4点，已经走了有九英里路，离隈帕河与隈卡陀江交汇处只有五英里了。到了那儿，就可以踏上通往奥克兰的大路。那儿距离奥克兰五十英里，步行需要两三天，如果有邮车可以搭乘的话，七八个小时就可以抵达。

"看来，今晚我们仍得露宿了。"爵士说道。

"是呀，但愿这是最后一次露宿了。"巴加内尔回答道。

一行人沿着河岸又走了两个小时。已是日暮时分了，夕阳西下，给西边的天空抹上了最后一道红晕。

夜雾已经率先漫了过来，挡住了大家的视线，只能听到河水在哗哗地流淌，而且声响越来越大，没错，他们已经到了两江交汇处了。只听见江水汇流，相互撞击，发出巨响，众人为之振奋。

"到了，到隈卡陀江了！"巴加内尔高兴地嚷叫道，"到奥克兰的路就沿这条江的右岸一直往上！"

"咱们明天就能踏上这条大路了！"少校也兴奋不已地说，"今晚就先在这儿凑合一宿吧。前边那儿挺黑的，你们看，是不是小树丛呀？如果是的话，正好露宿，吃了饭，就去那儿。"

大家走到了那小树丛中，只吃了干肉和饼干，然后便躺下睡了。不一会儿，全都进入了梦乡。

第五十八章 民族之江

天亮了。江面上浓雾弥漫，雾锁隈卡陀江。太阳出来了，浓雾渐渐散去。隈卡陀江在晨曦中尤显妩媚。

雾气全部消散，只见一条船在隈卡陀江上逆流而上。那是一条小船，长七十英尺，宽五英尺，深三英尺。船头翘得老高，船底上似乎铺了一层干凤尾草。前面安着八支桨，划起来似贴着水面在飞；船尾坐着一个人，握着一支长桨，掌握着船的前进方向。

此人一看便知是个土著人，身材高大，四十五岁上下，胸脯宽厚，肢体筋肉暴突，一脸的凶相。

此人是毛利族的一个酋长，一看其全身以及脸上刺满了细而密的红纹便可得知。

眼前的这个掌舵的毛利酋长身上，一看便知已被文身师用信天翁的尖骨扎刺过不下五次，难怪他一副霸道得不可一世的架势。

小船上还有十个欧洲俘虏，看上去似乎手脚全都被死死地捆住了。这十个俘虏并非别人，正是爵士一行。

原来，昨晚，大雾弥漫，天黑漆漆的，一行人误入毛利人的草棚之中，他们原以为是一丛灌木的地方，其实是土著人的草棚子。将近午夜时分，大家正在酣睡，全都被捉住了。

这帮新西兰土著人不多言语，从宿营地开始到现在，几乎没有一个土著人说过什么话。不过，在他们的夹杂着英语的只言片语中，爵士还是明白了他们是听得懂英语的，于是，他便以沉着冷静的语调问那个绰号"啃骨魔"的酋长：

"您究竟要把我们带到哪儿去呀，酋长？"

"啃骨魔"狠狠地瞪了他一眼，嘴皮子都没有动一下。

"您想如何处置我们呀？"爵士未被吓倒，又问道。

"啃骨魔"眼露凶光，恶狠狠地答道：

"你们的人要你们，就拿你们去交换；不要你们，就杀了你们！"

爵士一听，心里顿觉释然，觉得并非必死无疑。毛利人有几个首领落到英军手中，"啃骨魔"是想用他们去换回自己的人。所以说，生的希望还是存在的。

隈卡陀江开始时江面宽阔，越往上游去，丘陵多起来，接着山峦连绵，江面也逐渐地由宽变窄。随后，小船划到了几利罗亚高岸，但"啃骨魔"仍未停船。他命令手下将从俘虏们身上缴获的食物分发给俘虏们吃，而他们自己则吃烤过的凤尾草根和新西兰土豆，而且还吃得津津有味，似乎对俘虏们手中的干肉毫无兴趣。

下午3点，右岸有高高的山峰突兀着，好似一排森严的壁垒。这就是波卡罗亚连山，上面还残留有一些破损了的碉堡，这是当年毛利人不畏艰险，登高修筑的防御工事。

太阳即将西下，小船停靠在岸边的一滩鹅卵石上。其实，这是一种火山岩石，轻巧而多孔，因为隈卡陀江发源于火山地带。河岸边有几棵树，可以借此宿营。"啃骨魔"命令把俘虏们赶下小船，又绑上男俘虏们的双手，而女俘虏们的双手未被捆绑住。于是，俘虏们被带到了宿营地的正中间，在前边点上一堆火，烧得很旺，作为防线。

在未听到交换俘虏的事之前，爵士曾与约翰商量过趁宿营时逃跑的事。但此刻，他们觉得还是耐心等待为上策。交换俘虏要讨价还价，几经商讨、交涉，必然需要时间，生还的希望就大；而趁着黑夜逃跑，人生地不熟，毛利人持长枪追来，凶多吉少。

第二天，小船继续逆流而上，而且划得更快。10点左右，在波海文那河口停船，稍事休息。

这时，从波海文那河划来一条小船，是来接应"啃骨魔"的。随后，两条小船便又继续向上游划去。接应船上的土著人衣衫褴褛，身上的枪支沾满了鲜血，有的身上还在流血，看来是刚同英军交战过退下来的战士。土著人默然无语地划着船，根本没有去理会船上的欧洲俘虏。

时近晌午，江两边蒙加塔利山的许多山峰突现。江面变得更加狭窄，江水在峡谷中更加湍急。过了这段湍急的水流之后，小船轻巧地拐了几道弯。江面随即又开阔了，水流也平缓下来。

傍晚时分，船停在一道峭壁下。"啃骨魔"命令手下收拾宿营。他们立即点起一大堆篝火，火苗直往上蹿，火光映红了周围的几棵树木。这时，走来了一个看上去与"啃骨魔"同一级别的毛利族首领。二人相见，相互碰擦鼻子，亲热地道一声"兄吉"。十名欧洲俘虏仍旧被押在营地中央，周围有持枪的土著人把守着。

第二天早晨，小船又继续沿江而上。这时，从支流中又钻出了许多小船来。船上一共有六十多个毛利族战士，显然是刚从战斗中撤下来的，到山中去休息，其中有不少伤员。

4点左右，小船进入一条非常狭窄的水道。江中出现一座座小岛。这儿就是奇特的沸泉滩。

江水正好流经这个热泉。空气中弥漫着刺鼻的硫黄味。土著人倒是习以为常，可俘虏们却被熏得难以忍受。

小船在这白色的蒸汽云雾中穿行着。沸泉有成百上千,有的冒着团团蒸汽,有的则喷出一根根水柱,高高低低,错落有致,仿佛人工布置的喷泉装置。阳光射来,江面上出现一条条彩虹,五彩缤纷,分外妖娆。

土著人的小船轻快地穿行于这长达两英里的热雾升腾的江面上。不一会儿,这硫黄臭气在渐渐散去,清风送爽,清新的空气滋润着众人的心肺,呼吸畅快,神清气爽,热泉总算是被甩在了后面。

傍晚时分,"啃骨魔"命令在隈卡陀江离交汇处一百英里处宿营。江水到了这儿,向东转去,然后再转向南,流入道波湖。

中午时分,小船进入了道波湖。湖边有一座茅屋,屋顶上飘扬着一块布。毛利人全都毕恭毕敬地向着那块布致敬:那是他们的国旗。

第五十九章　道波湖

　　道波湖长二十五英里，宽二十英里，深不见底。史前时代，由于火山喷发，致使岛屿中央全部塌陷，形成一个巨大的"天坑"，周围的水流全部流入其中，便形成了一个大湖，后人取名为"道波湖"。

　　道波湖海拔一千二百五十英尺，周围群山环绕，山峰都高达八百米以上。

　　这片地区由于地热的缘故，几乎像是一口巨大无比的大锅在沸腾。热雾升腾，酷热难耐。所幸，冬加里罗火山距此十二英里，热气总算找到了散发处，否则，这儿便会成为一座大熔炉了。

　　此时，"啃骨魔"让小船驶出隈卡陀江，钻入一条小河；出了小河，又绕过一个尖岬，驶向六百米高的芒伽山脚下。这儿莩密翁草遍地，毛利人称之为"哈拉克基"，也就是新西兰麻。

　　离此四分之一英里处，有一座"堡"，立于峻峭的山岩上，那是毛利人的山寨。俘虏们被绑着的双脚已被松了开来，沿小路押往山寨去。小路两旁是一片片的莩密翁草田和茂密的森林。

　　爵士一行被押送着，绕过一个大弯之后，终于来到"堡"的内部。

　　这座毛利人山寨，周围筑有一道结实牢固的栅栏，高约十五英尺。栅栏内又围着一道木桩。接着便是一道柳条墙，上面留有枪眼，算作内城的防御工事。内城里地面平坦，建有许多毛利式建筑，以及四十多个整齐划一的小棚屋。

俘虏们一进内城，便看到木桩上挂满了人头，不禁为之悚然。无疑，这些都是战败者的头颅，至于他们的身子，早已下了战胜者的肚子。

"啃骨魔"的住所位于山寨的尽头，夹在一些简陋茅屋的中间，身后便是欧洲人所谓的"演兵场"。他的住宅并不大，长二十英尺，宽十五英尺，高十英尺，是用树枝和木桩编排起来当作墙壁的，墙内面蒙着茀密翁草席。住所只开了一个缺口，当作屋门，挂着厚厚的草帘。屋檐向前伸出很长……

爵士一行人无心去留意酋长的"府邸"，一个个心里打着鼓地待在空屋子里，等待酋长的发落，可这时却有一些老妪在挥拳扬手地边叫边骂着，情绪异常地激动，俘虏们只好忍气吞声地听着。从她们的骂声中夹杂的几个英文字来看，她们是在叫嚷"报仇雪恨"。

爵士并不为自己担忧，他倒是担心自己的妻子，生怕那群恶老太婆向海伦夫人冲来。为了避免这种情况的发生，他走到"啃骨魔"面前，指着那群泼妇，理直气壮地大声说道：

"把她们赶走！"

毛利酋长盯了爵士一眼，没说什么，把手一挥，那群婆娘便不吭声了。爵士礼貌地点点头，算是向毛利酋长致谢。

这时，"演兵场"上来了上百个新西兰人，有老有少，有男有女，有的在哭在骂，有的一声不响，等待着"啃骨魔"的命令。

原来，"啃骨魔"是唯一一个撤回来的酋长。回到滨湖地区后，他便把战败的消息告诉了大家。他带着出征的二百名战士，有一百五十名未能归来。

毛利酋长"啃骨魔"担心这些人愤怒到极点，会不管不顾，出现意外，连忙让人把爵士一行押往神庙。神庙位于城寨的另一头，在一片高高的悬崖上。整座神庙只是一座大棚屋，背靠高出其一百英尺的山崖，前面是一个陡峭的斜坡，城寨到此为止。毛利人称神庙为"华勒"，意为"供奉神灵之地"。

俘虏们来到这神圣之地，避开了土著人的怒骂，心里感到踏实了许多，便在弗密翁草席上躺下了。

小罗伯特一点也不觉得累，一关进来，便马上站到威尔逊的肩膀上去，把头从一条缝隙中伸出去，向外张望。他看到了整个寨子，甚至看到了"啃骨魔"的那间矮屋。

"他们正围着酋长在开会……"他细声细气地向同伴们报告说，"他们在挥动拳头……在叫骂……'啃骨魔'要说话了……"

小罗伯特停了片刻，然后又报告说：

"'啃骨魔'正在讲话……闹着叫着的人不闹了……"

"很显然，"少校说道，"'啃骨魔'是想拿我们去交换他们的头领，但那些毛利人却反对。"

"他们听他的了……"小罗伯特说，"他们都散去了。现在就剩'啃骨魔'同他小船上的那几个人在那儿了。啊，有个战士在往我们这边走来！"

"赶紧下来，罗伯特。"爵士赶忙催促他道。

海伦夫人也连忙站起来，紧紧地攥住丈夫的手臂，坚决地说道：

"爱德华，玛丽·格兰特和我，绝不许让土著人带走。"

她说着便拿出一支装上子弹的手枪递给丈夫。

"您怎么还有枪？"爵士惊喜地问道，眼睛里闪着喜悦的光芒。

"怎么，您忘了？毛利人是不搜女俘的身的。不过，这枪不是用来打他们的……是留着给我们自己用的，爱德华……"

"别傻啦！快藏好！现在还用不着！"少校忙说。

于是，爵士赶快把手枪藏于衣服里面。正在这时，棚屋草帘掀起，一个毛利战士出现。他以手示意大家跟他走。一行人相互依靠着，走出棚屋，穿过寨院，来到了"啃骨魔"面前。

毛利酋长身边除了他的那几个战士外，还有那个在波海文那河口驾船接应他的酋长。

这后一位酋长年纪四十上下，虎背熊腰，面带凶相。他名叫卡拉特特，意为"脾气暴躁者"。从他脸上的刺青可以看出，其地位也相当高。仔细观察可见，这两位酋长相互间关系似乎并不融洽。二人交谈时，"啃骨魔"脸色不太好看，虽面带微笑，但眼中却流露着忌恨。少校推测，一山不容二虎，两人互不服气。

"你是英国人？""啃骨魔"审问爵士。

"是英国人！"爵士毫不迟疑地回答道，心里在想，只有英国人才更有利于俘虏的交换。

"那你的同伴们呢？""啃骨魔"又问。

"也都是英国人。我们是旅行者，中途船只沉没，遇了难。我可以直截了当地对您说，我们中间谁都没有参加战斗。"

"管你参加战斗不参加战斗！英国人就没有一个好东西！"卡拉特特粗暴地说，"你们侵占了我们的岛，烧了我们的村子！"

"那是他们干的，我并不赞同，"爵士义正词严地回敬道，"我之所以这么说，是因为我正是这么想的，并不是因为落入你们手中，想讨好你们。"

"你听着，""啃骨魔"又说道，"我们的'脱洪伽'——大祭司，落到你们的人手里了。我们的大神让我们把他换回来，不然的话，我早就把你们的心给挖出来，把你们的脑袋挂在栅栏上了！"

"啃骨魔"原本十分镇静自若,一说这话,立即两眼冒火,像要吃人,然后,才克制住了自己,冷静地说:

"你说说看,英国军队愿意用我们的'脱洪伽'换回你吗?"

爵士没有立即回答,因为他尚未摸清对方这话是什么意思。

"我不知道。"爵士考虑了一下,这么回答道。

"怎么!你的命比我们的'脱洪伽'的命更值钱?"

"我不是这个意思。我在我们这几个中间,既不是首领,也不是祭司。"

"这么说,你认为换不成了?"

"这我不知道。"

"你不知道他们是不是愿意拿我们的'脱洪伽'换你?"

"我只知道换我一人,他们不肯,换我们这几个人,他们会肯的。"格里那凡爵士口气坚定地说。

"我们毛利人只讲一个换一个。""啃骨魔"说。

"那您就先拿我们的两位妇女去换您的祭司吧。"爵士指着海伦夫人和玛丽·格兰特说。

海伦夫人一听,马上就想走到丈夫身边去;少校看到,便一把把她拉住了。

"这两位女士,"爵士向着海伦夫人和格兰特小姐尊敬而优雅地鞠了一躬说,"在她们国家是有很高的地位的。"

"啃骨魔"一声不吭地看着爵士,嘴角浮起一丝邪恶的笑,随即把笑声敛起,恶狠狠地厉声喝道:

"你这该死的英国人,竟敢拿谎言哄骗老子!你以为我很蠢是不是?"

说到这里,他便用手一指海伦夫人大声吼道:

"她是你老婆!"

"不是他的老婆,是我的老婆。"卡拉特特邪恶地叫道。

卡拉特特说着便一把把爵士推开,用手搂住海伦夫人的肩头,把海伦夫人吓得脸色发白。

"爱德华!"她惶恐地喊道。

爵士不慌不忙,一抬胳膊,只听见砰的一声,卡拉特特应声倒地。

听见枪响,土著人纷纷从各自的棚屋里冲了出来,把门前场地挤得满满的。许多人举起武器对着俘虏们。格里那凡爵士手里的枪很快便被夺下了。

"啃骨魔"突然之间也给镇住了。然后,他回过神来,一手护着爵士的身体,另一只手挡住冲向俘房的毛利人。

最后,他终于提高嗓门儿大声叫道:

"神禁!神禁!"

这猛的一喝,叫嚷成一片的土著人立即站住不动了,俘房们总算逃过一劫。

随即,他们便被押回神庙。可是,却不见了小罗伯特和巴加内尔。

第六十章 酋长的葬礼

"啃骨魔"既是部落的酋长,又拥有大祭司的权威,可以用"神禁"来保护某人或某物。

所谓"神禁",是土著人的一种风俗,但凡一个人或物被"神禁",就不许任何人去碰。谁若是触犯了"神禁",就犯了神怒,会被神处死。当然,执行死刑的是祭司们。

这种"神禁"风俗对新西兰人的生活,事无巨细,加以约束。它具有强大的力量,起着法律的作用,人人都得无条件地绝对服从。

对于那几个俘虏来说,"神禁"倒是帮了大忙,使他们逃脱了那些疯狂的土著人的暴打痛殴,免予一死。

但爵士心里清楚,尽管如此,他终将难免一死,因为他打死了一个酋长,只是他希望愤怒全都发泄到他一人身上。

这一夜真是难熬。大家都提心吊胆,不知命运到底如何。生离死别的阴影笼罩着大家。

看来,想逃出这个寨子是没有可能了。门外有十名全副武装的毛利壮汉看守着,插翅难逃。

就这么熬了一夜。天亮了,已是2月13日的早晨。因为受到"神禁",这一天,没有土著人来侵扰。棚子里倒是有一些食物,但大家都没有去动。他们因悲伤过度，已忘了饥饿，滴水未进。寂寥笼罩着这个神庙。看来，死者的葬礼和处死凶手将同时进行。

爵士确信，交换俘虏的计划已不复存在，但少校仍抱有一线希望。

"这可说不定，"他总在这么说，还让爵士回想一下卡拉特特被打死时"啃骨魔"的面部表情，"没准儿他打心眼儿里还在感激您哩。"

第二天又这么在煎熬之中度过了，仍然未见做行刑前的准备。原来，毛利人有个迷信的说法，人死之后，灵魂三日内才会出窍，所以必须在三日后方可下葬。直到2月15日，寨子里静静的，空无一人。孟格尔常立在威尔逊肩头，伸头张望外面动静，但都未见土著人露面，只有看守他们的战士持枪把守着。

到了第三天，"啃骨魔"终于走出自己的屋子，身后跟着一些部落的主要头领。他们走到寨子中央，上了一个几英尺高的土台子。先他们出来的土著人，在土台子后面几米处围成一个半圆。场上一片寂静。

"啃骨魔"把手一挥，一名毛利战士便向神庙走来。

"别忘了我的请求！"海伦夫人急忙对丈夫说道。

爵士把妻子紧搂在怀里。与此同时，玛丽也走到约翰身边。

"海伦夫人认为，为了免受凌辱，一个妻子可以要求丈夫把她打死，"玛丽小姐真切地对约翰说道，"而一个未婚妻也可以因同样的理由向她的未婚夫提出这种要求的。约翰，现在已是生死关头，我想告诉您，我内心深处早已把您看作我的未婚夫了。"

"玛丽！"约翰激动地呼唤道，"我亲爱的玛丽……"

还没等他说完，门上的草帘已经被掀开。俘虏们被押到土台子去了。两位女子已决定让自己心爱的人处死自己，所以现在心里反而非常踏实，显得坚贞不屈，神态坚毅。

俘虏们来到"啃骨魔"面前，只听见他审问道：

"是你把卡拉特特杀死的，对吧？"

"是我！"爵士大义凛然地回答道。

"明天，太阳升起，你就得死。"

"就我一个人死？"爵士语气铿锵有力，但心却在猛烈地跳动着。

"嗯，如果不是我们的大祭司的命比你们的命值钱的话……""啃骨魔"叫嚷道，眼里冒着颇为懊恼的凶光。

正在这时候，土著人圈内突然骚动起来。爵士迅速地环视了一下四周，只见一个毛利战士跑了进来，满头大汗，气喘吁吁。

"啃骨魔"立即用英语问他，像是故意要让俘虏们明白似的：

"你是从阵地上下来的吗？"

"是的。"

"你看见我们的大祭司了吗？"

"看见了。"

"他还活着？"

"不，他死了，被英国人枪毙了。"

俘虏们一听，知道生还的希望已化作泡影了。

"统统处死，""啃骨魔"对俘虏们做出终审裁决，"明天太阳一出来，统统处死！"

俘虏们没被押回神庙，而是被押去参加死者的葬礼。一队土著人把他们押到一棵巨大的苦楝树下。看守们眼睛死死地盯着他们。其他的毛利人全都默然无声地哀悼着。

卡拉特特已经死了三天。灵魂终于离开躯体。

他的尸体被放置在那个土台子上，身着华丽的寿衣，外面裹着一层编织精美的苇密翁草席。头上插有羽饰，戴着一圈绿叶。面部、胳膊和胸脯上都涂抹了油，看上去不像僵尸。

他的亲友们走到土台子前。突然间，像是有人指挥，场上一片哭号声。哭声阵阵，响彻山寨。死者的战士们认为他的妻子应该陪葬，他妻子自己也不想一个人独自活在世上。

卡拉特特的妻子走了出来。她人挺年轻，颇有几分姿色。只见她披头散发，边哭边号，断断续续地哭诉着自己的哀伤，哭到痛不欲生处，便以头撞地。

这时，"啃骨魔"走上前来。那可怜的妻子突然想爬起来，但只见"啃骨魔"挥起大木棒猛地砸下去，那女子一下子便气绝身亡了。

土著人圈中突然响起一片震耳欲聋的叫骂声，朝着吓得魂飞魄散的俘虏们挥动着拳头，但无一人向他们走来，因为葬礼尚未结束。

卡拉特特及其妻子两具尸体并排放着。但酋长在阴间光有妻子相伴还不够，还得有奴隶为他们服务。于是，有六个可怜的奴隶被拉到土台子前。他们是被俘虏的敌方部落的土著人。其实，他们对此无动于衷，反而觉得死是一种解脱。可俘虏们从未见过活人祭，哪还敢抬头去看这种骇人听闻的场面。

只见六名身强力壮的毛利战士手举大木棒，同时砸下，六名奴隶顿时倒在血泊之中。这等于是在发出一声号令，吃人肉的一幕上演了。

奴隶们的尸体与酋长的尸体不能相提并论，它们并没被"神禁"，所以土著人不分男女老少，嗡的一下，争先恐后地向那六具奴隶尸体冲了过去，开始抢肉吃。

格里那凡爵士等人吓得差点背过气去。明天太阳一出，他们也将是同样下场。而且,死前说不定还将受尽凌辱、折磨……

卡拉特特夫妇二人的尸体被抬了起来,手脚蜷曲着,弯近肚皮。入土仪式开始,尸体并不永远埋于土中,只是埋到皮消肉尽时为止,然后,让尸骨重见天日。

墓地——土著人称为"乌斗巴"——位于寨子两英里外的一个小山冈上。那山名为蒙加那木山,在道波湖的右岸。

四名毛利战士抬着尸体,部落中的人在前前后后大放悲声。半小时过后,送殡的行列隐没进山谷之中了。又过了一会儿,送殡队伍又出现在远处的一条山路上,弯弯曲曲地蠕动着。

蒙加那木山海拔八百英尺,山顶上为卡拉特特建造了一座大墓。

卡拉特特的"乌斗巴"外围有一道栅栏,墓穴旁还竖着许多木桩,上面雕刻着一些人物。木桩是用赭石涂红的。为了不让亡者在阴间受冻挨饿,墓穴中还放了许多吃穿用的东西,甚至还放有武器。

一切物品放好之后,卡拉特特夫妇的尸体被并排地放了下去,同时,哭声四起,草和土纷纷地抛撒在尸体上。

仪式结束,送殡者开始返回。自此,这座蒙加那木山也"神禁"了,不许任何人上去。

第六十一章　最后关头

太阳落山了，爵士一行又被押回到神庙中来。看来，他们将在这座神庙里度过人生的最后一夜了。

面对死亡，心情沉重，但仍然一起吃了"最后的晚餐"。

"大家振作起来，不能垂头丧气，别让这帮土著人把我们看扁了。"爵士在鼓励大家。

饭后，海伦夫人悲壮地唱起晚祷；众人默默地脱下帽子，同她一起祈祷。

海伦夫人和玛丽小姐退至神庙一角，在一张草席上躺下，不一会儿便睡着了。

这时，爵士把同伴们叫到一边，对他们说道：

"伙伴们，我们大家的生命全都系于上帝一身了。如果明天上帝真的要我们去的话，我们是会勇敢地去接受上帝的最后审判的。不过，在这种地方死，恐怕并非一死了之，可能还得受到凌辱、酷刑，尤其是两位女士……"

稍停片刻，他又继续说道：

"约翰，您答应了玛丽小姐的要求了，那您将怎么做？"

"我这儿还有一把刀，"约翰说着便拿出一把短刀来，"这是那浑蛋卡拉特特栽倒在地时，我从他手中夺过来的。爵士，咱俩谁后死，谁就满足海伦夫人和玛丽小姐的要求吧……"

没人再吭声，棚子里一片寂静。最后，少校打破了沉默，开言道：

"朋友们，不到万不得已先别这么干。我不相信我们已经穷途末路，一点希望也没有了。"

"我不是说我们男人，"爵士急忙解释道，"就我们几个来说，反正都是个死，怎么也得豁出去，拼上几个够本！可还有她俩呀……"

约翰稍稍掀起点门帘，往外瞧了瞧，数了一下，把守的毛利战士一共是二十五个人。他们点着一堆篝火，有的躺在火堆旁，有的则站在离火堆稍远点的地方，但是，站着的也好，躺着的也好，都不时地用眼睛看着这座俘虏们待着的棚子。

夜在一分一秒地过去，焦虑与无奈重压在大家心头。整座山笼罩在沉沉的夜幕之中，看不到月亮也见不着星星。狂风阵阵袭来，棚子的木桩呜呜作响，篝火烧得更旺。火光映照着俘虏们的面孔，黯然无神，死亡的阴影笼罩着大家。

大约是凌晨4点光景，一个轻微的声音引起了少校的警觉。他侧耳细听，仿佛声响来自木桩后面，在山岩矗立的地方。会不会是风吹动什么发出的声响？少校又仔细听了听，不像，那声响老也不停，像是有人在扒土，在挖墙洞。

少校心中有数了，立刻溜到爵士和约翰身边，把他俩叫过去。

"你们听。"他压低嗓门儿说，并示意两位同伴趴下身去听。

确实是扒土的声音！可以辨别出小石子被一种尖锐的东西刮擦发出的声响，并听出小石子滚落下去的声音。

"会不会是什么动物在窝里扒拉呀？"约翰说道。

"说不定是个人在扒……"爵士拍拍脑门儿说。

"一会儿就能见分晓。"少校激动地说。

威尔逊、奥比内也溜过来了。几个人一起动手挖起墙壁来。约翰使用那把短刀挖,其他人或找了石片,或干脆用手抠。穆拉迪站在门帘后面放风,注视着毛利战士们的一举一动。

毛利看守围在火堆旁,没有动静。火堆离棚屋有二十多步远,他们压根儿就没有想到这儿会搞什么鬼。

俘虏们又抠又挖的那处地方是矽凝灰岩,酥软易碎。尽管没有工具,但洞却挖得挺快。不一会儿,大家已经可以肯定,外面的并非动物,而是人。是挖洞营救他们呢,还是另有企图呀?

管他呢!继续挖了再说。人人手指都挖出血来,但无人叫疼,希望在激励着大家。又挖了有半个钟头,洞已挖出有一米深了。可以听见外面的声音已经很响了。

又过了几分钟,少校的手指碰着了一把刀尖。他本能地一缩,差点儿叫出声来。

约翰·孟格尔把自己的那把短刀伸出去,挡住外面往里挖的刀尖。他用手一摸,摸到拿刀的手,是只小手,是女人的或是孩子的,总之,是一只欧洲人的手!

双方都很激动,但都没有出声,怕惊动土著看守。

"会不会是小罗伯特呀?"爵士喃喃地自言自语,没人听见。

但玛丽小姐却听见了他发出的那极低的"小罗伯特"几个字,一下子便蹿了过来,抓住那沾满泥土的小手,狂吻不止。

"是你吗?是罗伯特吗?准是你,罗伯特!"玛丽悲切地低声哭喊道。

"是我,姐姐,我来救你们了!但千万别出声呀!"小罗伯特在外面说道。

"啊!真是个好孩子!"爵士赞叹不已。

"注意看守们的动静。"小罗伯特叮咛着棚内的人。

穆拉迪听见动静，本已跑了过来，现在赶忙又跑到门帘后面，注意地观察着。

"没有什么问题，"他说道，"只有四个人在看守，其他人全都睡了。"

"咱们把洞再掏大些。"威尔逊说着又干了起来。

洞扒大了，小罗伯特钻了进来，身上还系着一条用茀密翁草编的长绳子。他先扑到姐姐的怀里，然后又去拥抱海伦夫人。

"我的孩子，你真棒！"海伦夫人夸赞他，"我们还以为你遭土著人杀害了哩。"

"没有，夫人，"小罗伯特悄声回答道，"当时，我趁乱钻出了棚栏，在树丛里躲了两天。当毛利人在忙丧葬事时，我便溜出来，到寨子边来侦察。我发现可以爬到你们这儿来。于是我就溜到一间棚屋里去偷了一把刀和一根长绳，借着草丛和树枝，往上攀爬。无意之中，发现这神庙背后的岩质疏松，就动手挖起来，挖着挖着就挖通了。"

大家听小罗伯特说完，都搂住他吻个不停。

"咱们快离开这儿！"他果敢地说。

"巴加内尔在下边吗？"爵士急切地问道。

"没有呀！怎么，他没同你们在一起吗？"

"这么说，他没跟你一起逃跑？"爵士焦急地说。

"没有呀，爵士。"小罗伯特也着急了。

"咱们还是赶快走吧，一刻也不能耽搁，"少校催促道，"反正巴加内尔也不在这儿，等也没用。"

时间紧迫，大家准备逃走。神庙下面是一段峭壁，高约二十英尺。往下就是一道斜坡，一直通往山脚下，然后便可钻入山谷中。

为了确保万无一失，大家便跟在小罗伯特身后往外爬。掏出的洞外恰巧是个山洞。滑下那段二十英尺高的峭壁之前，众人便在这山洞中先躲藏起来。约翰是最后一个爬出洞来的，离开之前，他随手扯出棚内草席，把洞口掩盖好。

现在，开始下峭壁了。大家赶忙将长绳的一头拴牢在岩石上，让它顺岩滑下去。

约翰先抻了抻这条绳子，看看结实与否，生怕绳子吃不住劲儿，把人摔个粉身碎骨。

"这绳子只能经得住两个人，"约翰说，"下的时候间隔大点。先让爵士和海伦夫人下。你们下去之后，晃动三下绳子，通知我们。"

"让我先下，我发现坡下有个大坑，可以藏人。我来带路……"小罗伯特说。

小罗伯特一会儿就溜下去了。一分钟之后，长绳摇动了三下，表明他已安全地到了下面。

接着，爵士夫妇也抓起长绳，顺绳下滑。夜仍旧漆黑，但东边兀立着的山峰已经变成淡灰色了。

夫妇二人到达峭壁下面之后，爵士在前，抵着海伦夫人，倒退着下坡。几只栖息宿夜的鸟儿受惊，叫了起来，清脆的鸟鸣在夜空中回荡。

爵士一步一挪地倒退着，几乎是托着自己的夫人。他用脚试着有无草儿或树根什么的，可以让夫人做落脚点。有时，一不小心踩掉一块活动的岩石，发出轰隆的声响，惊出他一身的冷汗。

突然间，听见约翰在上面轻声地喊：

"停下别动！"

爵士立刻站下，一手搂抱着妻子，一手攥住一把草茎。二人屏气敛息，不敢出声，不知是怎么回事。

原来，威尔逊听到神庙外边有异样响动，赶忙回到神庙边，掀开草席，进入棚内，撩起点门帘，看见有个毛利战士在往神庙走来，便连忙发出警报。约翰于是便冲下面叫停。

那毛利战士似乎是听到点什么动静，十分警惕地朝这边走来，在离神庙门口两步远处站下了，又仔细地听了听，大约有一分钟的时间，然后摇了摇头，放心地走回去了。这一分钟，对于逃亡的这几个人来说，简直是过了一个小时。

"没事了。"威尔逊发出"解除警报"的信号。约翰便又发出信号，让爵士夫妇继续往下走去。不一会儿，二人便走到了小罗伯特正在接应他们的那条窄小的小径上。

接着，约翰便带着玛丽小姐往下滑。十分顺利。不一会儿，二人便到了那个深坑，与前面的三个人会合了。

五六分钟的样子，所有的人全都逃下来了，会合在一起，开始往山谷里钻。

大家快速地走着，简直可以说是连走带跑。

将近5点钟光景，东方开始泛白。云堆的高处，渐显出了淡淡的蓝颜色。朦胧的山峰开始崭露峥嵘。不一会儿，太阳便冉冉升了起来。这时，大家心情开始轻松些了。太阳出来了，行刑的时刻陡然变成了他们逃亡的时刻。

但现在就说平安无事，为时尚早。无人知晓此刻是否已经逃出了土著人的魔掌。必须尽快地继续逃跑。海伦夫人有爵士的搀扶，玛丽有约翰的呵护，小罗伯特则是欢天喜地，大家浑身是劲儿，奔走在逃亡的小路上。一行人由小罗伯特打头，由威尔逊和穆拉迪断后，一口气又跑了半个钟头。日出东方，朝霞满天。如果巴加内尔也同大家在一起，那该多好啊！大家都在为他担忧。

他们一直向东边跑，也就是往高处跑，一心想着离这帮毛利人越远越好。此刻，他们已经到了高出道波湖有五百多英尺的地方了。清晨，寒气逼人，人人瑟瑟发抖，他们已经进到了山中。太阳正在慢慢升起，不一会儿，射出了万道光芒，群山透亮，逃命人精神倍增，不再觉得寒冷了。

突然间，传来一阵阵的狂呼乱叫声，是成百上千的人发出的怒吼，混合成一片咆哮，从山寨中传了上来，但逃亡者们因雾气笼罩，只闻其声，不见其人。

毫无疑问，土著人已经发觉他们逃跑了，所以绝不可掉以轻心。

太阳在继续往上升，雾气在逐渐散去。又过了一会儿，他们便看清了脚下三百英尺的山寨里的情景：毛利人全都追了出来，边追边喊边骂。显然，他们也看到了逃跑的俘虏们了。追捕队伍中还有不少的狗；犬吠声与人叫声混在一起，更加地瘆人。

第六十二章　禁山

一行人离山顶还有一百英尺。要逃出魔掌，就必须翻过山去。

此刻，毛利人已追到山脚下，不能再有任何的犹豫。于是，爵士大手一挥，大声说道：

"朋友们，鼓起勇气来，先爬上山顶！"

五分钟工夫，他们便爬到了山顶！

爵士放眼四周，一筹莫展。雾气散尽，已可清晰地看到在下边的一个小山坳里土著人疯狂地追了上来。追捕者与逃跑者的直线距离仅有五百英尺。

"趁他们尚未包抄过来，赶快下山！"他命令道。

"先别急，你们看。"

大家扭头看去，只见追击的毛利人不知何故，停下了脚步，一动不动。脚步倒是停下了，但怒火并未止息，叫骂声没有停止，挥舞的拳头也未放下。那些狗也跟着狂吠不止。

突然，约翰"噢"了一声，用手指给大家看。小罗伯特一眼便看到了，惊呼道："卡拉特特的坟！"

小罗伯特确实没有看错。离他们五十英尺高处，围着许多木桩，红红的颜色也很清晰。原来，慌慌张张地奔逃，无意之中，竟然逃到了蒙加那木山的山顶上了。

于是，一行人继续往那边爬去，一直爬到那座新坟前。坟墓前有一个挺大的豁口儿，用草席盖着，从那儿可以走进墓室。爵士壮起胆子，正要掀起草席进去看看，突然退了出来。

"里面有个大活人！"他惊呼道。

"怎么会有大活人？"少校不信地说。

"是真的，是个土著人。"

"我们进去看看。"

于是，少校、爵士、小罗伯特和约翰一起钻进了墓室。真的是个土著人！他身披一件莆密翁草披风，由于墓室太暗，看不清他的脸，但可以感觉得出，他并不凶蛮，正在安安静静地吃早饭。爵士正待开口对他说点什么，对方却先开了口，而且说的是流利的英语：

"请坐，亲爱的爵士，已经为您准备好早餐了。"

原来是巴加内尔！大家欣喜若狂地奔上前来，你拥我抱的，激动不已。太好了，巴加内尔还在！大家七嘴八舌地问这问那，他也不知道该先回答谁的好。倒是格里那凡爵士的一句话提醒了大家：

"山下还围着大群大群的土著人！"

"哼！土著人！有什么了不得的？"巴加内尔不屑地耸耸肩说。

"他们会……"

"会怎么样？那群蠢货，怕他们干吗？"

说着，巴加内尔便带着大家走出了"乌斗巴"。而那些土著人仍在原地，围着那座山峰，叫骂不止，咆哮之声震天动地。

"叫吧，喊吧，蠢货们！"巴加内尔说，"看谁敢上这座山！"

"为什么不敢？"爵士问道。

"那该死的酋长就埋葬在这儿！这山被'神禁'了，我们不必害怕了。"

"被'神禁'了?"

"是呀,朋友们,所以我才逃到这儿来嘛。"

"可我们如何才能摆脱掉他们呢?"爵士仍心中没底儿地问道。

"现在还说不好,不过,绝对是没有问题的。"巴加内尔说道。

这时候,大家便想到要了解巴加内尔到底是如何逃出山寨,然后又经历了些什么。可是,这一次,一向滔滔不绝的他,却三言两语便支吾了过去,也不知他葫芦里到底卖的是什么药。

既然他不愿意多说,大家也不便多问。然后,大家又说起了别的,他又有说有笑的,话又多了起来。

不过,仅从他支支吾吾说的一些情况,大家也能猜到个大概。原来,他同小罗伯特一样,趁着那酋长被打死,一片纷乱之际,逃出了寨子。可是,却偏偏又落入另一个毛利部落的手中。那个部落的酋长身材魁梧,看着便是个聪明机智的人,而且能讲一口流利的英语。他还友善地用鼻尖触碰了一下巴加内尔的鼻尖。

这个酋长名叫希夷,意为"太阳之光",看上去并非凶蛮之人。他见巴加内尔戴着眼镜,还有大望远镜,便对他刮目相看。不过,他白天让巴加内尔自由自在,晚上仍旧要把他捆绑起来。

就这样,三天过去了,到了夜里,他便咬断捆绑着自己的绳子,悄悄地逃到了蒙加那木山山顶。他先已看到了这座山,知道它已被"神禁",所以逃到此处暂避,等待同伴们的消息。在这儿还真的等到了格里那凡爵士一行。至于在毛利人那儿的三天是怎么度过的,他却只字不提。

目前的处境并非安然无恙。爵士十分清楚,毛利人绝不肯善罢甘休,一定会把他们围得无处可逃,饿死渴死。爵士决定先把这一带的地形摸清楚,特别是这座"乌斗巴"及其周边的路径。

于是,他便同少校、约翰、小罗伯特、巴加内尔走出墓室,察

第六十二章 禁山

看地形去了。他们发现蒙加那木山和华希提连山之间有一条山脊,只有一英里,向平原缓缓而下,但山脊很狭窄,且起伏不定,坡上也怪石林立,颇难行走,可是,这却是唯一一条下山之路。最危险的路段是坡下,敌人的子弹可以打到,真要是排枪齐鸣,绝对逃不出火网。

爵士一行冒险试着走了走,立即便引来了枪声,子弹像雨点般地袭来。然后,他们又一起察看了墓地的位置及构造。正在这时,脚下的山头颤动、震荡、摇晃,把他们吓得够呛。这儿可是火山地带,地下蕴藏着大量的热能,这些山可都是地下能量的释放口。

巴加内尔早已观察到了这一点。他对朋友们说,这山的内壳是白色矿质凝灰岩,地下蓄积的能量太大时,岩浆就将冒出来,于是这山便变成了活火山了。

爵士心事重重地与大家一起回到了墓室门口。

海伦夫人一见到他,便立即迎了上去说:

"亲爱的爱德华,都察看清楚了吗?有希望逃脱吗?"

"大有希望,我们有充足的时间考虑如何逃脱。"

"现在,还是先回到'乌斗巴'里来吧,"巴加内尔笑嘻嘻地说,"请允许我在此招待大家!"

大家随巴加内尔进入墓室。山下的土著人见他们竟敢亵渎圣地,简直是气急败坏,又号叫又放枪的,但子弹却没有咆哮声飞得远,全都落在了半山腰了。

墓室周围是一些涂红了的木桩

组成的栅栏，木桩上刻有图案，刺了花纹，表示死者地位显赫。另外，木桩之间还挂着成串的贝壳和石子，做避邪之用。墓穴上面铺了一层绿叶，厚厚的，如地毯一般。正中央隆起部分，是新盖上的土层，掩埋着死者的尸体。

陪葬武器也摆在那儿，有装着子弹的枪、长矛、精美的绿玉斧头，还有不少的弹药，供死者在阴间打猎用。

"这简直像是军械库了，"巴加内尔说道，"我们正可以利用它们。"

"啊！这枪还是英国造！"少校说。

"是呀，是英国人送给毛利人当礼物的，真是愚蠢透顶！"爵士说。

"不过，更实惠的是食物，你们瞧瞧替死者准备的这些粮食和水吧。"巴加内尔说。

果然，准备的东西真不少，够十个人吃上半个月的了。有凤尾草根、甘薯、土豆等等，还有几大缸的清水。此外，还有十几只精巧的篮子，放了不少的绿树胶做成的长方块，不知是干什么用的。

这么一来，这群逃亡者有几天可以不用为吃喝犯愁了。

格里那凡爵士拿了不少食物让奥比内去拾掇，给大家美餐一顿。奥比内凡事都不马虎，总想把活儿干得尽善尽美，可现在又没有火，如何把这些凤尾草根弄熟？这可让他犯愁了。幸好，巴加内尔给他出了个主意，让他把凤尾草根和甘薯埋到土里去。

山上的土里温度达到六十多度，奥比内差点烫着了手。他去扒坑埋草根和甘薯时，一股热气哧的一声冒了出来，喷出有两米高，把他吓得栽了个大跟头。

"快堵上！"少校忙叫道，两个水手赶紧跑过来用碎石块将坑给填起来了。巴加内尔去一旁看着，自言自语道：

"咦！怪了！怎么就不行呢？"

"没烫着吧？"少校关切地问奥比内。

"没有，麦克那布斯先生，我没料到……"奥比内尴尬地回答道。

大家立刻在栅栏边坐下，开始吃起早饭来。

东西只有两样，无可挑选。吃饱喝足之后，爵士让大家赶紧商量一下如何逃走。

"干吗这么着急呀？"巴加内尔说道，"这么好的地方，干吗不多待些日子呀？"

"我觉得，得赶紧走，不可久留。"爵士说，"今天夜里就走。先想法跑到东边的山谷里去，偷偷溜出毛利人的包围圈。"

"这办法好，如果毛利人睁只眼闭只眼的话。"巴加内尔说。

"那要是他们两只眼睛都大睁着呢？"约翰着急地问道。

"那我另有锦囊妙计。"巴加内尔在卖关子。

"你早已成竹在胸了吧？"少校问。

毛利人没有撤离，仍聚集在原地，而且看上去人数在渐渐增多。山脚下燃着一堆堆的篝火。

夜幕终于降临。山顶上已被夜幕笼罩住了。山脚下的篝火仍在燃烧着，闪着红红的火光，把蒙加那木山团团围住。毛利人的叫骂喧嚣声仍然在回荡着。

九点时，夜已完全黑透了。爵士和约翰决定先侦察一下，然后再走。他俩悄悄地溜到那条山脊。这山脊正穿过毛利人的包围圈，只是在他们的上方五十英尺处。可以看见毛利人躺在火堆旁，仿佛没有发现任何动静。突然之间，山脊两侧，枪声大作，让他俩惊出一身冷汗。

"快撤！"爵士赶忙说道。

二人立刻爬回到山顶。大家见他俩安全归来，悬着的心也放下来了。仔细一看，爵士发觉帽子上有两个弹洞，差点儿要了他的命。但侦察还是颇有收获，知道毛利人警惕性很高，山脊两侧布有流动哨，绝对不可掉以轻心。

"明天再说吧，"巴加内尔说，"既然把守得这么严，那明天就看我怎么对付他们吧。"

夜里很冷。幸好，卡拉特特把最好的睡衣、厚厚的茀密翁草被褥也带进了坟墓中，大家便毫不客气地各取所需，拿来裹在身上，不一会儿就睡着了。

第六十三章　锦囊妙计

第二天，2月17日，旭日东升，蒙加那木山苏醒了。

爵士等人已经醒来，走出了墓室，引起山下毛利人一阵疯狂咆哮。大家赶忙催问巴加内尔有何高招儿。

"是这样，毛利人的'神禁'让我们在此山中安然无恙。那么，我们再设法让他们相信，我们因亵渎了神山而遭到天谴，死于一场灾祸。这么一来，'啃骨魔'就会撤围了。"巴加内尔说道。

"有道理。"爵士说道。

"您想让我们怎么身遭惨祸呀？"海伦夫人追问道。

"像触犯天威的人遭天火烧死一样，也让天火烧死！天火就在我们脚下，我们只要把它释放出来就行了。"

"什么？你要让火山爆发？"约翰惊异地嚷道。

"对，借用地火，临时表演一下'火山爆发'。我们可以控制火势，想让它喷就喷，不想让它喷就不喷。"

"真不愧是高招儿，巴加内尔。"少校称赞道。

"我们装作是被天火烧死了，其实，我们是藏到了卡拉特特的墓室里了……我们在墓室里躲上三四天，顶多五天，毛利人肯定都认为我们已经死了。等他们撤围之后，我们再出去，那就平安无事了。"

"这办法很好。"爵士说道。

"那什么时候进行呢?"海伦夫人问道。

"今晚就动手,"巴加内尔回答说,"趁黑夜深沉的时候。"

大家焦急地等待着夜的到来,一个个都焦急地计算着时间。出逃的准备工作已经做好,吃的东西被分成三份。武器弹药也全都准备停当。

日暮时分,太阳隐去。乌云翻滚,看来暴风雨将至。天边,有电光闪烁;云里,有雷声闷响。

巴加内尔欣喜若狂,真是天遂人愿。毛利人的迷信认为,雷电交加是火神要惩治犯禁的人。

已是晚上8点。蒙加那木山尖已经隐没在黑暗之中。此刻正是动手的时候,毛利人看不见逃亡者们的身影。

喷火选在离墓室三十步远处。这么做是有所考虑的,决不能离墓室太近,墓室烧起来的话,整座山也就解除"神禁"了。

于是,众人在墓室外拔出几根大木桩作为杠杆,作撬起大石块之用。大家来到选定的地点,岩石被撬动了,然后,又为这块大岩石挖出一条浅沟,让它可以顺沟滚到山下去。

这时,地火的蹿动声和热气的哧哧声已清晰可辨。逃亡者们在继续不慌不忙地撬动着。突然间,好几股热气冲天而出,声响巨大。最后时刻已到,大家铆足了劲儿,全力猛地一撬,大岩石终于顺着浅沟往下滚去,发出巨大的轰响声。

倏忽间,那层薄薄的地壳迸裂开来,一股炽热的气柱冲向云霄。紧接着涌出的沸泉水和红红的岩浆向山下哗哗地流去,向毛利人的营地冲了过去。

山在颤抖,像是要向无底深渊陷落而去似的。逃亡者们赶忙躲进墓室。几滴热水珠溅到他们身上,烫得灼人,应该有九十度以上。这股沸水，不一会儿便充满了浓浓的硫黄气味。

一看那山坡，泥土、熔岩、碎石混成一团炽热的岩流，滚滚而下，如同一条火龙往山下飞去。山坳中，山谷里，一片通红。

只听见毛利人营地里，鬼哭狼嚎，乱成一片，四散奔逃。胆子稍微大一点的毛利人，边跑边扭头往后看，看着那张开大嘴的火山，看着他们的大神大发神威，狂暴地把那些亵渎神山的逃亡者给吞噬掉。

当火焰喷射的突突声微弱了点的时候，躲在墓室里的爵士他们能够听到毛利人边逃边发出咒语：

"'神禁'！'神禁'！"

此刻，岩浆、石块和热气在继续往外喷发。炽热在烧灼着一切。狂风呼啸，暴雨如注，山在喷火，真是十分壮观。

俘虏们躲在栅栏后面注意地观察着，望着那火势，不见有减小的架势。

天亮了。火山仍在怒吼着。大股的浓浓的淡黄色蒸汽与火焰混杂在一起，岩浆奔向山谷。

土著人已经逃到周围的高地上去了。山下横七竖八地躺着一些尸体。山寨边上，有二十来座棚屋化为了灰烬，仍在冒着烟。

面对眼前的景象，大部分毛利人非常地惊慌，天神的大怒令他们面对神山不敢造次。这时候，"啃骨魔"出现了，爵士清清楚楚地看见了他。他张开双臂，对着山顶坟墓念念有词，同时还在做些鬼脸，意在再次对这座神山进行"神禁"。

随后，毛利人便排成一行行的，沿着下山的小径回到寨子中去了。爵士一见，立即兴奋地告诉同伴们说：

"他们撤走了，回寨子里去了！谢天谢地！咱们成功了！"

众人闻言，喜不自胜。不过，要逃出这座神山也不是容易的事情。还得在这墓室之中躲上一天。正好，也可以利用这一天的时间，好好地商议一下逃跑的计划。

最后，大家一致决定往东边巴伦特湾逃。途中将经过一些荒无人烟的地带，路虽不熟，但不会遇上毛利人。另外，到了东海岸，就有传教站，而且，北岛的那一带至今尚未遭受过战火的蹂躏，毛利人也不会到那儿去骚扰的。

前去巴伦特湾，约行一百英里，按每天走十英里算，得走十天。好在大家现在已经习惯于奔波，不怕走路了，再说，一到传教站，就可以好好地歇息一番，再寻找机会前往他们始终不变的目的地——奥克兰。

9点钟时，大家背上早已准备好的行装，拿上枪支。约翰和威尔逊打头，注意观察。大家一路小心，尽量不弄出声响来。

走到离山顶二百英尺处，约翰和威尔逊便走到土著人先前派了流动哨把守的那最危险的山脊了。大家加倍提高了警惕，生怕毛利人多一个心眼儿，在此设伏，那就糟了。这段山脊得走上十分钟，这是生死攸关的十分钟。但是，在这关键时刻，没人想到退回去。他们并没有听到枪声，整座山一片死寂。

这道山脊终于闯过来了，但与此同时，也就出了"神禁"的范围，危险也就相应地加大了。

一行人又走了十分钟，向着一片树林潜去。夜色浓重，二百英尺处已无法看清。片刻之后，一行人便钻进了树林。

第六十四章　腹背受敌

一行人在山的东边那漫漫斜坡上一口气走了三个小时。巴加内尔领着众人稍稍折向东南方，以便走到开马那瓦山和华希提连山之间的峡谷，那是奥克兰到霍克湾之间的一条大路所经过的地方。到了那儿之后，可抄近道，穿过荒无人烟的地带，直奔巴伦特湾。

早上9点光景，一行人已经走了十二个小时了，走出了约十二英里。此时，他们已在峡谷谷口，往前便是通往奥克兰的大路。巴加内尔查看了一下地图，休息之后，便领着大家拐到东边，继续前行了约一小时。10点光景，大家选择了一座尖尖的小山，在其山脚下，取出干粮来吃。吃饱喝足之后，又休息了一阵，直到下午2点，才继续向东走去。当晚，他们在离山八英里处宿营。

一宿无话。第二天，他们开始穿越华希提连山以东的那片奇异之地。这里遍布着火山湖、沸泉和硫气坑。没有一条直路，必须绕来绕去，多走许多的冤枉路。

一行人在这个美丽但不好走的地方绕来绕去。而且，这儿不见飞禽走兽，有枪却打不了猎物。又累又乏，路难行，食不佳，因此大家都盼着早点走出这地方。

但是，想通过此处，少说也得花上四天时间。2月23日，离开蒙加那木山已经有五十英里了。这一天，一行人来到了一座小山下。小山对面是一大片灌木丛,远处影影绰绰地可以望到一片森林。

一行人继续朝着太平洋走去。这一天,他们穿越着树林和平原。长途跋涉,越走越累,脚步在逐渐地慢下来。为了消除旅途的单调寂寞,大家东拉西扯地聊开了,三三两两的,不再排成一条直线。

2月25日,隈卡利河挡在了一行人的前面。大家终于找到了一处浅滩,涉水而过。随后的两天中,他们走在了一片接一片的灌木平原上。行程已经走完了一半。虽然很累,但毕竟平平安安。

现在,眼前出现一大片森林,颇似澳洲的桉树林,但其实是新西兰所独有的高立松。

一行人在这高立松森林中走了三天。这儿像是从来没有人走过,许多树根处仍积满了松脂。

3月1日,一行人终于走出了这片森林。当晚便来到了高五千五百英尺的伊基兰吉山脚下,歇息,宿营。至此,他们已经走出了一百英里。再走三十英里,就到海岸了。约翰没想到路不好走,绕来绕去,多走了有五分之一的路程。一个个全累得快散架了,还得走两天!真的有点吃不消了。但又不能掉以轻心,这一带常有毛利人出没。

第二天,拂晓时分,大家又只好匆匆地踏上了征途。

过了伊基兰吉山之后,前面是哈代山,海拔三千七百英尺。两山之间是十来英里的熊柳林。熊柳枝条又软又长,如同藤条一般,绰号"缠人藤",常常缠住人的胳膊腿儿,让你无法逃脱,只有死路一条。大家边走边砍,艰难地走了两天,累得困乏至极,干粮也吃光了,又无猎可打,又无泉水可解渴,真是到了山穷水尽的地步了。但为了求生,一行人咬着牙挺着,最后总算是挨到了乐亭尖角，看到太平洋海岸了。

远远望去，那里有几个空着的草棚子，像是刚遭到战火蹂躏的小村子，村子周围还有一些田地，已经抛荒了。

这时，突然发现一帮毛利人出现在一英里之外。他们手拿武器，号叫着冲了过来。无路可逃，只有以死相拼。但约翰却突然叫了一声：

"小船！那儿有条小船！"

果然，二十步远处，有一条小独木船靠在沙滩上，上面还有六支桨。大家赶忙跑了过去，七手八脚地把船推入水中，跳了上去。约翰、少校、威尔逊、穆拉迪连忙抄起桨，爵士掌好舵，其他人都躺伏在爵士身边。

小船飞快地划了出去。没十分钟工夫，已划出了四分之一海里。大海十分平静，船上人也静默无言。

突然，有三条独木舟从乐亭尖角划了过来，明显是在追逐他们！

"往深海划！往深海划！宁可淹死也别落到他们手中！"约翰在喊。

四名桨手一齐用力，不一会儿就到了深海上了。后面的三条独木舟紧追不放，足足追了有半个钟头，始终是开始的间隔距离。但是，渐渐地，约翰等四人有点体力不支，又累又渴，速度便慢了下来。可追上来的三条独木舟却越划越快。距离在缩短，只差两海里了。毛利人都带着枪，现在已进入他们的射程了，形势严峻。

爵士站在小船尾部，左顾右盼，不知他想干什么。

突然，他眼睛一亮，伸手指着大海前方，大声喊叫道：

"一条大船！朋友们，那里有条大船！快往那里划！使劲儿划呀！"

四名桨手一听，连忙加大力量，奋力划桨。巴加内尔立即坐起，举起望远镜，对着远处黑点望着，大声说道：

"是的，是一条大船。还是一条大汽船！它像是在开足马力，朝着我们开过来。再加把劲呀，朋友们！"

四支桨加速划着，小船如离弦之箭，飞速向前。追逐的三条独木舟被甩开了一些，但仍在穷追不舍。你追我跑地又过了半个小时，前方的大船已清晰可见。

爵士此刻神经绷紧，心跳不已，把船舵交给小罗伯特，夺过巴加内尔的望远镜，举镜望着前方的大船。突然间，爵士脸色变得煞白，神情极度地紧张，望远镜都从手中掉了下来。同伴们都不知他缘何如此，心也都一下子提到了嗓子眼儿上来了。

"是'邓肯'号！"爵士大声嚷道，"是'邓肯'号和那帮流放犯！"

"什么？是'邓肯'号？"约翰也同其他人一样十分地惊讶，大声重复道。

"是的，没错！糟了，我们腹背受敌，只有死路一条了！"爵士焦急无奈地自叹道。

果然，大船越来越清晰了，的确是"邓肯"号。后有追兵，前有海盗，哪儿有逃路？四个桨手也不再划了。划也没用，无处可逃！

突然，砰的一声枪响。是后边独木舟上射过来的，正打在威尔逊的桨上。威尔逊不由自主地又猛划了几下，小船又靠近了点大船。

"邓肯"号正开足马力向这边驶来，相距只有半海里的样子。勇敢的约翰此刻也没了主意，不知是进好还是退好。

毛利追兵的子弹似雨点般飞来，但都落在了小船周围的水中。

在这千钧一发之际,突然听见一声炮响,一发炮弹从小船上方飞过,是"邓肯"号上发射的炮弹。前面有炮,后面有子弹,往哪儿躲?往哪儿藏?约翰举起利斧要砍坏小船,让人和船一起沉入海底,免得受辱。然而正在这时,却听见小罗伯特大声在喊:

"汤姆·奥斯丁!是汤姆·奥斯丁!他就在大船上!我看清楚了,他也看见我们了,正在向我们挥动帽子,他知道我们是谁了!"

约翰的利斧举过头顶,定在了那儿。

这时,"邓肯"号上又飞出一颗炮弹,越过小船上方,击中了那三条独木舟最前头的一条,把它击成两段。"邓肯"号上响起一片欢呼声。追逐的毛利人吓得掉转船头,逃向海岸。

"快来呀,快来救我们,汤姆!"又惊又喜的约翰大声呼喊道。

片刻之间,爵士一行便化险为夷,绝处逢生了。他们回到"邓肯"号上时,都还没弄明白到底是怎么回事,觉得仿佛是在做梦似的。

第六十五章 "邓肯"号缘何出现

"邓肯"号上,风笛吹响,苏格兰歌曲声唱起,人们像是身在玛考姆府中欢庆节日一般。船员们以热烈的欢呼声欢迎船主登船。

爵士及其同伴们激动得热泪盈眶。人们相互拥抱,兴奋不已。

此时此刻,爵士早已把饥饿与困乏忘到了脑后,只想知道为什么"邓肯"号会开到这儿来了。

"那么,您把那帮流放犯都弄哪儿去了呢?"爵士问道。

"流放犯……"奥斯丁被问得莫名其妙,不知如何回答是好。

"是啊,就是劫船的那帮浑蛋!"

"劫船?劫什么船?劫阁下的船?"奥斯丁越发地糊涂了。

"对呀,劫我的船,劫'邓肯'号。上船的那个彭·觉斯呢?"

"哪个彭·觉斯啊?我从没见过。"

"从没见过?"奥斯丁的回答让爵士大惑不解,也把其他人给弄糊涂了,"那好,您告诉我,为何'邓肯'号会开到新西兰东海岸来了?"

"是遵照阁下的命令呀。"奥斯丁不解地回答道。

"遵照我的命令?"爵士被说糊涂了。

"是呀,爵士,您不是给我写了一封信吗?是1月14日写的,命令我照信中所说的做呀?"

"把信拿来我看看!快点!"

深觉莫名其妙的一行人全都呆住了,眼睛直勾勾地盯着汤姆·奥斯丁。在斯诺威河写的那封信到了"邓肯"号上了!

"到底是怎么回事?"爵士越来越惊讶地说,"您快说,汤姆,您真的收到我的信了?"

"是的,收到了。"

"在墨尔本收到的?"

"是的,在墨尔本收到的,当时,我们的船正好修好了。"

"信呢?"

"信不是您亲笔写的,但有您的亲笔签名,爵士。"

"对的,对的。那封信是我让一个名叫彭·觉斯的流放犯送来的。"

"不,是个水手送来的,他叫艾尔通。"

"先别说这个,先说说我信上都写了什么?"

"您命令我立即离开墨尔本,把船开出来,去……"

"去澳大利亚东海岸!"爵士着急地说,把汤姆给弄糊涂了。

"怎么是去澳大利亚东海岸呢?不是说去新西兰东海岸吗?"

"是澳大利亚东海岸呀,汤姆!真的是叫您去澳大利亚东海岸呀!"大家也异口同声地对汤姆说道。

汤姆一听,心里一惊,差点晕了过去。大家都这么说,难道是自己看错了?怎么会出这么大的错呢?

"您也别着急,汤姆,也许是上帝的旨意,要您……"海伦夫人在好言劝慰。

"不是的,夫人,这不可能的呀!我不会把信看错的!艾尔通也看了信,同我看的一样,而且他本想把我领到澳大利亚东海岸去的!"

"艾尔通?"爵士简直不敢相信自己的耳朵。

"是呀,而且,他硬说信上的地点写错了,说您在杜福湾等着我驾船前去。"

"那封信还在不,汤姆?"少校觉得甚是蹊跷,连忙问道。

"在,在,麦克那布斯先生,我这就去拿。"汤姆边说边往舱房跑去。

大家面面相觑,不知说什么好。只有少校搂抱着双臂,冲着巴加内尔说:

"我看呀,巴加内尔,您这次可是犯了大错了。"

"犯了大错了。"巴加内尔心里发虚地低下了头。

汤姆拿着巴加内尔代笔的那封信回来了。

"阁下请看。"他气喘吁吁地说。

爵士展开信来读道:

兹命汤姆·奥斯丁速将"邓肯"号开到南纬37度的新西兰东海岸……

"新西兰东海岸?"巴加内尔惊跳起来。

他一把夺过那封信,狠劲儿地眨了几下眼睛,把眼镜架到鼻梁上,仔细看了看。

"哎呀!真的是写了新西兰!"他怅然若失地说着,信从手上滑落。

第六十五章 "邓肯"号缘何出现

大家见状哈哈大笑,巴加内尔更是狼狈不堪。他真的像是疯了似的,从这儿跑到那儿,最后,又跑回前甲板,一不小心,差点被一捆缆索绊倒。

突然,轰的一声巨响,吓了大家一跳,以为又出什么事了。原来,是前甲板上的大炮无意中被拉响了,巴加内尔绊了一下,正好抓住了炮上的拉炮绳。巴加内尔被炮声这么一震,从上面滚落,经中舱护板,滚到了水手大舱房。十几名水手连忙奔了过来,七手八脚地把他抬了上来。只见他身子软塌塌的,像是折成了两段。大家连忙呼唤他,但不见他答应。于是,大家便把他抬到楼舱里。

少校见状,要给他脱去衣服,检查伤势。本已半死不活的巴加内尔像是触了电似的,一屁股坐了起来。

"不能脱!不能脱!"巴加内尔叫嚷道,紧紧地护住那破衣裳。

爵士见他安然无恙,悬着的心也就放下了,但仍要问个究竟:

"现在,您实话告诉我,您怎么粗心大意到把'澳大利亚'写成了'新西兰'了呢?不过,说实在的,还真得谢谢您的粗心,否则,'邓肯'号就落到那帮浑蛋手中了,咱们就又要落入毛利人的魔掌之中了!"

"邓肯"号缘何跑到新西兰东海岸的谜算是揭开了。这时,大家才感觉到肚子饿得直叫唤,想着吃饭和休息。

等海伦夫人、玛丽小姐、少校、巴加内尔、小罗伯特回到楼舱之后,爵士和孟格尔又回到甲板上,把奥斯丁叫了过来。

"现在,"爵士问道,"请您说说看,您见到我的信,让您到新西兰海岸附近来,就没觉得蹊跷吗?"

"当然觉得很奇怪,阁下。可我一向以服从命令为天职,因此就毫不耽搁地把船开了过来。我当时想的是,一定是为了寻找格兰特船长的缘故。我想您已另有新的安排,搭船来了新西兰,所以让我来此接您。而且,在离开墨尔本时,我对驶往的目的地严加保密,一直到船已驶入大海,看不到澳洲陆地了,才向水手们宣布。当时,船上还引起了一阵小骚动,我也挺犯难的。"

"什么小骚动,汤姆?"

"开船的第二天,那个艾尔通一听说'邓肯'号要驶向新西兰,便……"

"艾尔通?他还在船上?"

"还在船上,阁下。"

"他人呢?"爵士急不可耐地问汤姆道。

"被关在甲板下面的一个舱房里,有人严密地看守着。"

"当时为什么把他关起来了?"

"因为他一看船往新西兰开,就大发雷霆,冲上前来,逼迫我改变航向。他先是威胁我,见我不从,便策动船员们暴动。这怎么行!所以我就把他给关押起来了。"

"然后呢?"

"然后就一直这么关押着呀。他倒也老实,不敢出来。"

"太好了,汤姆!"

这时,爵士和船长被请到楼舱,进到方形厅,只字未提艾尔通的事。大家美美地饱餐了一顿之后,精神焕发,都来到了甲板上。爵士便把大好消息向众人宣布,并下令把那浑蛋押上甲板来。

第六十六章　审问

"艾尔通，咱们又见面了！"爵士不无讥讽地说道，"没想到咱们会在这儿重相见吧？"

"我没什么可说的。怪都怪我自己办事不周密，落在了你们手里，爱怎么处置您就怎么处置好了！"艾尔通像是若无其事、毫不在乎地说。

爵士决定耐着性子等待，因为有一个利害攸关的事在促使他详细了解艾尔通的过去，特别是有关哈利·格兰特和"不列颠尼亚"号的那些情况。因此，他强忍住怒火，极其温和地继续问道：

"艾尔通，我想我有几个问题要问问您。您最好还是不要拒绝回答。首先，您到底叫什么名字？您到底是不是'不列颠尼亚'号上的水手？您是怎么离开'不列颠尼亚'号的？为什么跑到澳洲来了？"

对方默不作声，面无表情。

爵士真的有点忍耐不住了，随即又问道：

"您还是老老实实地说的好，艾尔通。不说是没您的好处的。我最后再问您一句，您愿意不愿意回答我的问题？"

艾尔通眼睛盯着爵士，二人四目相对。

"我没什么好回答的，爵士，"艾尔通说道，"我有罪无罪都由法院审判，我说了也没用。"

"判您有罪简直太容易了！"

"太容易了？是吗，爵士？"艾尔通气焰嚣张地说，"阁下结论下得太早了！格兰特船长不在，有谁可以指证我呀？有谁知道我的底细？警方没有抓到我，我的弟兄们也没落网，有谁能证明我就是警方所通缉的要犯彭·觉斯呀？除了爵士您外，有谁看到我或抓到我干犯罪的事了？有谁能指证我想劫持这条船，把它交给流放犯的？至于您嘛，也只是怀疑我而已。但是，光凭怀疑就可以定罪吗？得凭确凿的证据！您有证据证明我不是艾尔通吗？不是'不列颠尼亚'号上的水手吗？"

"艾尔通，我给您留点时间考虑，等到前面的码头，我就把您交给英国当局。"

"那太好了。"艾尔通答道。

那浑蛋答了这么一句之后，悠然地走回被关押的地方。两名船员将门关上，把守在门外，严密地监视着他。大家见审问没有结果，大失所望，十分愤怒。

海伦夫人见丈夫一筹莫展，就想要帮丈夫一把，亲自跟艾尔通谈谈，说不定男人做不成的事，女人就能做成功。

3月5日，海伦夫人让人把艾尔通带到她的舱房里来，玛丽也来一起与之交谈，因为说不定这少女的影响力比她的更大。

三个人在舱房里谈了有一个钟头。究竟是怎么谈的，都谈了些什么，是否有什么收获，收获大否，无人知晓。只见艾尔通从她们的舱房走出去之后，她俩脸上流露出失望的神情来。

但是，海伦夫人并未认输，第二天，她亲自来到艾尔通的舱房，独自一人苦口婆心地开导他。二人单独谈了整整两个钟头。最后，海伦夫人终于走了出来，脸上带着几分获胜的微笑。

海伦夫人真的说动了艾尔通。水手们一下子便传开了,全都聚集到了甲板上,比奥比内吹哨集合都来得快。

"他都说了?"爵士急不可耐地问妻子道。

"说倒是没有全说,但是,艾尔通还是松动了,他想要见您。"海伦夫人说。

"您许诺了他什么没有?他提出什么条件了?还需要再保证一遍吗?"

"我只许诺了他一条:让您尽量地减轻对他的惩罚。"

"很好,"说着,爵士便命令道,"把艾尔通带来见我!"

第六十七章　谈判

"我有一个折中的办法，爵士：一边是绞刑架，另一边是自由天地，我不愿上绞刑架，您不肯让我自由，所以我想到一个两全其美的折中办法，"被押上来的艾尔通面对爵士、巴加内尔和少校说道，"把我放在太平洋上的一座荒岛上，再给我点生活必需品，让我在这荒岛上独自生活，也好在那儿好好地忏悔人生。"

"如果我满足了您的要求，那您可得如实地把您所知道的一切统统告诉我。"

"那当然，爵士。我保证把我所知道的有关格兰特船长和'不列颠尼亚'号的情况全都告诉您……以我的人格担保！一个坏人也是有人格的，爵士。再说，我也没有其他可以担保的了，信不信全凭您了。"

"好吧，我相信您。"

"爵士，还有这两位先生，"艾尔通接着又说，"你们都看到了，我是把话说在明处的。我并不想欺骗你们，而且，为了证明我不说假话，我还要告诉你们一点。"

"什么？您说。"

"爵士，尽管您还没有答应我，但我还是不想向您隐瞒：关于哈利·格兰特船长的事，我知道的并不太多。"

第六十七章 谈判

"并不太多!"爵士惊叫道。

"是的,爵士,我所能提供给您的只是我自己的一些细枝末节,都是关于我自身情况的,可能对您所要找的人帮助不大。我丑话说在前头,爵士,就谈判条件而言,对您有利的少,而对我有利的多,所以请您认真考虑。"

"没关系,您就说吧,我可以替您在太平洋上找一座小岛。"

"那好,爵士。"

"您请问吧,爵士,我现在就可以回答您的问题。"艾尔通开始说道。

"我们不提什么问题,还是您从头说吧,您先说说您究竟是谁?"

"我确确实实是汤姆·艾尔通,先生们,"艾尔通立即回答道,"是'不列颠尼亚'号上的水手长。1861年3月12日,我随格兰特船长离开格拉斯哥,在太平洋上跑了十四个月,想找个有利地点建一个苏格兰移民区。格兰特船长满怀雄心壮志,非常了不起,可我俩常常发生争执,合不来。我又不是个能屈从于人的人。只要他一决定下来的事,任何人都反对不了。他对自己很严格,对别人也很严厉。因此,在忍无可忍之下,我想到了叛变,而且还想拉上船员们同我一起干,把船夺走。

"这事让格兰特船长知道了,他大发雷霆,1862年4月8日,在澳洲西海岸把我赶下了他的船。"

"澳洲西海岸?"少校打断他,问道,"这么说,您在'不列颠尼亚'号到达卡亚俄之前就离开那条船了?那条船是到了卡亚俄之后才没了消息的?"

"是的,因为我在船上时,'不列颠尼亚'号从没在卡亚俄停泊过。在帕第·奥摩尔庄园时,我之所以提到卡亚俄,是因为你们先告诉了我它在那儿停泊过。"

"您继续说。"爵士催促道。

"我被扔到一个几乎荒无人烟的孤岛上。当我觉得走投无路时,正好碰上了一伙刚从拘押地逃出来的流放犯,于是,我也就入了伙。后来还当了流放犯团伙的头领,化名彭·觉斯。1864年9月,我到了那个爱尔兰人的庄园,以艾尔通的真名当他的雇工。我是想待在那儿等时机,想法抢到一条船,这是我唯一的心愿。两个月后,'邓肯'号来了。你们一到庄园,马上就把格兰特船长的事说得一清二楚。因此,我了解到'不列颠尼亚'号许多我先前所不知道的事情。我当时一眼便看上了'邓肯'号,觉得这船真是棒极了,比英国兵舰都跑得快,所以我一门心思想把它搞到手。正好,船坏了,得修理,所以我就建议把它开往墨尔本去。我以船上水手的身份把您引到澳洲东海岸我编造的船出事地点去。就这样,我领你们穿过维多利亚省。我的那帮弟兄或前或后地跟着我们……唉,要不是巴加内尔先生一时粗心大意把地点写错了,'邓肯'号现在已经到了我的手里了。这就是我的全部经历。我很抱歉,太简单了,我所说的恐怕对你们寻找格兰特船长无所裨益,同我商定的交换条件,对你们来说是很吃亏的,我是有言在先的。"

"这么说,您在澳洲西海岸被赶下船的那一天,肯定是1862年4月8日了?"少校问。

"是的,没错。"

"当时,格兰特船长有什么计划,您清楚吗?"

"我只知道格兰特船长想去新西兰。但我被赶下船之后,他是否真的去了新西兰,我就不清楚了。"

"好了,艾尔通,"爵士说道,"您兑现了您的承诺,我也将兑现自己的承诺。我们将会商量一下,在太平洋上替您找一个小岛。"

第六十七章 谈判

艾尔通在两名水手的押送下,回自己的舱房去了。

"我知道上哪儿去找了!"巴加内尔突然冒出这么一句来,"还是从那几封信去找!"

"嗨,开什么玩笑!"少校鄙夷不屑地顶撞他道。

"您别不信,听我说嘛。我就是怕您不信,所以一直没敢吭声。今天,经艾尔通这么一说,我的看法得到了证实。我写错了一个字,碰巧却救了大家,但我写的那个字并不是没有理由就写错了的。我当时在听爵士口述,做记录时,正好那份《澳大利亚暨新西兰报》掉在地上,那份报纸是折起来的,报纸名字的后一半露了点出来,我便看到了 Australian and New Zealand Gazette 上的那个'aland'半个词。我当时便眼睛突然一亮,心想这不正是信件上的那个'aland'吗?怎么把它认作'登陆',而不把它视作'西兰'(Zealand)这个词的后一半?"

"嗯。"格里那凡爵士点着头嗯了一声。

于是,巴加内尔便不紧不慢地解读起那些求救信来:

1862年6月27日,三桅船"不列颠尼亚"号不幸遇难,沉没于风浪险恶的南半球海上,靠近新西兰(也就是英文信上的"登陆")。船上的三名幸存者——格兰特船长和他的两名水手——即上了北岛,不幸成为这个蛮荒岛屿上走投无路的人。今特将此信抛入海中求救。地点是南纬37度11分。见信请速来营救。

二人对巴加内尔的这次解读表示了赞同。

"巴加内尔,您既然有此想法,为何两个月来,竟然滴水不漏呀?"爵士对此颇为不解地问道。

"因为我总在担心,生怕又让大家空欢喜一场。当时,我心里一直想着奥克兰,那儿正是信上所指的37度线上的那个点。"

"可后来我们被迫离开了去奥克兰的路线,您怎么还不说呢?"

"那是因为,即使说出来,解读得再清楚,也成了马后炮了,无法去搭救格兰特船长了!"

"您这话是什么意思?"

"我是想说,即使'不列颠尼亚'号真的是在新西兰出的事,都已经两年过去了,船上的人不是淹死了就是被毛利人杀害了。"

第六十八章 黑夜中的呼唤

巴加内尔和约翰在查看地图，正好，在这37度线上就标着一个小孤岛，名为玛丽亚泰勒萨岛，离美洲有三千五百海里，离新西兰是一千五百海里，离得最近的陆地是北边的法国保护地——帕乌摩图群岛，于是，"邓肯"号便朝着玛丽亚泰勒萨岛驶去。

两天后，下午2点，瞭望的水手报告说看见玛丽亚泰勒萨岛了。

晚上8点，"邓肯"号与小岛之间相距只有五海里了。夜色苍茫，"邓肯"号缓缓地向小岛方向漂荡着。

9点光景，小岛山头突然升腾起一团红红的火光，持续不断地亮着。

夜晚11点，约翰等人已各自回到舱房去了。船头只有几名水手在甲板上值班，船尾只有一名掌舵的水手在把着舵。

这时候，玛丽和小罗伯特却在黑暗中来到船舵顶部。姐弟二人手扶栏杆，凄然地望着海面和"邓肯"号身后的那亮闪闪的浪涛。他俩在思念着父亲，在想父亲是否仍在人世间。怎么这么久了，连一点音信也没有？寻访工作就此结束了？

姐弟俩在夜色苍茫中心潮起伏，心儿在彼此交谈着。正在这时，姐弟二人像是有神明在指点似的，两颗心同时产生了一种幻觉，冥冥之中，仿佛有一种呼唤声传来。

"救救我!救救我!"那声音在隐隐约约地向姐弟二人传来。

姐弟二人连忙扶住栏杆,身子向前伸出去老远,往四下里望去。但是,夜色苍茫,什么也没看见,只是见到浪涛翻起的那点白光。

"罗伯特,"玛丽脸色煞白地扭过头来对弟弟说,"我仿佛……"

玛丽正说这话时,突然又传来一声喊叫,二人听得十分真切,同时从心里迸发出一声呼唤:

"爸爸!爸爸……"

玛丽激动得支持不住,晕倒在小罗伯特的怀中。

"救人哪!姐姐呀!爸爸呀!救人哪!"小罗伯特拼命地喊。

掌舵的水手第一个跑过来,扶起玛丽小姐,值班的水手们随即也奔了过来。约翰、爵士、海伦夫人也惊醒了,连忙跑到舱顶上来。

"姐姐不行了!啊!我爸爸在那儿!"小罗伯特大声说着,还一边用手指着那边海上。大家被他说糊涂了。

"真的呀!"小罗伯特仍旧在大声嚷嚷,"我爸爸就在那边!我听见他在呼唤,姐姐也听到了!"

玛丽突然醒了过来,站直了身子,瞪大了眼睛,疯狂地叫喊着:

"我爸爸!我爸爸在那儿!"

她边喊边爬上栏杆,弯下身子,想要往海里跳。

"爵士啊!夫人哪!"被众人强拉住的玛丽仍在狂叫道,"我爸爸就在那儿!我发誓,我听到他的呼救声了,他快要不行了……"

由于激动过度，她全身抽搐起来，又晕了过去。大家不得不赶快把她抬到舱房里去。海伦夫人跟着进了她的舱房，守候在她的身旁。

爵士还想进一步查一下，便把掌舵的水手叫了过来，问他道：

"霍金斯，玛丽小姐突然晕倒时，您是在那儿掌着舵吗？您听见什么，看见什么了吗？"

"没有，阁下。"

小罗伯特急得脸色苍白，声音哽咽，也像他姐姐一样，昏过去了。爵士连忙叫人把他也抬到舱房里去了。

第二天，3月8日，清晨5点。天刚蒙蒙亮，乘客们全都早早地跑到甲板上来了。大家心里只装着一个念头，要弄清楚到底那个小岛上是怎么回事，特别是玛丽与罗伯特姐弟俩。

此刻，"邓肯"号离那小岛只有一海里。所有的望远镜全都对准了岛上的主要景物。船在缓缓地沿着小岛环行着。现在，肉眼也能看清岸上的情景了。突然，小罗伯特大喊一声，说是看见岛上有三个人在跑，还挥动着胳膊，其中有一个人还挥动着一面旗帜。

"是一面英国旗！"约翰船长抓起望远镜对准了看过去后叫喊道。

"没错，是英国旗。"巴加内尔也看得一清二楚。

"爵士，爵士！"小罗伯特声音颤抖着叫嚷，"请放小艇下去，快点儿！不然我就跳下去，游到岛上去了！我要第一个上岛！"

"放下小艇！"爵士于是便下令道。

不到一分钟的工夫，小艇已经泊于海面。玛丽、小罗伯特、爵士、约翰、巴加内尔一下子全都拥上了小艇。小艇内六名水手奋力划着，像离弦之箭飞也似的划向小岛。小岛已在眼前！

"爸爸！"玛丽一眼就认出了岸上站着的那个人来，不禁惊呼起来。

岸上果然站着三个人，中间的那位高大魁梧，正是大家苦苦寻找的格兰特船长！

格兰特船长听见女儿的呼叫，心中惊喜万分，百感交集，只见他张开双臂，却突然间咚的一声摔倒在地。

第六十九章　塔波岛

虽说是乐极生悲，但毕竟人是不会因高兴而死的。父子三人很快就从昏沉迷惑中清醒过来了。见他们一家三口喜相逢，观者无不既喜又悲。大家流着喜泪在一旁观看着，静候着。

上了"邓肯"号之后，格兰特船长向着海伦夫人、格里那凡爵士及其同伴哽咽着表示深切的感谢，因为在小艇带上他和两名水手返回"邓肯"号时，两个孩子已经把"邓肯"号环球寻访他们的经过情况告诉他了。

格兰特船长一个劲儿地看着自己的女儿，好像怎么也看不够似的，觉得她温柔美丽，对她赞不绝口，还请海伦夫人评判自己所言对否。然后，他又转向自己的儿子，乐不可支地大声嚷道：

"你都这么高了，我的孩子！简直就是个大人了嘛！"

说着，他双手搂抱着自己的一双儿女，把两年多来的离情别绪全流露在他的热吻中。

小罗伯特立刻向父亲一一介绍在座的他的好朋友们，特别强调由于他们的关心爱护，他和姐姐才勇敢地站了起来。当他介绍到约翰船长时，这个年轻的船长竟然满脸绯红，像个女孩儿似的，回答格兰特船长的问话时，连声音都在发颤。

这时，海伦夫人便把这次行动的经过，特别是头天夜晚的情况讲给格兰特船长听了，后者打心眼儿里为有这双儿女而高兴、自豪。

然后，约翰船长又对玛丽·格兰特赞不绝口，至此，格兰特船长已心知肚明，立刻抓起女儿的手，放到了这个英俊勇敢的年轻船长的手里，并冲着爵士夫妇说道：

"爵士，夫人，让我们为我们的孩子们祝福吧！"

诉不完的离别苦，道不完的思念情，大家你一言我一语地亲切交谈着。爵士见缝插针地把艾尔通的事告诉了格兰特船长。格兰特船长证实了艾尔通的说法，确实是他在澳洲东海岸把他给赶下船去的。

"此人既聪明又有胆量，只可惜贪心太重，才走向罪恶的深渊的。但愿他能改过自新，痛改前非，重新做人。"格兰特船长最后说道。

在准备把艾尔通送到塔波岛上之前，格兰特船长说想请大家到他在岛上的"宅第"去，并且在他的"餐桌"上共进一餐。大家欣然接受了。玛丽和罗伯特姐弟更是高兴得什么似的，急不可耐地要去看看父亲住过的地方。

于是，他们又乘上小艇，向小岛划去。

上得岛来，大家走遍了格兰特船长的"领地"。这小岛并不大，只是海底一座大山的山顶上的一小片平地，满是雪花岩的岩石和火山的残余。毫无疑问，这个山头是海底火山爆发时隆起后，凸出洋面的。然后，形成了物化土，生长出植物来，过往的船只，如捕鲸船，把船上的猪呀羊呀弄到岛上来，渐渐地繁殖起来，后来，慢慢地变成了野猪、野羊，于是，动物、植物、矿物这大自然的三界便全有了。

自从"不列颠尼亚"号的遇难者们来到这个岛上之后，通过劳动,使这儿得到了改造,显现出活力来。在这两年半中,格兰特船长和他的两名水手让这个小岛改变了模样。昔日的荒岛,有了翻耕过的土地,长出了粮食作物、蔬菜。

大家走到了窝棚前。这窝棚在绿绿的胶树的掩映下,面对着大海,阳光充足。格兰特船长让人把桌子搬来,置于绿荫下,大家围桌而坐。随即,一只山羊腿、一些纳儿豆粉制作的面包、两三棵野菊苣,以及几碗奶和一些清凉的水,便摆到了桌子上。

"艾尔通也算是很有福分的了,竟能待在这么个岛上,"巴加内尔感慨万千地说道,"这小岛简直是天堂!"

"真的可称作天堂,"格兰特船长应声道,"我们三人大难不死,让上帝给安排进入这个天堂里来了。只是这玛丽亚泰勒萨岛太小了点,而且贫瘠荒凉,没有大河,只有一条小溪,再加上一个被海浪冲出来的所谓的'海湾',其实只是个'小水坑'。"

然后,格兰特船长便开始向大家讲述这两年多来他们是如何度过的,因为他看出了大家正急切地想要知道:

"那是1862年6月26日夜间的事。连续六天狂风骤雨,把'不列颠尼亚'号刮坏了,最后撞毁在这玛丽亚泰勒萨岛的岩石上。当时,恶浪滔天,不可能得到援救,除了水手包伯和乔戈外,其他船员全都遇难了。于是,我们三人便奋力地向岸上爬,爬上去,滑下来,再爬,再滑,几经努力,总算爬到了岸上。

"随后才发现,这是一座荒无人烟的小岛,约有两英里宽,五英里长。岛上总共只有三十多棵树，有几小片草地，以及一条小溪。还算好，这小溪一年到头也不干涸。

"我们三人并未丧失信心。尤其是包伯和乔戈，决心像鲁滨孙那样，在岛上坚持下去。于是，我们便动手把破船上的工具和枪支以及一点火药和一袋种子弄上岛来。后来，我们便去打猎，捕鱼捉虾。没想到，岛上有不少野羊，沿岸鱼虾也不少，真是天无绝人之路。就这样，我们吃的问题总算解决了点儿。

"我从船上捡拾出来的工具中有测量仪，所以我就把小岛的位置给测量了出来。测量后发现，这小岛不在任何一条航线上，想有人搭救恐怕是没希望了。

"于是，我们就拼命地为了生存而开荒种地，把菜籽先种上，土豆、菊苣、酸模等率先长了出来，随后，其他一些菜籽也发芽了，冒出了地面。我们又捕捉了几只野羊，把它们驯养起来，羊奶和奶油的问题也随之解决。我们还在泥洼地里发现了很多的纳儿豆，便用它们来制作面包，很有营养，这么一来，粮食问题也迎刃而解了。

"我们又把破船的木料弄来搭建窝棚，用帆布盖顶，涂上柏油，雨水浸不透。我们三人在这座窝棚里商议过无数的计划，做过许多的美梦，最好的一个梦就是今天实现的这个梦。

"唉，你们是想象不到的，我天天都站在岸边注视着，看看有无过往船只。整整翘首企盼了两年半！两年半呀！一共只看到过两三只帆船，远远的，瞬间即已消失，心里好失落呀！但是，我虽然感到失望，可却并未绝望。

"我等呀，盼呀，最后，终于有一天，也就是昨天，我正爬到岛子上的最高处，突然在西边发现一缕轻烟，而且在渐渐地大起来，不一会儿，我便看到了一条船，似乎正在向我们的小岛驶过来。可我心里在想,小岛无停泊处,它可能又会避开的。

"唉,我真是急得不知如何是好,便立即去叫我的那两位难友,赶忙在另一座山峰上点起一把火来。可是,直到夜里,也不见那条船有任何的回应。我不死心,这可是生的希望,绝不能错过!

"夜越来越深沉,船很可能在夜里绕过小岛而去。我便纵身下海,朝船游去。求生的希望在激励着我,我感到越游越有力。我劈波斩浪,眼看离船越来越近了,可是,未承想,在相距不到三十多英尺时,船却偏偏掉过头去了!

"这一下,我可真是急坏了!我扯起嗓门儿,声嘶力竭地呼唤着。只有我的两个孩子听到了这似冥冥之中的呼救声,他们以为是幻觉,其实那并不是幻觉,是他们的父亲在呼唤。

"后来,我只好又游回到岛上,浑身瘫软,焦急与疲劳致使我瘫倒在岸边。我的两位难友连忙把我拉了回去。这一夜是多么的难熬啊!以为今生今世再也不可能遇救了,只有客死他乡了。可是,天刚蒙蒙亮,我便看到船在缓缓地沿着小岛环绕,然后又看见你们放下了小艇……我知道,我们有救了!而且,我还看见我的一双儿女就在自己的眼前,在向我挥手……"

玛丽和小罗伯特听到这里,立刻拥抱住父亲,吻个不停。

至此,格兰特船长得知他们之所以有此再生的机会,竟然是他在船失事后一个星期所写的那几封信帮了大忙。真是感谢那只漂流瓶!

当格兰特船长讲述自己遇险经历时，巴加内尔在脑子里反复地琢磨那几封信，心想，自己的三种解释看来是全解读错了。巴加内尔怎么也按捺不住了，一把抓住格兰特船长，大声问道：

"船长，您现在可否告诉我们您在信里是怎么写的？您还能准确地回忆起您所写的内容吗？"

"当然记得，并且记得一字不差，因为那是我们所寄托的唯一希望，我天天都在默默地念叨信上的内容。"

"到底是怎么写的，船长？"爵士也急切地问道，"请您给复述一遍，我们猜来猜去全都猜错了。"

"好，我来复述给你们听。不过，我在漂流瓶中装的可是三封信呀，是用三种语言写的，你们想知道的是哪一封呀？"

"怎么，三封信的内容不一样？"巴加内尔几乎无法相信地叫嚷道。

"那倒不是，只是有一个地名有所不同。"

"那好，您先说那封法文信吧，"爵士说道，"法文信相对来说较为完整，我们每每是以它为基础进行研究的。"

船长对爵士说，法文信是这么写的：

　　1862年6月27日，隶属格拉斯哥港的三桅船"不列颠尼亚"号，沉没于离巴塔哥尼亚一千五百海里的南半球海域。三名幸存者，两名水手和格兰特船长，爬上了塔波岛避难。我们因脱离人群成了走投无路之人。兹特抛下此求救信于经度153度，纬度37度11分处。务请从速营救！

巴加内尔这时实在是憋不住了，霍地站了起来，大声嚷道："怎么是塔波岛呢？不是玛丽亚泰勒萨岛吗？"

"是这样,巴加内尔先生,"格兰特船长解释道,"在英国和德国的地图上,写的是玛丽亚泰勒萨岛,而法国地图上标明的却是塔波岛。"

这时,巴加内尔肩头突然挨了一拳,是少校打的,少校还一反庄重、拘礼的常态,调侃了一句:

"好个大地理学家呀!"

但是,巴加内尔对少校的这一拳并未有所感觉,他感到羞愧的是自己的学识之浅薄,竟然出了这么个大错。

其实,他对信件的解读基本上是正确的,那些残缺不全的字差不多都被他补全了,巴塔哥尼亚、澳大利亚、新西兰都被确认。而contin,则从continent渐渐地接近"长远"(continuelle)的意思。indi也从"印第安人""土著人",最终确定为"走投无路的人"。只有那个残缺不全的abor,却把巴加内尔给引上了迷途,以为是aborder(上岸,登陆),而实际上却是法文地图上的Tabor(塔波岛),也就是三位幸存者的避难之地。这也怪不了巴加内尔,因为"邓肯"号上的地图写的全都是"玛丽亚泰勒萨岛"。

饭吃完了之后,格兰特船长收拾了一下窝棚,布置了一番。他把一应家什全留了下来,心想,对那个浑蛋,还是以德报怨吧。

大家回到了"邓肯"号上。爵士准备当天起航归去。于是,他让人把艾尔通带上来,面对格兰特船长站着。

"还认识我吗,艾尔通?"格兰特船长问艾尔通。

"当然认识,船长,"艾尔通平静地回答道,"能再次见到您,我很高兴。"

"我想让你待在这个无人居住的小岛上,这样对你可能更好,你可以好好地忏悔!"

"谢谢您,船长。"艾尔通一直保持着平静回答道。

这时，爵士也对艾尔通说道：

"您觉得塔波岛合适吗？"

"很合适，爵士。"

"现在，我最后再跟您说一句，艾尔通。您与格兰特船长不一样，他逃到这座荒岛上，无人知无人晓，可您，却仍旧有人知道您留在了这儿，尽管您并不值得大家记得。但愿您能好好忏悔。"

"愿上帝保佑您，阁下。"艾尔通仍平静地回答了一句。

小艇已准备好了，艾尔通被送去岛上。在这之前，约翰船长已经派人把一些工具、武器弹药、几箱吃的及一些书籍送到岛上去了。

孟格尔指挥着小艇离开"邓肯"号。艾尔通站在小艇上，默默地摘下帽子，深深地向"邓肯"号这边鞠了一躬。

小艇离大船越来越远，渐渐靠近小岛。

接近沙滩，艾尔通纵身跳下，小艇随即返回"邓肯"号。

此刻已是下午4点。船上的人站在船舱顶上，只见艾尔通抱着胳膊，一动不动地立在一块岩石上，望着"邓肯"号离去。

"咱们开船吧，爵士？"约翰船长提议道。

"好的，约翰。"爵士竭力地掩饰着自己心中的激动说。

"开船！"约翰船长命令道。

第七十章　巴加内尔最后又闹了个笑话

"邓肯"号驶离塔波岛十一天后，即3月18日，美洲海岸已隐约可见。第二天，它便停泊在塔尔卡瓦诺湾了。航行了整整五个月之后，"邓肯"号终于回来了。它沿着南纬37度线，环绕了地球一周。这是一个壮举，它填补了英国航海旅行史上的一个空白。

5月9日，驶离塔尔卡瓦诺湾五十天后，孟格尔船长终于看见克利尔角闪烁着的灯火了。"邓肯"号进入克莱德湾。11点时，它停泊在丹巴顿。下午2点，爵士一行在当地群众的热烈欢呼声中踏进玛考姆府。

大团圆的结局随之而来。格兰特船长及两名水手终于获救；孟格尔船长与玛丽小姐喜结连理；小罗伯特也将子承父业，当上船员，在格里那凡爵士的大力支持之下，去完成父亲未竟之业……还有巴加内尔，我们的这位了不起的地理学家，其声名已在苏格兰社交界广为流传，其粗心大意也被传为了佳话，人人都想见见他，各种应酬不

断,使之几乎难以招架。正在这个时候,一位年约三十的女子出现了,她是少校的表妹,虽说脾气有点古怪,但是性情温和,眉清目秀,颇有几分姿色。她还真的爱上了我们的这位古怪的地理学家,而且非他不嫁,并想尽快地成双结对。除此之外,此女尚有陪嫁一百万法郎,只是她避而不谈,只字未露。巴加内尔对这位名为阿若贝拉的小姐也颇为心动,只是羞于启齿,不敢主动表示。倒是少校颇为积极,主动撮合。

但巴加内尔又颇觉为难,不知如何是好,弄得少校甚是纳闷。终于有一天,巴加内尔被少校逼得无可奈何,道出了实情。原来,他身上有点难以启齿的东西,不便泄露。

少校扭头便去找他的表妹,三言两语便把话说清楚了。

半个月后,玛考姆府中的小教堂里,举行了一场轰轰烈烈的婚礼。新郎巴加内尔英俊潇洒,面貌一新,衣服纽扣扣得严严实实;新娘阿若贝拉小姐花枝招展,貌若天仙。

我们的地理学家巴加内尔身上的秘密,本来一辈子也不会为人所知的,可是,少校把这个秘密泄露给了爵士,爵士又告诉了海伦夫人,海伦夫人又偷偷地告诉了孟格尔太太。就这么一传再传,最后连奥比内太太也知道了。原来,巴加内尔被毛利人俘虏去了三天,被刺了青,还不是刺了一点,而是从上到下,刺了个遍,胸前还刺了一只大大的几维鸟,在啄他的心脏。

这是他在这次伟大远征中留下的唯一伤心的纪念,他今生今世难以忘掉这奇耻大辱。他永远也不会原谅新西兰人给他造成的这一巨大伤害。正因为如此,尽管他非常思念祖国,尽管别人屡屡劝他,但他就是不愿返回法兰西,生怕传出去,说地理学会来了个身有刺青的秘书,马上就会成为漫画家和小报的揶揄对象,连地理学会也会因此而蒙羞。

格兰特船长回到祖国，受到祖国人民的夹道欢迎，盛况空前，几乎如同民族英雄一般。儿子罗伯特后来也当了海员，在爵士的支持下，为实现在太平洋上创建一个苏格兰移民区这一伟大梦想而努力奋斗。

图书在版编目(CIP)数据

格兰特船长的儿女 /(法)儒勒·凡尔纳著;陈筱卿译. —杭州:浙江文艺出版社,2020.3
ISBN 978-7-5339-5848-0

Ⅰ.①格… Ⅱ.①儒… ②陈… Ⅲ.①科学幻想小说—法国—近代 Ⅳ.①I565.44

中国版本图书馆 CIP 数据核字(2019)第 220103 号

责任编辑　张　雯
封面绘图　李广宇
装帧设计　吕翡翠
责任印制　吴春娟

格兰特船长的儿女

[法]儒勒·凡尔纳 著　陈筱卿 译

出版　浙江文艺出版社
地址　杭州市体育场路 347 号
邮编　310006
网址　www.zjwycbs.cn
经销　浙江省新华书店集团有限公司
制版　杭州天一图文制作有限公司
印刷　杭州杭新印务有限公司
开本　880 毫米×1230 毫米　1/32
印张　10.25
字数　257 千
插页　1
版次　2020 年 3 月第 1 版
印次　2020 年 3 月第 1 次印刷
书号　ISBN 978-7-5339-5848-0
定价　35.00 元

版权所有　违者必究
(如有印刷质量问题,请寄承印单位调换)